Art Corriveau
Auf der anderen Seite des Tals

Art Corriveau

Auf der anderen Seite des Tals

Aus dem Amerikanischen von
Theresia Übelhör

KRÜGER VERLAG

Die amerikanische Originalausgabe erschien 2002
unter dem Titel ›Housewrights‹ bei Penguin Putnam Inc., New York

Satz: Pinkuin Satz und Datentechnik, Berlin
Druck: GGP Media, Pößneck
Printed in Germany 2004
3-8105-0385-1

Für Raymond und Eileen Corriveau:

Unorthodoxe Eltern, unerschütterliche Freunde, unbestreitbar Hausbauer

Danksagungen

Ein Dankeschön an die Künstlerkolonie von Yaddo für den sechswöchigen Aufenthalt, während dem der größte Teil dieser Geschichte entworfen wurde. Dank an Lori van Dam, die gewissenhaft Stiefelchen zugeknöpft, Korsetts aufgeschnürt und Säume hochgenäht hat. An Kiera Coffee und Robin Lippincott für ihre Unterstützung als Schriftstellerkollegen und Freunde und an Jennifer Lyons und Caroline White, weil sie an mein Erstlingswerk geglaubt und mich dazu ermuntert haben.

Montagskind ist lieb und schön,
Dienstagskind ist reizend anzusehn,
Mittwochskind weiß stets Bescheid,
Donnerstagskind muss wandern weit,
Freitagskind will Liebe geben,
Samstagskind hat's schwer im Leben,
wer aber sonntags ward geboren,
ist schön und klug und auserkoren.

Anonymus

Inhalt

1

Lieb und schön

[1907]

Lily Willard hatte keine Lust, sich Gedanken um die Zukunft zu machen. Sie war erst acht Jahre alt und mochte es lieber, an einfachere Dinge zu denken, zum Beispiel wann endlich die Sommerferien anfangen würden, wie sie ihr Pony Buster dazu bringen könnte, über Apfelkisten zu springen, und ob sie in dem neuen Haus wohl ein eigenes Zimmer bekommen würde. Sich mit dem Hier und Jetzt zu befassen (in diesem Augenblick: ihrem Heimweg von der Schule an einem wunderschönen Nachmittag Ende Mai), war im Allgemeinen weniger kompliziert, als sich schon um den nächsten Moment kümmern zu müssen. Aber heute fand Lily es schwierig, die Vorzeichen zu ignorieren, von denen es gleich zwei gegeben hatte und die ihr an diesem Morgen, noch vor dem Frühstück, direkt in die Augen gesprungen waren.

Das Erste waren zwei Kätzchen gewesen – eines kohlrabenschwarz, das andere blütenweiß –, die eine bunt gefleckte Katze in der Nacht geworfen hatte, von der bekannt war, dass sie meistens weit größere und ganz unterschiedliche Würfe hervorbrachte. Lily hatte die ungewöhnliche Familie unter dem Milchhaus entdeckt, als sie einen Krug Rahm fürs Frühstück holte. Das zweite

Zeichen war ein eigenartig zweistimmiges Summen, das von dem alten Holzapfelbaum im Obstgarten kam und, wie sie bald herausfand, von zwei sich einander bekriegenden Insektenschwärmen herrührte. Frisch geschlüpfte Mücken machten sich über die wenigen verbliebenen Blüten an den unteren Zweigen her, während wütende Hornissen um einen zerstörten Stock weiter oben in den Ästen kreisten.

Lily hätte sich eigentlich darüber freuen sollen, dass sie von den vielen Aufgaben des Tages befreit war. Stattdessen ertappte sie sich dabei, wie sie Vermutungen darüber anstellte, was ein solches Zusammentreffen in der Natur sonst seltener und eigenartiger Paarungen bedeuten könnte. So hoffte sie, dass die Kätzchen nicht etwa ein Hinweis auf die Geburt weiterer Willard-Kinder waren. Davon gab es bereits genug – drei ältere Brüder und zwei jüngere –, obwohl ein weiteres Mädchen, das musste sie zugeben, eine willkommene Abwechslung gewesen wäre. Das Haus der Willards platzte nach Meinung aller jetzt schon aus allen Nähten. Und zwar so sehr, dass Lilys Vater in einem Anfall im Februar beschlossen hatte, ein größeres zu bauen. Und was die beiden Insektenschwärme anbelangte, so hoffte Lily, dass sie keine Plagen biblischen Ausmaßes ankündigten. Sie war von einer reichen Ernte in diesem Jahr abhängig, denn wenn diese nicht gut ausfiel, könnte das bedeuten, dass das neue Haus kleiner ausfallen würde.

Du und deine Phantasievorstellungen! Die Stimme von Lilys Mutter, die sie wegen ihrer blühenden Phantasie tadelte. Zu wenige Kätzchen und ein Schwarm zu viel bedeuteten wahrscheinlich gar nichts. Man schrieb das Jahr

1907. Das zwanzigste Jahrhundert war angebrochen, und Tag für Tag wich die Natur ein Stückchen vor dem technischen Fortschritt zurück. Inzwischen hatten alle acht Städte Vermonts schon Elektrizität. Es war sogar davon die Rede, im Bezirk Caledonia das Telefon einzuführen. Und es war noch keine Woche her, da hatte Lily zum ersten Mal einen Wagen ohne Pferde durch die Hauptstraße von Cabot Fields tuckern sehen.

Lilys Gedanken wurden in dem Augenblick unterbrochen, als sie um die nächste Kurve der Peacham Farm Road bog. Denn im Hof ihrer Eltern war das seltsamste Vehikel abgestellt, das sie je gesehen hatte. Es ähnelte einem Heukarren und musste gewiss irgendwann einmal so etwas gewesen sein. Es hatte Eichenräder, so groß wie sie selbst, eine lange Holzpritsche und zwei riesige alte Arbeitspferde, die davor gespannt waren. Aber dort, wo eigentlich das Heu hätte sein sollen, befand sich ein kleines weißes Häuschen mit richtigen Schindelwänden, Sprossenfenstern, grünen Fensterläden und einem schiefen Blechkamin, der aus dem Schindeldach herausragte – als sei der Familie Willard ihr neues Haus in Kleinformat direkt vor die Haustür geliefert worden.

Das dritte Vorzeichen an diesem Tag? Aller guten Dinge sind drei, hieß es. Die Erfüllung der beiden Zeichen vom Vormittag? Oder nur ein paar Zigeuner? Lily beschleunigte ihren Schritt.

Die Sache blieb nur so lange rätselhaft, wie sie brauchte, um zur vorderen Veranda zu gelangen. Dort sah sie ihren Vater, der sich mit einem roten Taschentuch über die Stirn wischte und mit dem größten Mann, den sie je gesehen hatte, einen Krug seines Löwenzahnweins trank. Der

Fremde hatte riesige genagelte Stiefel an und Beine wie Baumstämme, die sich zu einem schmalen Oberkörper, spindeldürren Armen und einem gänseartigen Hals verjüngten. Sein Kopf war zu klein geraten für den Rest seines Körpers und ein bisschen spitz. Er hatte, dachte Lily, die Form des Buchstabens »A«. Erst als der Fremde ihr in dem Versuch, freundlich zu sein, mit dem rechten Auge zuzwinkerte, bemerkte sie, dass sein linkes Auge aus Glas war.

»Das ist Lily«, sagte ihr Vater, der von der Nachmittagssonne und dem Wein schon einen roten Kopf hatte. »Lily ist meine älteste und zugleich meine jüngste Tochter. Sag Mr. Pritchard Guten Tag, Lil. Er wird uns unser neues Haus bauen.« Der große Mann tippte an die Krempe seines Strohhuts und bekam von Lilys Vater den Krug gereicht.

»Dann kriege ich mein eigenes Zimmer«, sagte Lily und kletterte ihrem Vater auf den Schoß. Sie sah keine Veranlassung, lange um den heißen Brei herumzureden. In ihren acht Lebensjahren hatte sie bereits gelernt, ihren Nutzen aus halbleeren Krügen zu ziehen, solange sie noch halbvoll waren.

Beide Männer lachten und setzten ihr Gespräch über Schindeln und Fenstersimse aus Esche, über die Vorzüge eines Schieferdachs gegenüber Zedernschindeln fort. Lily wurde dieser Besessenheit der Erwachsenen für Einzelheiten bald überdrüssig und befreite sich aus den verschwitzten Armen ihres Vaters, um sich das seltsame große Buch näher anzuschauen, das aufgeschlagen auf dem Rattantisch zwischen den beiden Männern lag. Bildtafel XIX, The Sheridan. Eine Zeichnung eines großen weißen

Hauses mit Veranden an drei Seiten und einem zweistöckigen Küchenflügel. Auf der Seite gegenüber befanden sich drei komplizierte Gitternetze, die über und über mit einem Gewirr von Winkeln und Kurven und Pfeilen versehen waren.

»Was ist das?«, fragte Lily Mr. Pritchard.

»Das ist euer neues Haus«, antwortete Mr. Pritchard. »Mehr oder weniger.«

»Das nennt man Grundriss«, sagte Lilys Vater.

»Es ist wie der Stiefelabdruck, den ein Haus zurücklassen würde, wenn es aufstehen und davonlaufen könnte«, erklärte Mr. Pritchard.

»Wie Ihr Haus«, stellte Lily fest.

Mr. Pritchard kratzte sich am Kopf. »Ich habe kein Haus«, sagte er, aber dann verstand er. »Ach, du meinst den Wagen.« Er zwinkerte Lily zu. Sie kam zu dem Schluss, dass sie sich trotz seiner unglaublichen Größe und seines wandernden Auges nicht sonderlich vor ihm fürchtete.

»Danach baut er das Haus«, sagte Lilys Vater, der überhaupt nicht verstanden hatte. »Er kann sich diese Grundrisse anschauen und das ganze Haus danach bauen. Er liest sie wie Landkarten. Verstehst du?«

Lily nickte. Sie wusste auch, dass man nicht alles glauben durfte, was Männer erzählten, wenn sie tranken. Sie nahm sich das Buch und setzte sich auf die Verandastufen, um es sich genauer anzusehen. »Aber denken Sie daran, Pritchard«, fuhr ihr Vater hinter ihr fort, »wir müssen an der Küche etwas ändern. Der Stall liegt auf der Ostseite, deshalb sollte der Küchenflügel auf der Westseite sein.« Lily nahm ihre nicht zu bändigenden rotbraunen

Locken, die wie immer aus dem Haarband gerutscht waren, und steckte sie sich hinter die Ohren.

Das Buch hieß *Payne's Encyclopedia of Rural Residences* von Clarence Payne. (Lily konnte zum Schrecken ihrer Lehrerin weit besser lesen, als es ihrem Alter eigentlich entsprach.) Es war voller Zeichnungen von schönen Häusern, daneben die so genannten Grundrisse. Schnell blätterte sie das Buch durch. Ihr Vater hatte keine schlechte Wahl getroffen. The Sheridan war ein schönes Haus, viel hübscher als The Dorset, The Oxford oder The Somerset. Nicht ganz so elegant wie The Wellington oder The Kent, aber diese beiden Letzten waren absolut riesig, und Lily war von ihrem Wesen her schließlich kein größenwahnsinniges Mädchen.

Die Zeichnung ihres neuen Hauses verschwamm vor ihren Augen. Kurven und Winkel verschoben sich, bis sie einen völlig anderen Grundriss ergaben – einen, der natürlicher wirkte als The Sheridan. Wieder bewegten sich die Linien, die wie von einem Heuhaufen herabfielen, sich gabelten und in zwei getrennte Häuser aufteilten. Jetzt waren es zwei Häuser, die sich unter einem Dach zusammendrängten.

Lily rieb sich die Augen. Pollen? Im Obstgarten war die Blüte gerade vorbei. Sie legte das Musterbuch wieder auf den Tisch zwischen die beiden Männer. *Befasse dich mit dem Hier und Jetzt.* Sie beschloss, sich aber trotzdem kein Glas Milch in der Küche zu holen. Ihre Mutter würde dort nur auf sie warten. Sie wollte sich noch nicht an ihre nachmittäglichen Aufgaben machen. Stattdessen ging sie über den Hof, um Mr. Pritchards Wagenhaus genauer unter die Lupe zu nehmen. An beiden Schindelseiten waren identische, verwitterte Schilder angeschraubt, die allerdings von Seilrollen, Leitern und verschiedenen Werkzeugen mit langen Griffen verdeckt waren.

ABEL PRITCHARD, HAUSBAUER
ZIMMERHANDWERK, MÖBELTISCHLEREI,
INSTANDSETZUNG
REFERENZEN AUF NACHFRAGE

Lily fragte sich, wie sie wohl in eines der Fenster linsen könnte. Sie hatte noch ihre Schulkleidung an – eine Baumwollschürze, die über und über mit Vergissmeinnicht bestickt war und die es ein bisschen schwierig machen würde, an der Seite hinaufzuklettern. Sie ging um den Wagen herum, bis sie aus dem Blickfeld ihres Vaters verschwunden war. Sie überlegte, ob sie sich die guten Stiefel ausziehen sollte, um sie vor der einen oder anderen unvermeidlichen Schramme zu bewahren, kam aber zu dem Schluss, dass sie jetzt nicht die Geduld aufbrachte, all die Knöpfe aufzuknöpfen. Deshalb hielt sie sich an den Sprossen einer der aufgehängten Leitern fest und zog sich auf die Speichen des Hinterrads. Während sie auf die Nabe und den Radkranz kletterte, dachte sie an den Hornissenschwarm im Obstgarten heute Morgen. Sie sollte sich den verlassenen Hornissenstock für ihr neues Zimmer unter den Nagel reißen, bevor ihre Brüder ihr zuvorkamen. Nach dem Abendessen würde sie eine lange Stange brauchen, um ihn aus sicherer Entfernung von einem niedrigeren Ast aus von seinem Zweig zu schlagen. Lily war, weil sie die meiste Zeit ihres Lebens hinter drei älteren Brüdern hergelaufen war, im Bäumeklettern sehr geübt. Sie zog sich auf die Leiter, die direkt unterhalb des Fensters hing. Sie hatte vor, sich seitwärts auf den Sprossen vorzuarbeiten, bis sie hineinschauen konnte. Aber ihre Kletterei wurde durch gedämpfte Geräusche aus dem Wageninneren unterbrochen. Hatte Mr. Pritchard etwa einen Hund? Plötzlich gingen die Vorhänge über ihr auseinander, und jemand schob das Fenster hoch. Zwei sommersprossige Gesichter kamen zum Vorschein. Lily verlor den Halt. Sie fiel rückwärts. Sie hörte den dumpfen Plumps, als ihr Körper auf dem unbefestigten Hof aufschlug. Eine Staubwolke, zwei verängstigte Gesichter, die aus dem Fenster starrten, der blaue Himmel, Sternschnuppen und dann nichts mehr.

Das Wiehern eines Pferdes. Der verzweifelte Kampf, sich festzuhalten, die schreckliche Erkenntnis, dass sie es nicht schaffte. Das lange Fallen. Schreie. Sie wusste, dass sie nicht alleine war. Sie wusste nicht, wo sie war – in einem dunklen Schrank?, unter einem Quilt versteckt?, jedenfalls irgendwo in einem engen Raum wegen der unendlichen Dunkelheit – nirgendwo und überall zugleich. Sie spürte, dass jemand in der Nähe war, ein Mensch, der um sie besorgt war und der versuchte, sie wieder zu Bewusstsein zu bringen.

Lily erwachte unter einem blauen Himmel und dem Geschrei von Staren, die sich in den Ahornbäumen über ihr stritten. Die beiden gleichen sommersprossigen Gesichter starrten auf sie herunter, jetzt aber viel näher als zuvor. Jungs, so alt wie sie, dünn, flachsköpfige Jungs mit braunen mandelförmigen Augen. Zwillinge.

»Du bist in Ohnmacht gefallen«, stellte einer von ihnen fest.

»Für wie lange?«, fragte sie.

»Nicht sonderlich lang«, sagte der andere. »Wir hatten nicht einmal Zeit, dir aufs Gesicht zu klopfen oder Wasser über den Kopf zu schütten.«

»Ihr habt keinen Erwachsenen geholt?«

Die beiden tauschten Blicke aus. »Auf die Idee sind wir gar nicht gekommen«, gestand der erste. »Möchtest du, dass wir unseren Vater holen?«

»Ich glaube, mir geht's gut«, sagte Lily und setzte sich auf. Noch mehr weiße Sternchen. Das Gezirpe von Insekten im hohen Gras.

»Warum hast du nicht einfach angeklopft?«, wollte der Erste wissen.

»An diese Möglichkeit habe ich gar nicht gedacht«, sagte Lily.

Die Zwillinge luden sie ein, auf ein Glas kaltes Wasser in den Wagen zu kommen. Das nahm sie gerne an. Sie wollte immer noch wissen, wie es drinnen aussah. Der erste Junge half ihr auf die Füße, was sie nett, aber überflüssig fand. Ihr ging es gut, abgesehen von der Beule, die sich an ihrem Hinterkopf bildete. Die beiden führten sie zur Rückseite, zu einer kleinen Holztür, die über die Hinterachse hinausragte. Sie hatten die Tür in ihrer Eile offen gelassen, als sie nachsehen wollten, ob Lily tot war. Gleich dahinter führten fünf niedrige Stufen auf die Pritsche. Lily stieg sie langsam hinauf und wunderte sich über das unglaubliche Durcheinander ringsum. Das Häuschen bestand tatsächlich nur aus einem einzigen Raum, aber jeder verfügbare Zentimeter an Wand war wie draußen mit Schreinerwerkzeugen bedeckt, von denen Lily einige erkannte – Hämmer, Handsägen, Stechbeitel –, andere hatte sie dagegen noch nie gesehen. Zwischen den Werkzeugen hingen Kasserollen, Töpfe und Pfannen von der Decke, ein Teekessel, ein Rührbesen und eine Geige. Einer der Zwillinge forderte sie auf, hinten an dem Tisch, der Böcke als Füße hatte, Platz zu nehmen, während der andere aus einer Zinkmilchkanne einen Schöpflöffel voll Wasser in ein Glas goss.

Während sie an ihrem Wasser nippte, fand Lily rasch heraus, dass der nette Junge Oren hieß. Er war der ältere der Zwillinge, und zwar um dreizehn Minuten. Der andere hieß Ian. Die Mutter der Zwillinge war am Tag ihrer Geburt gestorben. Wahrscheinlich war das Ians Schuld, erfuhr Lily, weil sich seine Nabelschnur irgendwie in ihrem Inneren verheddert hatte, aber ihr Vater hatte ihm deshalb nie Vorwürfe gemacht, weil das Leben eben manchmal so spielte. Die Zwillinge waren von ihrem Vater großgezogen worden. Soweit sie sich erinnern konnten, hatten sie immer in diesem Wohnwagen gelebt. Sie hatten beide vor, ebenfalls Zimmerer zu werden, sobald sie alt genug dafür waren. Sie fanden, dass sie ein schönes Leben führten, und sahen keinen Grund, es zu ändern.

»Aber wo schlaft ihr denn alle?«, wollte Lily wissen.

Ian erklärte, dass der Tisch abends heruntergeklappt und ihrem Vater als Bett dienen würde. Tagsüber waren seine Bettdecke, sein Kopfkissen und ein Großteil der Kleider in den Bänken untergebracht. Oren fasste an den langen Schrank über ihren Köpfen und zog an den beiden Griffen. Der Schrank klappte auf, und zum Vorschein kam eine Schlafkoje, in der Decken und Kissen gestapelt waren. Da schliefen er und sein Bruder, erklärte er. Es gab sogar eine kleine Dachluke, die sie immer dann aufmachen konnten, wenn sie nachts die Sterne sehen oder den Rauch des winzigen Kanonenofens abziehen lassen wollten.

Lily war sich nicht sicher, ob sie mit diesen Jungs, die nie ein richtiges Zuhause gehabt hatten, Mitleid hatte, oder ob sie sie beneidete. »Wir haben junge Kätzchen«, sagte sie. »Zwei, die beiden sind erst heute Morgen geboren. Wollt ihr sie sehen?«

»Du hast so grüne Augen wie eine Katze«, stellte Oren fest.

»Und so rote Haare wie ein Pony«, fügte Ian hinzu, »nur lockiger.«

»Wir haben irische Vorfahren«, sagte Lily. »Wollt ihr die Kätzchen jetzt sehen oder nicht?«

Die beiden nickten. Sie durften keine Haustiere halten, erklärte ihr Oren. Aber was war mit ihren beiden Belgiern?, fragte Lily. Die Jungen zuckten die Achseln. Sie hatten es längst aufgegeben zu reiten, erzählte Oren. Die Arbeitspferde waren so dumm, dass sie es kaum merkten, wenn sie vor den Wagen gespannt wurden. Lily sagte den Zwillingen, sie würde ihnen beibringen, auf ihrem Pony zu reiten – das sei ganz einfach –, falls sie lange genug hier in der Stadt bleiben würden. Wieder warfen sich die Jungen einen verstohlenen Blick zu. Das taten sie allem Anschein nach häufig, ganz so als ob sie sich lieber mit den Augen als mit Worten unterhielten. Oren räusperte sich. Aber sie würden jetzt hier, auf ihrer Farm wohnen, sagte er, mal mindestens so lange, bis ihr Vater das neue Haus für sie fertig gebaut hätte. Wie lange würde das wohl dauern?, fragte Lily. Jedenfalls lange genug, um reiten zu lernen, versicherte ihr Ian.

Während Lily beim Abendessen war, stellte Mr. Pritchard sein fahrbares Haus in der Nähe des Stalls ab und führte seine Belgier auf die Weide. Lilys Vater hatte ihn eingeladen, mit der Familie zu Abend zu essen. Aber Pritchard hatte höflich abgelehnt. Sie würden sicher die Nase von ihm voll haben, bevor der Sommer vorüber war, hatte er lachend gesagt. Am besten, man zog gleich von Anfang an klare Grenzen. Nachdem der Abwasch erledigt war, trat Lily auf die vordere Veranda hinaus und sah, dass die Pritchards all die Leitern und Seile und Werkzeuge, die am Wagen gehangen hatten, abgeladen und am Stall aufgestapelt hatten. Sie hatten ein Zelt aus gestreiftem Segeltuch, versehen mit einem Moskitonetz, an der Seite angebracht, an der Lily heruntergefallen war. Jetzt waren sie gerade in diesem Vorzelt beim Abendessen. Alle drei saßen auf Klappstühlen um einen Klapptisch und aßen, redeten aber nichts. Gebratenes Hühnchen, nahm sie an wegen des Dufts, der von einem praktischen tragbaren Grill herüberwehte. Sie ging wieder hinein. Vielleicht konnte sie ja einen ihrer jüngeren Brüder überreden, mit ihr Dame zu spielen.

Aber so ist das nun einmal, wenn man ein kleines Mädchen ist. An einem Tag gibt es auf deinem Hof nichts als weiße Gänseblümchen und ein paar Hühner, am nächsten gleich eine ganze Wagenladung Zimmerleute. Alles scheint möglich zu sein, wenn man acht ist: dass deine Katze nur zwei Junge werfen konnte, dass deine Mutter nur Jungs kriegen konnte, dass dein Vater einen Mann anstellt, der für deine Familie ein neues Farmhaus neben dem baut, in dem du bereits wohnst, dass dieser Mann aussieht wie der Buchstabe »A« und ein Glasauge hat und

Zwillinge, die etwa in deinem Alter sind. Besser, du stellst nie infrage, ob irgendetwas richtig ist oder nicht.

Als die Sommerferien endlich begannen, rannte Lily nicht wie in den vergangenen Jahren hinter ihren Brüdern her, darauf hoffend, bei deren Übungen mit der Steinschleuder, den Cowboy- und Indianerspielen oder den Abenteuern in der hinteren Waldparzelle mitmachen zu dürfen. Inzwischen war sie vom Hausbau ganz besessen. Sobald sie ihre allmorgendlichen Pflichten erledigt hatte, ließ sie sich mit *Payne's Encyclopedia of Rural Residences* auf dem Schoß unter dem alten Holzapfelbaum nieder und überwachte aus dem lieblich duftenden Schatten des Baumes heraus anhand Abbildung XIX, welche Fortschritte die Pritchards machten. Leider ging die Sache mit dem nervtötenden Tempo der Erwachsenen voran.

Mr. Pritchard war noch immer dabei, den Kamin in der Mitte des Hauses Schicht für Schicht zu mauern. Er nahm Maß, überprüfte noch einmal, steckte die Maße mit einer gespannten Schnur ab, wählte die Backsteine von einer braunen Pyramide aus, die beim Bauplatz aufgestapelt war, legte ein paar zurück, begutachtete sie mit seinem gesunden Auge, verschob die Schnur, maß wieder nach. Der Kamin musste wegen der Feuerstellen auf allen vier Seiten in sämtlichen Zimmern auf beiden Etagen eine komplizierte Angelegenheit sein. Mr. Pritchard musste nach Aussage ihres Vaters ganz sorgfältig arbeiten, damit die Rauchfänge am Ende auch gut zogen. Unterdessen hoben die Jungs den Gemüsekeller der Küche aus. Das taten sie in vollkommener Stille mit Miniaturspaten, die ihr Vater wohl für sie hergestellt hatte. Hin und wieder legten sie einen größeren Feldstein auf einen Berg mit solchen Steinen, die die Lohnarbeiter schon beim Pflanzen im Frühjahr für das neue Fundament gesammelt hatten. Falls die Zwillinge überhaupt miteinander kommunizierten, dann in ihrer komischen Sprache aus leichtem Nicken und flatternden Handbewegungen. Nie redeten sie mit Lily oder nahmen überhaupt Notiz von ihr. Ihre ganze anfängliche Freundlichkeit war verflogen, nachdem sie ihnen die jungen Kätzchen gezeigt und ihnen erlaubt hatte, Buster zu streicheln. Lily war der Meinung, dass sie für neunjährige Jungs alles in allem zu ernst seien.

An einem besonders heißen Vormittag bereitete Lily einen Krug Limonade zu. Sie steckte sich vier Marmeladegläser in die Taschen ihrer Schürze, dazu ein halbes Dutzend Zuckerkekse und brachte alles zu den Pritchards hinaus.

»Na, das ist ja prima!«, sagte Mr. Pritchard und leerte gleich zwei Gläser hintereinander. »Jungs, was sagt ihr zu Miss Lily?«

Die Jungs nahmen jeweils ein volles Glas und einen Keks und murmelten ihr Dankeschön. Mr. Pritchard wischte sich mit einem sehr schmutzigen roten Taschentuch über die Stirn und machte sich wieder an den Kamin. Die Jungs gaben ihre leeren Gläser zurück und starrten Lily an.

»Sagt doch was«, forderte Lily sie auf. »Irgendwas.«

Beide warfen einen flüchtigen Blick in Richtung ihres Vaters.

Der eine stieß den anderen an, und dieser räusperte sich. »Du hast es versprochen«, sagte er.

»Was habe ich versprochen?«

»Du hast versprochen, dass wir auf deinem Pferd reiten dürfen.«

»Buster ist kein Pferd«, sagte Lily und spürte einen Anflug von Schuldgefühl – das hatte sie ja völlig vergessen. »Er ist ein Pony.«

»Jedenfalls hast du es versprochen.«

»Ist schon gut«, antwortete Lily. »Meinetwegen. Ihr könnt heute Abend auf ihm reiten. Ich hole euch nach dem Abendessen ab.«

Zufrieden wandte sich der eine, der den Bruder angeschubst hatte, um und griff nach seinem kleinen Spaten. Der andere, der geredet hatte – der Nette –, stand wie vom Donner gerührt da. Ihr wurde klar, dass sie sich nicht mehr an ihre Namen erinnern konnte.

»Tut mir Leid«, sagte Lily. »Ich hab's vergessen, wegen der Schule und den Hausaufgaben und dem allem.«

»Die Schule«, sagte er freundlich. »Ach, deshalb.«

Zum ersten Mal kam es Lily in den Sinn, dass die Zwillinge wahrscheinlich gar nicht zur Schule gingen. Sie hatten das ganze Frühjahr hindurch mit ihrem Vater gearbeitet, während sie sich mit ihren Klassenkameraden durch das Einmaleins gekämpft hatte. Mr. Pritchard musste sie wohl abends unterrichten, im Schein der Lampe, draußen in dem Zelt, dachte Lily. Das war wohl auch der Grund, warum die Lampe abends immer so lange brannte. »Wie heißt du nochmal?«, fragte sie.

»Oren«, sagte er. »Ich heiße Oren. Und du heißt Lily.«

Als sie nach dem Abendessen zum Zelt kam, saßen die beiden Jungs am Tisch und schnitzten aus Holzresten kleine Figuren, während ihr Vater auf der Geige spielte. Lily war fasziniert. Die Musik war wunderbar, schwungvoll und dennoch irgendwie traurig. Sie setzte sich ganz still hin, bis Mr. Pritchard aufhörte, um seine Finger ein bisschen auszuruhen. Sie klatschte, und er verneigte sich. Sie sagte ihm, dass sie irgendwann auch gerne lernen würde, wie man auf einer Geige spielt – das war ihr allerdings gerade eben erst in den Sinn gekommen. Er wurde rot, und sein richtiges Auge funkelte. Sie dürfe jederzeit gerne kommen und zuhören, sagte er ihr.

Sie fragte die Jungs, was sie da machten. Mr. Pritchard erklärte ihr, dass sie Schachfiguren schnitzten. Lily erkundigte sich bei ihm, ob es gerade ungünstig sei, die Zwillinge zum Reiten abzuholen. Mr. Pritchard beäugte die beiden argwöhnisch. Sie fügte rasch hinzu, ihr Vater habe das vorgeschlagen, vorausgesetzt natürlich, dass es ihm recht sei. Mr. Pritchard sagte, seiner Meinung nach spräche nichts dagegen, vorausgesetzt, die Jungs seien bei Anbruch der Dunkelheit zurück. Er ermahnte die beiden noch, sich auch ja ordentlich zu benehmen.

Lily führte sie in den Stall. Sie zeigte ihnen, wie man Buster sattelte. Sie fragte sie, warum sie Schachfiguren schnitzten. Einer der Jungen erklärte ihr, dass ihr Vater nebenher Schachspiele verkaufte. Konnten sie denn Schach spielen?, erkundigte sich Lily. Vielleicht könnten sie es ihr ja auch beibringen. Sie selbst liebte ja Dame. Nein, antwortete der andere. Keiner von ihnen konnte Schach spielen. Ihr Vater hatte ihnen anhand eines Buches aus der Bibliothek gezeigt, welche Figuren man schnitzen musste. Jedenfalls war es eine gute Übung für all die anderen Sachen, die sie zu verzieren hatten, meinte der Erste. Welche Sachen? Geländer und Türrahmen, erklärte er. Und Särge.

»Ich kann euch beide nie auseinander halten«, stellte Lily fest, um das Thema zu wechseln.

»Ich bin Oren«, sagte derjenige, der direkt neben ihr stand. Aber es war der andere, Ian, der anbot, Buster über die Nüstern zu streicheln, solange Lily ihn sattelte. Oren stand daneben, gerade außer Reichweite, und schaute zu. Buster würde mit ihm nicht nett umgehen. Pferde konnten Angst riechen. Das nutzten sie, wann immer möglich, aus. Jede Wette, dass Buster versuchen würde, Oren abzuwerfen.

»Wie hält euer Vater euch denn auseinander?«, fragte Lily.

»Gar nicht«, antwortete Oren.

»Das braucht er auch nicht«, fügte Ian hinzu. »Wir sind ja immer zusammen.«

Lily konnte sich so etwas nicht vorstellen, aber sie sagte es nicht. Sie führte sie hinaus auf die hintere Weide. Es gehörte sich nicht, sich in das Leben anderer Leute einzumischen – zumindest nicht so direkt. Nach Aussage ihrer Mutter fand man schon bei Nähkränzchen, bei Wettkämpfen im Hufeisenwerfen und in der Sonntagsschule alles heraus, was man wissen musste. Und dann gab es da natürlich auch die Zeichen: Welche Bäume voller Insektenschwärme waren, welche Farben ein Wurf junger Kätzchen hatte, wessen Babys mit einer Glückshaube geboren wurden. Doch inzwischen behielt Lily ihre Interpretation dieser Zeichen für sich. Nach Meinung ihrer Mutter brauchte man eine kundige Seherin, um sie lesen zu können wie beispielsweise Mme LeTourneau an der

Molly Brook Road. Alles andere waren nur »Phantasievorstellungen«.

Buster warf Oren natürlich ab. Er hatte darauf bestanden, als Erster dranzukommen, weil er der Ältere war. Er wollte angeben, das war Lily klar. Das Pony begann schon in dem Augenblick loszutraben, in dem Oren sich auf seinen Rücken setzte. Lily rief ihm zu, Buster zurückzuhalten, aber Oren wusste nicht, was sie damit meinte. Er fing an, die Zügel gegen Busters Hals zu schlagen. Darauf hatte Buster nur gewartet, um in vollen Galopp auszubrechen. Es sah aus, als wolle er direkt durch den Stacheldrahtzaun stürmen. Was sollen wir bloß machen?, schrie Ian. Lily zuckte die Achseln. Das war einer der ältesten Tricks von Buster, das hatte er auch mit ihren drei großen Brüdern gemacht. Buster würde kurz vor dem Zaun anhalten und den armen Oren darüber werfen. Lily und Ian sahen zu, wie genau das geschah. Dann rannten sie beide über die Weide, um Oren zu Hilfe zu eilen. Allerdings verlangsamten sie ihren Schritt, als sie Orens Gesicht über den Weizenhalmen und der Wolfsmilch auftauchen sahen. Er grinste.

Es gereichte Oren zur Ehre, dass er darauf bestand, Buster zum Stall zurückzureiten. Sämtliche Brüder von Lily hatten sich seinerzeit geweigert, jemals wieder auf Buster zu steigen, und hatten stattdessen angedroht, seinen Hafer zu vergiften. Doch inzwischen hatte das Pony beschlossen, sich gut zu benehmen, solange es nur ein paar Schritte vor den anderen herlaufen durfte. Ian hatte nicht die geringste Angst vor Buster, nicht einmal nach Orens Abwurf. Und Buster erwärmte sich auch sofort für ihn, drückte sich mit der Schnauze an ihn und bettelte um

Karotten. Ian gelang es, ohne Zwischenfall um die Koppel zu reiten, und er schaffte es sogar, Buster in einen leichten Galopp zu bringen, etwas, was selbst Lily nur mit Mühe hinbekam. Als Ian schließlich abstieg, strahlten seine Augen. Beide Jungs halfen Lily liebend gern, das Pony zu striegeln, seinen Stall auszumisten und mit frischem Heu auszulegen.

»Und, was ist denn der Unterschied zwischen einem Pony und einem Pferd?«, fragte Oren.

»Ponys sind nichts weiter als Babypferde«, erklärte Ian.

»Nein, das stimmt nicht«, sagte Lily. »Buster ist voll ausgewachsen. Pferdebabys nennt man Fohlen. Ponys sind eine Pferderasse, die eigens gezüchtet wurde, damit sie kleiner sind. Buster ist ein so genanntes Shetlandpony. Ich habe ein Buch über Ponys, und wenn ihr wollt, leihe ich es euch.«

Wieder wurden Blicke zwischen den Zwillingen ausgetauscht.

»Nicht nötig«, sagte Oren.

»Das ist schon in Ordnung,« antwortete Lily. »Ich habe ja das Buch von eurem Vater über das Häuserbauen.«

»Wir können nicht lesen«, erklärte Oren. »Unser Vater hat noch nicht die Zeit gefunden, es uns beizubringen.«

Lily konnte nur mit Mühe ihr Staunen verbergen. Es konnte doch sicher nicht rechtens sein, die Jungs nicht in die Schule zu schicken. Jeder ging zur Schule. Sie würde ihren Vater später danach fragen. »Na ja, dann«, sagte Lily. »Ich glaube, dann muss ich euch das auch noch beibringen.« Alle lachten los. Lily wusste, dass sie ihrem Vater nichts von den Jungs erzählen würde. Irgendwie war klar, es würde ein Geheimnis zwischen ihnen bleiben, dass die beiden nicht lesen und schreiben konnten.

Am nächsten Tag häkelte Lily, während sie unter dem Holzapfelbaum Wache hielt, zwei Armbändchen: ein schwarzes für Oren, weil er das schwarze Kätzchen adoptiert und es Rook getauft hatte, und ein weißes für Ian wegen des weißen Kätzchens namens Knight. Na ja, sie hatten sie nicht richtig adoptiert, eher ausgeliehen. Mr. Pritchard legte großen Wert darauf, dass sie ihr Herz erst gar nicht an Dinge hängten, die sie am Ende doch zurücklassen mussten. Lily bestand darauf, dass sie von nun an ihre Armbändchen trugen. Ihr Vater mochte vielleicht keinen Wert darauf legen, sie voneinander zu unterscheiden, sie aber sehr wohl.

Den Rest der Sommerferien verbrachte sie damit, den beiden das Lesen und das Reiten beizubringen. Welche Art von Unterricht erteilt wurde, war vom Wetter abhängig. An heißen Nachmittagen gingen sie reiten, sobald die Zwillinge ihre Arbeit beendet hatten. Wenn es regnete, steckten sie ihre Nasen in Bücher. Lily hatte die Zwillinge fast ganz für sich allein. Ihre Brüder hatten wenig Interesse an ihnen. Ihr ältester Bruder hatte gemeint, die Pritchards seien nur Hilfskräfte. Abgesehen davon wären sie so langweilig wie Mädchen und würden überhaupt keine guten Spiele kennen.

Lily fing mit ihnen mit *Little Men* an, ließ aber die kindischen Geschichten aus, die sie gezwungenermaßen hatte ertragen müssen. Sie kamen nur langsam voran, wegen des ganzen Kelleraushebens und des Kaminbaus, außerdem war das Wetter außergewöhnlich trocken gewesen, aber als sie erst einmal angefangen hatten, das Fundament aus Feldsteinen zu legen, konnten die Zwillinge einen oder zwei Absätze holprig herunterlesen. Keiner der beiden war davon besonders begeistert. Aber sie ritten mit Vorliebe auf Buster und wussten, dass das Lesen – jedenfalls was Lily betraf – der unvermeidliche Preis für das Reiten war.

Beim Reiten legten die Zwillinge viel mehr Begeisterung an den Tag. Beide konnten Buster inzwischen satteln, beide schafften es, ihn zum leichten Galopp zu bringen, beide konnten ihn so verausgaben, dass er mit schäumendem Schweiß bedeckt war. Buster lernte mit der Zeit, Oren zu akzeptieren – was in mancher Hinsicht bemerkenswert war, da das Pony berüchtigt dafür war, sehr nachtragend zu sein –, aber er mochte Ian nach wie vor eindeutig lieber und wieherte, wann immer er sich der Koppel näherte. Buster weigerte sich jedoch bei beiden noch immer hartnäckig, über Apfelkisten zu springen. Das war Lily durchaus recht. Tiere, die jedem Befehl gehorchten, waren geistlos, das sagte ihr Vater jedenfalls andauernd.

Nach dem zweiten Heuschnitt ging Mr. Pritchard daran, die Wände zusammenzusetzen. Da dies Männerarbeit war, erhielt er von Lilys Vater die Erlaubnis, einen der Feldarbeiter als Hilfskraft anzustellen. Sie hoben gemeinsam eine Sägegrube aus und legten Baumstämme darüber, die sie dann mit einer Zugsäge in die richtige Länge schnitten. Sobald das Holz erst einmal die richtige Größe hatte, wurde es um das Fundament auf den Boden gelegt, immer eine Wand nach der anderen. Lily hielt nach wie vor ihre Morgenwache unter dem Holzapfelbaum und lernte im Lauf der Zeit eine ganze Menge über die Pfosten- und Balkenbauweise: dass die Keile, die Mr. Pritchard oben in die vertikalen Pfosten schnitt, Zapfen genannt wurden; dass der Einschnitt, den er in den angrenzenden horizontalen Balken bohrte, Zapfenloch hieß; dass alle Zapfen am Ende in die Zapfenlöcher passen mussten wie große Blumenblätter einer kunstvollen hölzernen Lotusblume; dass die zusammengesetzten Seiten dann mit langen Holzdübeln, Holznägel genannt, zusammengefügt wurden; dass man dies machte, indem man mit einem Kreuzhandbohrer Löcher durch die aneinander stoßenden Pfosten bohrte und die Holzdübel mit einem Holzhammer aus Eiche in diese Löcher schlug. Die Pritchard-Zwillinge konnten bei dieser anstrengenden Arbeit nichts weiter tun, als für die beiden Männer Wasser zu holen und Holzreste zusammenzurechen, aus denen später Läufer, Bauern und Königinnen geschnitzt wurden. Um die Mittagszeit saßen sie gewöhnlich neben Lily unter dem Holzapfelbaum und schlugen Fliegen tot.

Die erste Wand des Hauses wurde am ersten August aufgestellt. Die drei Kinder hatten sich den Vormittag über größtenteils auf dem Bauplatz herumgetrieben, während die herbeizitierten Hilfskräfte die Nordwand mit langen Stangen auf das Fundament aus Feldsteinen hievten. Aber zuzusehen, wie die Mannschaft die winkligen Eckstreben zwischen den Stützpfosten aufrichtete, wurde an einem so heißen Tag einfach zu langweilig.

»Bücher oder Buster?«, fragte Lily.

»Zu heiß«, stöhnte Oren.

»Können wir nicht was anderes machen?«, wollte Ian wissen.

Lily überlegte. Die armen Jungs. Sie taten nie etwas anderes als arbeiten. Natürlich gab es jede Menge Sachen, die sie machen konnten. Die Willards besaßen mehr als zweihundert Hektar Land. Beim Frühstück packte Lilys Mutter immer für jeden ihrer Brüder ein Sandwich ein. Nachdem sie ihre Arbeit getan hatten, zogen sie dann als laut grölende Horde über die Weide davon und kehrten erst kurz vor dem Abendmelken wieder zurück. *Irgendetwas* Lustiges mussten sie wohl die ganze Zeit machen.

»Kommt mit«, sagte Lily.

»Wohin?«, fragte Ian.

»Ihr werdet schon sehen.«

Sie war sich zunächst noch nicht ganz sicher, wohin sie die beiden führen würde. Aber als sie erst einmal in dem Waldstück waren, kannte sie ihr Ziel. Einen Ort, an dem es kühl war. Sie hoffte nur, dass ihre Brüder nicht schon dort waren. Sie wusste nicht, wovor sie sich mehr fürchtete: dass ihre Brüder Oren und Ian nie würden leiden können oder dass sie ihr die Zwillinge ausspannten, sobald sie sie näher kennen lernten.

»Dieser Weg ist ein alter Indianerpfad«, stellte sie fest. »Unsere Farm liegt eigentlich auf indianischen Jagdgründen.« Letzteres entsprach der Wahrheit, schließlich hatte der größte Teil von Vermont irgendwann einmal den Indianern gehört. Auch ihre erste Behauptung konnte durchaus wahr sein, es konnte aber auch so sein, dass der Trampelpfad von längst verendeten Kühen angelegt worden war.

»Welche Indianer?«, wollte Oren wissen und warf seinem Bruder einen Blick zu.

»Was meinst du mit ›welche Indianer‹?«, sagte Lily. »Du weißt doch, *Indianer*.«

»Ich meine, welcher Stamm?«

»Wen interessiert schon, welcher Stamm das war?«, fragte Lily. In Wahrheit hatte sie keine Ahnung, welche Indianerstämme einst in dieser Gegend gelebt hatten. Sie spürte sie lediglich hier um sich herum. Sie war wieder einmal kurz davor, sich bei einer ihrer Fluchten in ihre Phantasie zu verheddern, was sie ärgerte.

»Wir sind zum Teil Indianer«, erklärte Oren. »Abenaki.«

Lily blieb abrupt stehen und drehte sich um. »Wirklich?« Sie sahen überhaupt nicht aus wie Indianer – wer hatte denn jemals von blonden Indianern gehört? Aber sie musste zugeben, dass sie eigenartig mandelförmige Augen hatten.

Oren nickte.

»Aber glaub nicht, dass wir mit Pfeil und Bogen schießen können oder so«, sagte Ian. »Wir haben unsere indianischen Verwandten nie getroffen. Wir sollen nicht einmal irgendjemandem davon erzählen.« Er boxte Oren fest gegen den Arm.

»Warum nicht?«

»Unser Vater will das nicht«, erklärte Oren. »Das ist schlecht fürs Geschäft.«

»Habt ihr deshalb kein richtiges Haus? Sieht euer Wohnwagen deshalb wie ein modernes Indianerzelt aus?«

»Nein«, antwortete Ian. »Wir haben kein Haus, weil wir keines wollen.«

Lily dachte darüber nach. »Na ja, wenn ich indianisches Blut hätte, dann würde ich jetzt einen Regenzauber versuchen. Es ist so saumäßig heiß.«

Die Jungs lachten schockiert über ihre vulgäre Sprache. Insgeheim atmete sie erleichtert auf. Sie hatte sie nicht gekränkt. Das gab ihr das nötige Zutrauen, sie tiefer in den Wald hineinzuführen. Sie hatte Glück, ihre Brüder waren nicht am Badesee. Es war einer der schönsten Plätze, die Lily kannte: Ein kleiner Nebenarm des Waits River schlängelte sich zwischen den Kiefern hindurch, bis er über einige große Felsen stürzte und sich in einen Teich, der tief genug zum Schwimmen war, ergoss. Oren wollte wissen, ob er ihrer Familie gehörte, doch Lily zuckte nur mit den Achseln, denn darüber hatte sie noch nie zuvor ernsthaft nachgedacht. Er könnte auf dem Land ihres Vaters liegen, aber das interessierte genau genommen niemanden. Die halbe Stadt kannte diese Stelle. Und noch nie war jemals einer davongejagt worden, nur weil er sich auf fremdem Grund und Boden befunden hatte.

Oren ging an den Rand des Wassers und tauchte seine Finger hinein. Warm, berichtete er. Ian schlenderte hinüber und kauerte sich neben ihn. Lily verspürte einen Stich von Eifersucht. Sie hatte sich immer eine Schwester gewünscht. Sie konnte es sich nicht vorstellen, wie es wäre, jemanden neben sich zu haben, der genauso fühlte wie man selbst und der sofort verstand, wenn man etwas sagte.

»Da ist ein Seil«, erklärte Lily, um sie daran zu erinnern, dass sie auch noch da war. »An dieser Sumpfweide. Man kann sich von dem Felsen darunter abstoßen und bis zur tiefsten Stelle schwingen. Könnt ihr schwimmen?« Sofort bedauerte sie diese Frage. Immer hörte es sich bei ihr so an, als könnten die beiden überhaupt nichts. Das meinte sie aber gar nicht so. Sie konnten einen Gemüsekeller ausheben. Sie konnten ein Fundament aus Feldsteinen legen. Sie konnten hübsche kleine Schachfiguren schnitzen. Es sah nur so aus, als wenn sie nichts Normales könnten.

Ian erhob sich und knöpfte sein Hemd auf. Oren folgte grinsend seinem Beispiel. Gleich darauf sprangen beide nackt ins Wasser. Lily war noch unschlüssig, was sie tun sollte. »Kommst du nun, oder kommst du nicht?«, rief Ian von der Mitte des Teichs. »Es ist himmlisch!«

»Ich hab keinen Badeanzug dabei«, sagte Lily und trat gegen irgendeine imaginäre Staude.

»Wir doch auch nicht.«

Sie fing an, ihre Stiefel aufzuknöpfen. Es war absolut ungehörig, mit diesen beiden Jungen nackt zu baden. Das wusste sie von den endlosen Litaneien, die ihre Mutter ihr immer darüber sang, was kleine Mädchen zu tun und zu lassen hatten. Sie kletterten nicht auf Bäume, sie sprangen nicht mit Ponys über Hürden, sie spielten mit Puppen und versuchten sich beim Plätzchenbacken. Aber es war ja so verdammt heiß! Und es war niemand in der Nähe. Und sie konnte sich nicht vorstellen, wem es schaden sollte. Deshalb machte sie ihre Schürze auf, knöpfte ihr Kleid auf und ließ ihre Strümpfe und Unterwäsche auf den Boden fallen. Mit einem Freudenschrei klatschte sie im Hocksprung ins Wasser.

Sie schwammen zusammen. Sie machten Wettkämpfe, wer vom Seil aus am weitesten hinausspringen konnte. Sie entdeckten Büsche voller Traubenkirschen und zeichneten sich damit Kriegsbemalung auf ihre Gesichter und Körper. Sie legten einen Ring aus glatten Steinen und errichteten aus Sumachstengeln ein Pseudofeuer, dann tanzten sie schreiend darum herum, um den Regen herbeizubeschwören. Wieder sprangen sie ins Wasser und wuschen sich die Kriegsbemalung ab. Lily erzählte ihnen von den drei »su«-Wörtern, die aber mit »sch« ausgesprochen werden – *sumac, sugar* und *sure*. Sie brachte ihnen ihr Lieblingskinderlied bei, dasjenige, das ihr Vater immer sang, wenn sie auf der Veranda zusammen in der Schaukel saßen.

Montagskind ist lieb und schön,
Dienstagskind reizend anzusehn,
Mittwochskind weiß stets Bescheid,
Donnerstagskind muss wandern weit.

Später lagen sie zum Trocknen auf einem flachen Felsen unter dem Seil und summten das Liedchen leise vor sich hin. Lily lag zwischen den beiden Jungs, nahe genug, dass sie riechen konnte, wie das Wasser des Teichs auf ihren Schultern verdunstete. Eine leichte Brise kitzelte sie an der Unterseite ihrer Arme und Beine. Ein Eichhörnchen schimpfte irgendwo weit oben in den Zweigen der Weide mit ihnen. Ein gelber Schmetterling ließ sich furchtlos auf Ians Schulter nieder. Lily schloss die Augen. An der Art und Weise, wie die Sonne durch die Bäume auf ihre Lider schien, wusste sie, dass es bald Zeit war, zur Farm zurückzugehen. Aber sie ließ sich zu einem großen weißen Haus mit vielen leuchtend weißen Zimmern davontreiben, die alle ihr gehörten, alle mit großen Betten, auf denen verschiedene Patchwork-Quilts lagen, für jede Nacht ein anderes Bett. Ein Schatten, der auf ihr Gesicht fiel, brachte sie schließlich wieder zurück zum Badesee. Als sie die Augen aufschlug, sah sie Ian, der gebannt auf ihre Genitalien starrte. »Geh weg«, sagte sie mit belegter Stimme und schlug nach ihm, als sei er eine riesige Pferdebremse.

»So was habe ich bisher noch nie gesehen«, stellte er fest. »Schau mal, Oren.«

Lily tat die Beine zusammen und setzte sich auf.

»Nein, lass«, bat Ian. »Lass meinen Bruder das auch anschauen. Dann darfst du auch unsere sehen.«

»Ich brauche eure nicht anzuschauen«, sagte Lily. »Ich habe fünf Brüder. Ich weiß, wie das aussieht.«

»Bitte«, sagte Oren.

Lily seufzte dramatisch und spreizte die Beine. Oren setzte sich auf und schloss sich Ians Untersuchung ihrer Genitalien an. Er war schüchterner als sein Bruder, aber genauso neugierig. Und Lily schaute sich trotz ihres verächtlichen Getues deren Geschlechtsteile eingehend an. Identisch, wie der Rest. Das brachte sie auf eine Idee. Falls sie nur genau genug suchte, konnte sie vielleicht irgendwo ein Merkmal finden, ein Muttermal oder einen Schönheitsfehler, der sie von Natur aus unterschied. Beide ließen eine gründliche Inspektion geduldig über sich ergehen. Nichts. Jedenfalls konnte Lily nichts entdecken.

Alle drei erkannten auf einen Schlag, wie spät es schon war. Sie zogen sich schnell an und rannten durch den Wald zur Farm zurück. Draußen, auf den offenen Feldern sah Lily, dass es wirklich schon sehr spät war – das Abendessen war längst vorüber. Sie würden alle in Teufels Küche kommen.

Sie kamen in Teufels Küche, aber nicht etwa, weil sie zu spät dran waren. Lilys Brüder hatten auch in den Wäldern gespielt und waren ihr und den Zwillingen gefolgt, um ihnen nachzuspionieren. Sie hatten sie beobachtet, wie sie geschwommen und dann nackt um den Feuerkreis getanzt hatten. Sie waren nach Hause gerannt und hatten es sofort Lilys Mutter gepetzt. Zum Glück waren sie nicht lange genug geblieben, um Zeugen der eingehenden Untersuchung zu werden – ein weiteres Geheimnis, das die drei jetzt miteinander verband. Lily wurde ohne Abendessen zu Bett geschickt. Von ihrem Fenster aus konnte sie hören, wie die Zwillinge im Wohnwagen verprügelt wurden. Und sie konnte sehen, dass drei Seiten des neuen Willard-Hauses aufgerichtet worden waren, während sie in den Wäldern gespielt hatten.

Danach änderte sich alles. Lilys Vater verbannte sie von der Baustelle und verbot ihr, die Nachmittage mit den Pritchard-Jungen zu verbringen. Sie wusste, dass sie in ernsten Schwierigkeiten steckte, als ihr Vater ihr diese Strafe auferlegte. Normalerweise konnte sie sich darauf verlassen, dass er sich bei ihrer Mutter für sie einsetzte. Lilys Mutter hielt ihr nicht die übliche Predigt über das richtige Benehmen kleiner Mädchen. Stattdessen brach sie in Tränen aus, was noch beunruhigender war. Sie entschuldigte sich, dass sie Lily keine Schwester geschenkt hatte. Sie beide würden von nun an mehr zusammen tun, versprach sie, sobald die morgendlichen Arbeiten erledigt wären: sie würden einen Patchwork-Quilt nähen, Plätzchen backen und in der Familienbibel Sommerblumen trocknen.

Lily beschloss, sich für den Rest des Sommers wie ein richtiges kleines Mädchen zu benehmen – oder zumindest so lange, bis ihre Eltern den Zwischenfall mit dem

Weiher vergessen hatten. Ihr Wunsch nach einem eigenen Zimmer war zu groß, als dass sie das Risiko eingehen wollte, mit den Zwillingen gesehen zu werden. In der Zwischenzeit musste sie die Sache selbst in die Hand nehmen. Sie liebte ihre Mutter, wirklich. Und sie bewunderte sie. Aber ihre Mutter lachte nie und machte auch nie Späße. Und der Gedanke, den ganzen Tag mit ihr zusammen mit Nähen und Backen zu verbringen, versetzte Lily in Panik.

In der Sonntagsschule freundete sich Lily mit Hallie Burke an, dem zickigsten Mädchen der ganzen Klasse. Sie täuschte Interesse an Anziehpuppen aus Papier und an Kleidern vor, bis Hallie sie zum Spielen zu sich einlud. Lilys Mutter war überglücklich. Die Burkes waren wohlhabend. Hallie war immer von einer Horde Mädchen umringt. Jeden Nachmittag trottete Lily nun mit wilder Entschlossenheit in die Stadt.

Sich wie ein richtiges Mädchen zu verhalten, war anstrengender, als es zunächst aussah. Hallie liebte es, kunstvolle Teegesellschaften für ihre Puppen abzuhalten. Für diese Gelegenheiten hatte sie ein Service kleiner Porzellantassen und Untertassen, die ihrer Aussage nach aus Boston stammten. Sie wollte, dass Lily ein paar ihrer Lieblingspuppen mitbrachte. Meistens schnappte sich Lily einfach diejenigen, die eben gerade oben auf ihrer Spielzeugkiste lagen. Hallie war über den Zustand ihrer Puppenkleider entsetzt. Und auch an Lilys Aussehen hatte sie ständig etwas auszusetzen. »Du könntest ein hübsches Mädchen sein«, sagte Hallie und schenkte imaginären Tee ein, »wenn du nur diesen roten Mopp da bändigen und die Sonne meiden würdest.« Wie konnte sie sonst erwarten, jemals einen Prinzen auf sich aufmerksam zu machen? Lily machte das jedes Mal nervös. Die Erwachsenen verbrachten schon jede freie Minute damit, zu bereden, was wäre wenn, und sich Sorgen zu machen. Sie konnte sich einfach nicht vorstellen, dass ein kleines Mädchen so etwas dem Reiten oder Schwimmen vorziehen konnte. Ihr wäre es ganz recht, einen Farmer zu heiraten, genau so einen wie ihren Vater, sagte Lily dann. Und Hallie bot ihr einen Teller mit unsichtbaren Sandwiches an und riet ihr, ihre Ansprüche doch etwas höher zu schrauben und zumindest einen Pastor oder wenigstens einen Bankier ins Auge zu fassen.

Am Ende zeigten Lilys Brüder doch Interesse an den Pritchard-Jungs. Sie fingen an, den Zwillingen das Basketballspielen beizubringen, was ihnen offenkundig gefiel. Und ansonsten spielten sie Cowboy und Indianer. Soweit Lily es beurteilen konnte, ließen ihre Brüder die Pritchards immer die Indianer sein. Sie fragte sich, ob Oren und Ian so dumm gewesen waren, ihnen von ihrer Abstammung zu erzählen. Sie kam nie nahe genug heran, um sie das zu fragen. Sie beobachtete sie von der Straße aus, auf dem Weg von und zu Hallie. Gelegentlich hielt Oren in dem, was er gerade tat, inne und winkte ihr zu. Aber sie fühlte sich zu einsam und zu eifersüchtig, um zurückzuwinken. Stattdessen blickte sie dann in die andere Richtung, zur Baustelle, wo das Haus mittlerweile Gestalt annahm. Es hatte Wände und Böden, Treppen und ein Dach. Sie war beruhigt, dass es, selbst in dieser skelettartigen Form, genau wie The Sheridan in *Payne's Encyclopedia of Rural Residences* aussah.

Eines Morgens gab Hallies Mutter Bescheid, dass Hallie mit Fieber im Bett liege und nicht zum Plätzchenbacken herüberkommen könne. Lily las still in ihrem Zimmer und war dankbar für diese Erholung. Beim Mittagessen verkündete ihr Vater, dass er das neue Haus inspizieren werde. Sie fragte, ob sie mitkommen dürfe – es rutschte ihr einfach so heraus. Sie habe, solange Hallie krank sei, sonst nichts zu tun, fügte sie hinzu. Ihr Vater musterte sie argwöhnisch und setzte dann ein breites Grinsen auf. Natürlich, sagte er, warum denn nicht.

Er war guter Stimmung, als sie von einem imaginären Zimmer ins nächste gingen, Leitern hinaufstiegen und schmale Stege aus Planken überquerten. Die Pritchards kamen bestens voran. Als sie in der Nordecke des zweiten Stockwerks stehen blieben, fragte ihr Vater, ob sie sich vielleicht denken könne, wo sie gerade seien. Sie legte die Hand in seine und drückte sie. Offenkundig hatte er ihr verziehen.

Es war das Herumklettern auf dem Gerüst des neuen Hauses, das sie auf die Idee eines Baumhauses brachte. Später am Nachmittag saß sie auf der vorderen Veranda und tat so, als würde sie lesen. Mr. Pritchard hatte ihr zwei weitere Bücher über den Hausbau ausgeliehen: *The Country Builder's Assistant* und *The American Builder's Companion* von Asher Benjamin. Beide waren voller schöner, aber unverständlicher Zeichnungen für das Schnitzen von Säulen und Kaminen, Türrahmen und Treppen, die jeweils mit klassisch griechischen Proportionen und Ornamenten ausgestattet waren. Sie blätterte die Seiten langsam durch, ohne richtig hinzuschauen, während sie die Jungs belauschte. Auch die hatten sich nach dem Mittagessen auf der Veranda niedergelassen, um zu beraten, wie sie den Nachmittag verbringen sollten. Ihre Brüder waren der Meinung, es sei zu heiß für ein Spiel, bei dem man herumrennt, wie etwa beim Basketball. Die Zwillinge machten sich Sorgen, ihr Vater würde sie zur Arbeit rufen, um sie jede Menge übrige Holzstücke aufstapeln zu lassen, falls er sie untätig herumhängen sah. Der alte Holzapfelbaum kam Lily in den Sinn – und die Hornissen, die um einen leeren Stock herumschwirrten. Sie hatte sich nie die Mühe gemacht, ihn für ihr Zimmer zu holen. Sie fragte sich, ob er wohl noch dort war.

»Ich weiß, was wir tun könnten«, sagte sie.

»Dich hat niemand gefragt«, knurrte ihr ältester Bruder.

»Ja, warum verziehst du dich nicht?«, sagte der mittlere. In Gedanken nannte sie ihre Brüder nie beim Namen. Sie kümmerte sich überhaupt selten um Namen, wie die ihrer Cousins oder Klassenkameraden, Lehrer oder Stadtbewohner, weil die damit verbundenen Leute höchstwahrscheinlich außerhalb ihrer kleinen Welt bleiben würden, die sie so gern für sich als Seifenblase zurechtpustete, um sich dann in sie zurückzuziehen.

Sie sah zu Oren und Ian hinüber. Sie hatten seit der Sache am Teich kaum miteinander geredet.

»Wartet mal«, sagte Oren. »Sie hat meistens gute Ideen.«

»Nein, hat sie nicht. Sie ist ein Mädchen«, entgegnete ihr ältester Bruder.

»Woran denkst du?«, fragte Oren und ignorierte ihn einfach.

Lily biss sich auf die Zunge und wartete.

»Na ja, sag schon!«, forderte ihr Bruder sie verärgert auf.

»Ein Baumhaus. Wir könnten eines aus den Holzabfällen bauen. Ich weiß einen idealen Baum.«

»Wer ist wir?«, fragte ihr Bruder, »du und dein Scheißhaufen?« Ihre beiden anderen Brüder brachen in schallendes Gelächter aus. Die Zwillinge lachten nicht mit. Bald hörten ihre Brüder damit auf. »Sie kann uns dabei doch nicht helfen«, sagte der älteste. »Sie kennt sich damit nicht aus.«

»Und, was habt ihr denn je gebaut?«, fragte Lily.

Ihr Bruder warf ihr einen finsteren Blick zu.

»Das ist egal«, sagte Oren. »Es ist Lilys Idee.«

»Na ja, ich baue jedenfalls kein blödes Baumhaus, wenn sie mitmacht«, erklärte der älteste. Die anderen murmelten zustimmend.

»Macht, was ihr wollt«, sagte Oren. »Komm, Lily. Wir schauen uns mal deinen Baum an.«

Sie hätte ihm um den Hals fallen können.

Natürlich kamen ihre Brüder hinterher. Ihre abschätzigen Bemerkungen und Beleidigungen verwandelten sich bald in Begeisterung, als die Zwillinge anfingen, ein Baumhaus mit zwei, durch eine Leiter miteinander verbundenen Stockwerken zu planen. Sie hatten ihr eigenes Werkzeug – buchstäblich alles, was sie brauchten, um das Ding zu bauen –, zwei Handsägen, zwei Hämmer, einen Klappzollstock, ein Winkelmaß, eine Wasserwaage, ein Stück Kreide. Bald waren alle damit beschäftigt, Abfallholz von der Baustelle zum Baum zu schleppen. Lily wurde geschickt, aus der Vorratskammer ein großes Stück Einwickelpapier und einen Stift zu holen. Ihre Mutter, die am Küchentisch saß und stopfte, fragte, was sie denn damit vorhabe. Eine Gute-Besserungs-Karte für Hallie basteln, schwindelte sie.

Draußen im Obstgarten zeichnete Oren den Plan für das Baumhaus auf, während Ian die anderen Jungs beim Einrichten einer Seilwinde dirigierte, um die passenden Bretter auf die richtigen Äste zu hieven. Orens Zeichnung war schön. Und inzwischen kannte sich Lily mit *Payne's Encyclopedia* genügend aus, um sie auch zu verstehen. Es würde Fenster mit Fensterläden geben, die man bei Regen zumachen konnte, einen Eingang mit Falltür und eine Aussichtsplattform auf dem Dach. Lily schlug eine Schaukel aus einem alten Reifen vor. Oren zeichnete diese gern auf seiner Skizze ein.

»Bist du sicher, dass wir genug Holz für das alles haben?«, fragte Lily.

»Nein«, antwortete Oren und grinste. »Aber ich weiß sowieso nicht, wie man das baut.«

Auch Lily lächelte. »Ich hab euch vermisst«, sagte sie. Es rutschte ihr einfach so heraus. Sie konnte sich nicht einmal erinnern, so etwas gedacht zu haben.

»Wir haben dich auch vermisst«, sagte Oren. »Jetzt sollte ich Ian aber lieber mit dieser Winde helfen, bevor ihm deine Brüder noch einen Balken auf den Kopf fallen lassen.«

Bis es Zeit zum Melken war und Lilys Brüder mit dem Hämmern und Sägen aufhören und in den Stall gehen mussten, hatten sie die erste Plattform gebaut. Lily blieb noch zurück. Seit dem Tag am Teich war sie nicht mehr mit den Zwillingen allein gewesen. Sie wusste nicht, wann sich ihr wieder die Gelegenheit bieten würde. Sie setzte sich neben Oren auf den Rand der Plattform und ließ wie er die Beine baumeln. Gemeinsam beobachteten sie, wie Ian sein Taschenmesser herausholte und anfing, etwas in den Baumstamm zu schnitzen. Was machst du da?, fragte Lily. Ich mache unser Zeichen, sagte Ian. Oren erklärte ihr, dass sie überall, bei jedem Haus, jedem Stall und jeder Kirche, die sie bauten, ein geheimes Symbol einschnitzten, das dieses Gebäude kennzeichnete: eine Taube oder einen Totenkopf, eine Ananas oder eine zweischneidige Axt. Sie erzählten nie irgendjemandem etwas von diesen Symbolen – nicht einmal ihrem Vater. Sie waren schließlich die Hausbauer. Sie zogen immer weiter und kamen nur ganz selten wieder an den Ort zurück. Es wurde ihnen nie erlaubt, mit den Leuten zu essen, Haustiere zu halten oder sich mit anderen Kindern anzufreunden. Aber sie versuchten immer, ein kleines Stück von sich zurückzulassen, nahmen immer ein kleines Stück mit.

»Es ist ein Engel«, flüsterte Lily.

Ian lachte. Nein, neckte er sie. Es ist eine Hummel. Als er fertig war, setzte er sich zu ihnen auf die Plattform. Sie saßen zusammen da und beobachteten, wie die Sonne hinter dem Wald unterging. Lily bemerkte, dass ihre Armbändchen ausfransten. Das schwarze von Oren war ausgebleicht und das weiße von Ian so schmutzig, dass es bald den gleichen Grauton annehmen würde. Sie würde bald neue machen müssen, sagte sie. Oren lächelte und erklärte ihr, dass das wahrscheinlich nicht nötig sei. Als Lily ihn fragte warum, standen beide Jungs auf, drehten sich um und ließen ihre Hosen herunter. Orens Hintern war von roten Striemen übersät. Ians Hintern war unversehrt, aber seine Oberschenkel trugen gleiche Narben.

»Jetzt wirst du uns immer auseinander halten können«, kicherte Oren.

Lily versuchte, mit ihnen mitzulachen. Aber in Wahrheit fand sie dieses neue Geheimnis gar nicht lustig.

Mit dem Baumhaus war es wie mit so vielen guten Ideen: Es ist viel einfacher anzufangen als zu Ende zu führen. Auf der Willard Farm war Erntezeit, und Lilys Brüder wurden zum Heuen auf die Wiesen gerufen. Das Getreide musste gemäht und eingefahren, Bohnen gepflückt und gesiebt, Kartoffeln ausgegraben und in Säcke verpackt werden. Lily war fast jeden Tag in der Küche eingesperrt und half, die Brombeeren und Himbeeren einzumachen, ebenso die wilden virginischen Traubenkirschen, die Heidelbeeren und das Fallobst vom Holzapfelbaum. Den schier endlosen Vorrat an Gurken legten Lily und ihre Mutter als Dillgurken ein, als Gewürzgurken, als saure Gurken, Essiggurken, süß-sauer und als Pickles für Weihnachten. Die grünen Tomaten verwendeten sie für scharfe Pickles, die roten kochten sie ein. Sie machten grüne Bohnen ein, Wachsbohnen, Rote Beete, Karotten und neue Kartoffeln – eben alles, was es so gab.

Sobald in dem neuen Haus die Schindeln und die Fenster angebracht und eingesetzt waren, verzogen sich die Pritchards mit ihrem Werkzeug ins Innere, um die Küchenschränke und die Regale in der Speisekammer zu bauen, die Treppen fertig zu stellen und die Holzverkleidungen zu schnitzen. Lily bekam sie nur selten zu Gesicht. Mit einem Schlag war es Herbst. Und es war wieder Zeit für die langen Rechenstunden mit Divisionen und Multiplikationen, für Baumwollkleider und wollene Strümpfe.

Eines Abends verkündete Lilys Vater beim Essen, dass ihr neues Haus nun endlich fertig sei. Nächsten Samstag würden sie einziehen. Am Freitagabend verpackten Lily und ihre Brüder, bevor sie zu Bett gingen, ihre Bücher und Spielsachen in Kartons. Sie schauten nach, ob ihre Kleider auch alle ordentlich gefaltet in den Schubladen ihrer Kommode lagen. Sie ordneten die Kleiderbügel in ihren Schränken, sodass alle in die gleiche Richtung schauten. In dieser Nacht schlief Lily nicht gut. Es war fast wie an Weihnachten. Ihre Träume über eine lange Nacht des Wartens vermischten sich mit den nächtlichen Geräuschen um sie herum. Einmal wachte sie kurz auf und sah eine Frau aus dem Fenster ihres Zimmers schauen, und ihr Körper flackerte und leuchtete im eigenartigen Schein orangefarbenen Lichts. Dann wurde sie richtig wach. Sie sah, dass ihre beiden jüngeren Brüder im Bett neben ihr schliefen. Da gab sie es auf, noch einmal einzuschlafen. Sie zog sich an und setzte sich in den Schaukelstuhl in der Küche, bis ihr Vater im ersten Morgengrauen herunterkam.

Die Männer aus der Nachbarschaft erschienen zum Frühstück. Lily und ihre Mutter brieten Eier und Speck, machten Bohnen in Tomatensoße, Unmengen von Buttermilchpfannkuchen mit Ahornsirup und kochten schwarzen Kaffee. Alle aßen im Stehen auf der Veranda und schwiegen in Erwartung des vor ihnen liegenden Morgens. Als Erstes transportierten die Männer den Herd hinüber. Dann den Eisschrank und den Schrank, in dem ihre Mutter das gute Geschirr aufbewahrte. Danach die Bettgestelle und Matratzen, die Kommoden ohne Schubladen. Lily hatte die Aufgabe, die Krüge mit Eistee und Limonade aufzufüllen und mit sauberen Gläsern zwischen den Möbelschleppern herumzugehen.

Gegen Mittag kreuzten die Frauen mit ihren Kindern auf und trugen Platten mit aufgeschnittenem Roastbeef und Truthahn, frisch gebackenem Brot, Pickles vom letzten Jahr und eingemachtem Obst, Kartoffel- und Bohnensalat und allen nur erdenklichen Sorten von Obstkuchen. Nach dem Picknick wurden die Kinder zum Badeweiher geschickt. Die Frauen nahmen die Schubladen der Kommoden, die Quilts und Decken, Arme voll Kleider auf Bügeln und trugen sie ins neue Haus hinüber, wobei sie unentwegt miteinander tratschten.

Erst nach dem Mittagessen fielen Lily die Pritchards wieder ein. Sie ging zum Wohnwagen hinüber, um die Zwillinge mit zum Schwimmen zu nehmen. Die waren jedoch gerade dabei, das Vorzelt abzubauen. Der Tisch, die Spüle und der Grill waren schon verschwunden. Die Leitern, Seilspulen und Werkzeuge waren wieder an ihrem angestammten Platz an den Seiten des Wagens verstaut.

»Wo fahrt ihr denn hin?«, fragte Lily in Panik. »Es gibt jede Menge zu essen. Und später wird es Hufeisenwerfen und Musik geben. Sie könnten Geige spielen, Mr. Pritchard.«

»Ich denke, ihr kommt auch ohne uns gut zurecht«, entgegnete Mr. Pritchard und zwinkerte. »Gefällt dir dein neues Zimmer?«

»Ja, sehr«, antwortete Lily. »Aber bitte, bleiben Sie

doch für das Fest. Sie haben so schwer gearbeitet und es so gut gemacht. Es sieht genau wie The Sheridan aus.«

»Wir müssen weiter«, erklärte Mr. Pritchard.

»Wohin?«

»Dein Vater hat einem eurer Verwandten an der Derby Line geschrieben. Sie haben einen Stall, der noch vor dem ersten Schnee einen neuen Anbau braucht. Ich denke, du verabschiedest dich jetzt am besten von den Jungs.«

Lily ging mit ihnen zum Baumhaus hinunter. »Vielleicht kommt ihr nächsten Sommer wieder, dann könnt ihr es fertig bauen«, sagte sie.

»Das bezweifle ich«, antwortete Ian. »Wir sind nie zweimal am gleichen Ort. Kann ich schnell noch eine Runde auf Buster reiten?«

Lily nickte und versuchte, ihre Tränen zurückzuhalten. Sie und Oren sahen ihn davongehen. »Ich habe euch nie beigebracht, wie man schreibt«, schniefte Lily.

»Ich komme wieder«, sagte Oren nach einer Weile.

»Gut«, antwortete Lily, »ich bin sicher, dass dein Vater hier irgendwo in der Gegend Arbeit findet.«

»Nein«, sagte Oren und nahm ihre Hand. »Ich meine wegen dir.«

»Ach so«, sagte Lily. »Du meinst irgendwann.«

»Ich finde, du bist das schönste Mädchen auf der ganzen Welt.«

»Du bist erst neun Jahre alt, was weißt du schon darüber?«, fragte Lily.

»Zehn«, sagte Oren. »Wir haben Geburtstag gehabt.« Er nahm sie in den Arm und küsste sie auf die Lippen. Salzig, trocken. Lily maß diesem Kuss keine große Bedeutung bei, aber er schien Oren glücklich zu machen. Er bestand darauf, den ganzen Weg zum Stall zurück ihre Hand zu halten. Wann hatten sie Geburtstag gehabt?

Sie gingen Händchen haltend. Vergaßen ganz, wo sie waren, und verloren jedes Zeitgefühl. Blätter flogen um sie herum, der Wind blies kalt durch ihre Wollpullover. Der Geruch von Moos und feuchten Steinen – Gemüsekellergerüche. Er ist größer, größer und stärker. Aber genauso fern, ein Schatten. Wird er je stärker sein als sie? Ein Star pfeift über ihnen. Der Duft von gemähtem Heu ruft sie wieder zurück.

Oren ritt wie sein Bruder ein letztes Mal über die Koppel. Die Zwillinge sagten Rook und Knight, ihren Kätzchen, auf Wiedersehen. Unterdessen hatte Mr. Pritchard die Bremsklötze vor den Rädern des Wohnwagens entfernt und ihn zum Weg hinuntergefahren. Er schüttelte gerade Lilys Mutter die Hand, dann nahm er von ihrem Vater einen dicken Umschlag in Empfang und bekam noch einen Klaps auf den Rücken. Lily ging mit den Jungs hinüber und sah zu, wie sie in das Häuschen auf dem Wagen kletterten. Sie hielt die Hand ihres Vaters, als die Pritchards auf der Peacham Farm Road davonfuhren und hinter sich Staub aufwirbelten.

Noch am gleichen Nachmittag bauten die Männer alle Fenster und Türen des alten Hauses aus und setzten sie in die noch verbliebenen Lücken im neuen ein. Dann gab es Spanferkel, Hufeisenwerfen, Musik und Tanz. Und außerdem noch eine Überraschung, etwas ganz Unerwartetes. Bei Sonnenuntergang schleppten die Männer nämlich den Haufen Abfallholz auf die Veranda des alten Hauses und gossen einen Kanister mit zwanzig Litern Kerosin darüber aus. Lilys Vater steckte das alte Haus mit einer

Fackel in Brand. Es dauerte nicht lange, bis das alte Haus vollkommen niedergebrannt war. Dann war es für alle Zeit, nach Hause zu gehen: die Nachbarn in ihre Betten und die Willards in ihre alten Betten in ihrem neuen Haus. Aber als Lily die Treppe zu ihrem eigenen Zimmer hinaufstieg, hatte sie so ein komisches Gefühl in der Magengegend, dass sie sich irgendwie nie wieder richtig zu Hause fühlen würde.

2

Reizend anzusehn

[1917–1918]

Lily liebte ihre Arbeit als Bibliothekarin der Stadt und besonders, tagein, tagaus von Büchern umgeben zu sein, aber die Sommer waren lang. So etwa das Einzige, worauf sie sich freuen konnte, waren die Post, der komische Buchhändler, Mittagessen bei Hallie Burke und auf dem Nachhauseweg ein paar spät blühende Tigerlilien entlang der Peacham Farm Road. Von Juni bis September kamen nur tatterige alte Männer in die Bücherei, um so der Hitze in ihren kleinen Dachzimmern zu entfliehen, in die ihre Söhne sie einquartiert hatten. Sie ließen sich an einem glänzenden Eichentisch neben dem Fenster nieder, bauten riesige Bände über die Schlachten des Bürgerkriegs vor sich auf, redeten noch einen Augenblick über den derzeit in Europa tobenden Krieg und nickten dann gleich ein. In einer sich langsam drehenden Wolke von Stille und Staubkörnern blieb Lily nichts anderes zu tun, als sich Gedanken über effizientere Möglichkeiten für die Organisation der Nachschlagewerke zu machen. Kein einziges Kind kam herein. Ohne die Geschichtsaufsätze und die Hausaufgaben für die Schule war es nicht so wichtig, dass man wusste, warum der Wind weht oder welche Präsidenten ermordet wurden. Die Kinder vergaßen sie vollständig.

Lily vermisste sie sehr. Sie vermisste ihre grenzenlose Energie, ihre harmlosen Streiche, ihre unverhohlene Zuneigung zu ihr. Und dann wünschte sie sich, selbst wieder ein Kind zu sein: mit schmutzigem Gesicht und zerzausten Haaren, Kautabak vom Vater zu stibitzen, barfuß durch den hinteren Wald zu laufen, mit Buster über Hürden zu springen. Wenn keine Kinder um sie herum waren, fand sie es schwierig, den Schein, eine ordentliche junge Dame zu sein, zu wahren. An einem dieser einsamen Sommernachmittage liefen ihr Faltenrock und ihre Rüschenbluse ernsthaft Gefahr, zu Boden zu fallen. Wenn es nur möglich gewesen wäre und niemand hingeschaut hätte, dann wäre ein dickköpfiger Wildfang namens Lily liebend gern nackt in einen von Wald umgebenen Badeteich gesprungen.

Na ja, die Kinder würden bald wieder von den Heuwiesen ihrer Väter zurückkehren und ihr Gesellschaft leisten. Lily hatte auf dem Weg zur Arbeit festgestellt, dass sich die Ahornbäume am Mount Mansfield allmählich von Grün zu Gold und hin zu Rotbraun färbten. Bald würden die Apfelbäume im Obstgarten zu Hause ihrem Beispiel folgen, der Morgentau würde sich in Raureif verwandeln, der Duft von gemähtem Heu in den von brennendem Holz übergehen.

Lily sah auf die Uhr an der Wand und seufzte. Sie schrieb drei Mahnungen für überfällige Bücher, adressierte und stempelte die Umschläge und legte sie für den Briefträger an den Rand ihres Schreibtischs. Sie seufzte wieder. Sie könnte ja wenigstens einmal von A bis L abstauben. Mit einem Staubwedel bewaffnet ging sie zu den Regalen mit den Romanen. Leise summte sie vor sich hin, während sie die Bücher herausnahm, sie abstaubte und wieder an ihren angestammten Platz stellte. Einer der Alten schaute wütend zu ihr herüber. Sie hörte auf zu summen.

Trotzdem, dachte sie, es wäre viel schlimmer, als Frau eines Farmers zu enden. Nichts als Knochenarbeit von morgens bis abends, die Hände rot verfleckt von den Beeren oder von der Seifenlauge weiß gebleicht, ständig schwanger wie die Kühe, die man zweimal am Tag molk, keinerlei Kontakt zu anderen jenseits des Gartentors, mit Ausnahme der Sonntage, wenn man das Glück hatte, in der Kirche anderen Farmerfrauen zunicken zu können. Wie Lilys arme Mutter. Eine Frau, die mit sechsundvierzig so aussah wie sechzig. Eine Frau, die beim Abendessen absolut nichts zu sagen hatte, die die Unterhaltung ganz ihrem Mann, ihrer Tochter und den beiden Söhnen, die noch zu Hause wohnten, überließ. Lilys Mutter lauschte den Gesprächen allerdings begieriger, als sie sich über ihre Mahlzeiten hermachte. Aber sie hatte es schon lange aufgegeben, irgendjemandem, auch nicht mehr sich selbst, ihren Arbeitsalltag aus Kochen, Putzen und Einmachen als interessant zu schildern.

Schon bei Dickens angelangt. Wie konnte sie ihre Tätigkeit nur hinauszögern?

Sie hängt an ihren Fingernägeln am obersten Regal. Rutscht ab. Kein Staubkorn, nichts, woran man sich festkrallen kann – sie hält die Bücherei sauber – jedes Eichenregal glänzt vom Bienenwachs mit Zitronenduft. Sie fällt. Eine Reihe von Büchern purzelt mit ihr hinunter: Dickens, Emerson, Flaubert, Goethe. Zerschmettert liegt sie auf dem polierten Holzboden, begraben unter einer

Kaskade ledergebundener Klassiker. Eine Ewigkeit vergeht. Es ist niemand da, der ihren Schrei gehört hätte.

Lily stellte *Oliver Twist* an seinen Platz zurück und legte ihren Staubwedel zur Seite. Sie träumte noch immer vor sich hin, stahl sich noch immer aus dem Hier und Jetzt davon, wie sie es als kleines Mädchen getan hatte. *Du und deine Phantasievorstellungen!* Zumindest glaubte sie jetzt nicht mehr alles, was sie sich da zusammenträumte. Das willkommene Quietschen der massiven Tür der Bücherei. Besucher, um die man sich kümmern musste, Gott sei Dank. Sie erkannte den jungen Mann nicht, der da vor ihr stand und sich umsah, während sich seine Augen dem Licht anpassten. Er war groß und gut aussehend, nicht aus Cabot Fields. Er hatte seinen Hut abgenommen, als befände er sich in einer Kirche. Diesen hielt er nun vor sich. Vernarbte, schwielige Hände.

»Kann ich Ihnen helfen?«, fragte Lily.

»Ich suche die Bibliothekarin«, sagte er und räusperte sich.

»Sie haben sie gefunden«, antwortete Lily. »Sonst noch etwas?«

Der junge Mann verzog den Mund zu einem Grinsen. »Ich habe jemand älteren erwartet«, erklärte er. »Ich bin nicht gut im Briefeschreiben. Manchmal sage ich der Bibliothekarin, was ich ausdrücken möchte, und sie hilft mir dann, es niederzuschreiben.«

»Selbstverständlich«, sagte Lily. »Kommen Sie, setzen Sie sich zu mir an den Tisch.«

Lily holte aus der obersten Schublade ihres Schreibtischs einen Block Schreibpapier heraus. Bibliothekarinnen erledigten eine erstaunliche Menge an Korrespondenz für andere Leute – zumeist offizielle Schreiben mit der Bitte um Information oder Beschwerdebriefe. Zwar konnte in Cabot Fields fast jeder lesen und schreiben, aber die Leute waren nicht immer sicher, wie sie sich offiziell auszudrücken hatten. Lily schrieb das Datum oben auf ein frisches Blatt. »Absender?«, fragte sie.

»Lassen Sie das aus«, sagte der Mann.

»Adressat?«, murmelte Lily.

»Sie meinen die Person, an die ich schreibe?«

Lily wurde ein wenig rot. Sie gab sich wieder einmal zu förmlich. Das war einer ihrer Fehler, der auf Kompetenz und Langeweile zurückging. Diesem armen jungen Mann fiel es wahrscheinlich schwer genug, um Hilfe bitten zu müssen. »Ja, das ist richtig, das habe ich gemeint«, sagte sie entschuldigend.

»Ich möchte an Lily Willard schreiben.«

Lilys Füller hielt inne. Sie blickte auf. Sie erinnerte sich nicht an ihn, sie kannte ihn nicht. Er war keiner der zahllosen reisenden Buchhändler, die einmal im Jahr in der Bücherei aufkreuzten. Gewöhnlich hatten sie abgetragene Anzüge an und waren gebildet, wenn auch nicht sonderlich höflich. Wieso um alles in der Welt wollte dieser junge Mann an sie schreiben?

»Sie lebt hier in der Stadt«, erklärte er. »Kennen Sie sie?«

»Ich bin Lily Willard«, antwortete sie.

Ein Augenblick verlegenen Schweigens, während die Alten sie mit unverhohlener Neugier anstarrten. »Lily«, sagte er. »Ich glaub es nicht. Du bist so hübsch.«

»Es tut mir schrecklich Leid«, sagte Lily. »Aber ich kann mich beim besten Willen nicht ...«

»Ich bin's, Oren«, flüsterte er. Er hob sein linkes Handgelenk. An der Stelle, an der eigentlich eine Uhr hätte sein sollen, war ein schwarzes Armband, aus schwarzem Leder geflochten.

Ja, von Zeit zu Zeit hatte sie noch, während sie älter wurde, an die Pritchard-Zwillinge gedacht. Sie hatte sich gelegentlich gefragt, was wohl aus ihnen geworden war. Aber sie waren an dem Tag verschwunden, an dem ihr neues Haus fertig geworden war. Und weil sie nicht geglaubt hatte, dass sie sie je wiedersehen würde, hatte sie sie aus ihren Gedanken gestrichen. Ihr Leben war wieder in normalen Bahnen verlaufen, Plätzchenbacken mit Hallie, dem Wunsch, dass die Sommerferien bald anfangen mögen, und dem vergeblichen Versuch, Buster dazu zu bringen, dass er über Apfelkisten sprang. Weißes Armband oder schwarzes? War Oren der Junge, der gut mit Tieren umgehen konnte, oder derjenige, der sie zum Abschied geküsst hatte? In jedem Fall war er jetzt kein sommersprossiger Flachskopf mehr. Stattdessen stand ein riesiger Mann mit breiten Schultern und muskulösen Armen vor ihr. So groß wie sein Vater, nur viel hübscher: goldene Haare fielen über eine markante Stirn, eine lange, schmale Nase, ein kantiger Kiefer, gleichmäßige weiße Zähne. Seine Augen waren jedoch noch die gleichen: braun und eigenartig mandelförmig, mit Wimpern, die für einen Jungen eigentlich zu lang waren.

»Du meine Güte«, sagte Lily. »Oren Pritchard. Wir sollten am besten erst einmal eine Tasse Tee trinken.«

Lily erfuhr von Oren, dass er jetzt selbständiger Zimmerer war. Sein Vater war vor ein paar Jahren gestorben.

Mr. Pritchard hatte sich ins Bein geschnitten, als er eine dieser neuen, motorgetriebenen Sägen benutzte. Schöner Fortschritt, hatte er gebrummt und sich einen Umschlag mit Apfelessig und Goldrute gemacht. Natürlich hatte er sich geweigert, zum Doktor zu gehen, und das Bein war schließlich brandig geworden. Die Zwillinge hatten ihn auf einem Friedhof bei Bennington neben ihrer Mutter beerdigt. Da sie nicht wussten, was sie sonst hätten tun sollen, führten Oren und Ian den Familienbetrieb weiter, lebten in dem Wohnwagen, wie sie es schon immer getan hatten, und den nächsten Auftrag erhielten sie auf Empfehlung des vorhergehenden Kunden. Im Mai war für Ian ein Brief von der US-Regierung gekommen, der in Barre auf ihn wartete. Für ihre offizielle Korrespondenz nutzten die Zwillinge die Postämter in Brattleboro, Barre oder Burlington als Nachsendeadresse, alles Orte, durch die sie mindestens zweimal im Jahr kamen und die jeweils an Straßenkreuzungen lagen. Ian war in die Armee eingezogen worden, um gegen die Deutschen zu kämpfen. Er sollte in Fort Ethan Allen in Burlington antreten, von der Vermont National Guard ausgebildet und mit der 26. Yankee Division nach Frankreich verschifft werden. Oren war nicht einberufen worden, obwohl er sich ebenfalls gemeldet hatte, aber vielleicht hatte sein Einberufungsbescheid ihn auch nie erreicht. Seitdem hatte Oren nichts mehr von Ian gehört. Die Sache wurde dadurch noch verschlimmert, dass es seit dem Krieg so gut wie keine Schreineraufträge mehr gab. Die Leute behalfen sich mit dem, was sie hatten. Oren konnte sich noch daran erinnern, dass Lilys Vater damals sehr gut zu ihnen gewesen war, deshalb hatte er den Entschluss gefasst, an sie zu schreiben, um sie nach Arbeit in der Gegend zu fragen.

Und dann war es auch schon an der Zeit, die Bücherei für heute zu schließen. Lily lud Oren zu sich nach Hause zum Abendessen ein. Sein Wohnwagen stand auf der anderen Straßenseite, gegenüber der Bücherei, unter den Schatten spendenden Ahornbäumen des Stadtparks. Der Fortschritt hatte auch bei den Pritchards Einzug gehalten, denn das kleine fahrbare Haus stand jetzt nicht mehr auf einem Heukarren, sondern es war auf die Pritsche eines REO-Lastwagens montiert worden. Oren führte ihn stolz vor. Der REO hatte eine glänzende schwarze Fahrerkabine und vier riesige Reifen aus Gummi. Oren half Lily in die Kabine. Ein hölzernes Lenkrad, Ledersitze, eine Straßenkarte von Vermont und eine ungespülte Teetasse.

Mit großem Getuckere, Gekeuche und Geknirsche beim Schalten fuhren sie die Hauptstraße entlang. Lily hoffte inständig, dass sie niemand sehen würde. Sie wusste jedoch, dass alle im Ort von ihrer Heimfahrt erfahren würden. Die Alten in der Bücherei waren gemeine Lästermäuler. Um ihre Verlegenheit zu kaschieren, fing sie zu reden an. Sie erzählte Oren von der Entscheidung ihres Vaters, von Holsteinern auf Jerseys umzusteigen. Die waren zwar krankheitsanfälliger, aber ihre Milch verkaufte sich besser, weil sie fetthaltiger war. Sie erzählte ihm, dass ihr zweitältester Bruder ums Leben gekommen war. Sein Pferd hatte wegen des Auspuffknalls eines Automobils Model T gescheut. Er war abgeworfen worden und unter die Pferdehufe geraten, die seinen Schädel zertrümmert hatten. Sie erzählte ihm von den Plänen ihres ältesten Bruders, einen Betrieb zur Herstellung von Ahornsirup aufzumachen. Er wollte unten, beim größten Ahornhain der Farm, eine Zuckerhütte bauen. Vielleicht konnte ihm Oren ja dabei helfen.

Oren bog mit seinem Lastwagen von der Peacham Farm Road ab und blieb einen Augenblick unten an der Auffahrt stehen. Er starrte zum Haus hinauf. »The Sheridan«, sagte er.

»Es war immer ein schönes Zuhause«, erklärte Lily, »obwohl wir jetzt nicht mehr so viele sind.«

»Da haben wir gute Arbeit geleistet«, bestätigte Oren. »Uns hat es hier gefallen.«

Lilys Bruder erteilte Oren tatsächlich den Auftrag, in diesem September eine Zuckerhütte zu bauen. Dann beauftragte ihn ihr Vater, das Milchhaus zu reparieren. Danach stellte Hallie Burkes Mann ihn an, ihre Sommerküche zu einer Innentoilette umzubauen. Lily sah Oren nicht oft. Sie war mit den Schulkindern beschäftigt und für die Soldaten im Krieg Socken zu stricken und Pfirsichsteine für Gasmasken zu sammeln. Genau genommen hatte sie ihn bis zu dem Tag, an dem er anfing, für die Burkes zu arbeiten, vollkommen vergessen.

Sie erschien wie gewöhnlich zum Mittagessen und stellte fest, dass Hallie den Tisch für drei gedeckt hatte. Hallie erzählte ihr, dass der zusätzliche Teller für Oren sei. Aber das erwartet er nicht, flüsterte Lily ihr zu. Er ist eine Hilfskraft, kein Gast. Es war nicht üblich, dass Hilfskräfte mit am Tisch saßen. Grenzen waren wichtig. Hallie lachte über diese Idee und rief Oren zu Tisch. Natürlich hatte Lily Recht. Oren schreckte zurück, als er das zusätzliche Gedeck sah. Er habe sein eigenes Essen draußen im

Wohnwagen, sagte er. Quatsch, entgegnete Hallie, es sei genügend da – Schinkensalat lasse sich unendlich strecken. Sie forderte ihn auf, sich die Hände zu waschen und dann Platz zu nehmen. Er tat, wie ihm geheißen wurde. Aber sobald er sein Sandwich hinuntergeschlungen hatte, entschuldigte er sich. Einer von der starken, schweigsamen Sorte, stellte Hallie fest. Sie hatte natürlich nicht bemerkt, wie unwohl er sich während des Essens gefühlt hatte. Sie war ein unverbesserliches Plappermaul und erwartete selten eine Antwort. Das war bei geselligen Anlässen eine Gabe, die Lily, die selbst keine gewandte Gesprächspartnerin war, an ihr bewunderte. Sonst allerdings hörte sie Hallies endlosem Gequassel gar nicht richtig zu und fragte sich, wie Hallies Mann das nur aushalten konnte.

Am nächsten Tag lud Hallie Oren zur Erbsensuppe ein, und er gesellte sich zu Lilys Erstaunen tatsächlich zu ihnen. Am Tag darauf gab es Bohnen in Tomatensoße, und Oren erschien mit bereits gewaschenen Händen am Küchentisch, ohne überhaupt gerufen worden zu sein. Lily fing an, sich auf Orens Anwesenheit beim Mittagessen zu freuen. Er redete nie viel, aber wenn er einmal eine Bemerkung machte, dann war sie erstaunlich geistreich. Hallie flirtete hemmungslos und war sich selten der Tatsache bewusst, dass sie häufig das Ziel seiner harmlosen Späße war. Sie meinte, er flirtete ebenfalls mit ihr. Doch Lily wusste, dass Orens trockene Sticheleien zu ihrer, nicht zu Hallies Unterhaltung gedacht waren. Sie waren eine Möglichkeit, etwas Privates, etwas Besonderes miteinander zu teilen. Nie redete er über sein eigenes Leben, nicht ein einziges Mal brachte er die Tatsache zur Sprache, dass er einen Zwillingsbruder hatte, der irgendwo in Europa war und gegen die Deutschen kämpfte. Das war ein Geheimnis zwischen ihnen. Lächerlicherweise fühlte sich Lily dadurch geschmeichelt. Sie kam zu dem Schluss, dass Oren sich nicht zum Gastgeber eignete. Er war eher der Typ, den man als sozialen Kitt einladen würde. Er fügte *etwas* hinzu, auch wenn man nicht ganz genau wusste, was das war.

Ende des Sommers war das neue Wasserklosett fertig. Hallie bereitete ein besonderes Mittagessen aus Schinken und Kartoffeln zu. Lily brachte die letzten Chrysanthemen der Saison für den Tisch mit. Sie wusste, dass Oren von ihrer kleinen Abschiedsparty gerührt war. Hallie schenkte ihm eine Armbanduhr. Der Juwelier der Stadt hatte erst jüngst solche Uhren in sein Sortiment aufgenommen, da die aus Frankreich zurückkehrenden Armeeoffiziere sie auch bei den Männern zu Hause in Mode gebracht hatten. Sie bestand darauf, dass er sie auf der Stelle anprobierte. Als sie sein ausgefranstes Lederarmband bemerkte, drohte sie ihm damit, es mit einer Schere durchzuschneiden. Wie sollte er jemals Arbeit oder eine Frau finden, wenn er ein so scheußliches Ding trug? Wortlos band sich Oren die Uhr über das Armband.

Später, als die beiden Frauen das Geschirr abwuschen, gab Hallie zu, dass sie sich Oren gegenüber schuldig fühle, weil sie ihn nicht weiter mit Arbeit versorgen könne. »Die Zeiten sind hart«, sagte sie. »Allerdings habe ich ihn jedes Scharnier und jedes knarrende Dielenbrett im Haus reparieren lassen. Mir sind einfach die Sachen ausgegangen, die er noch richten könnte.«

»Du warst mehr als fair«, stellte Lily fest.

»Ach, es ist nicht nur das«, seufzte Hallie. »Ich habe mich einfach daran gewöhnt, ihn hier um mich herum zu haben. Es sieht nicht so aus, als wollte das Schicksal, dass ich Kinder kriege. Und ich bin einsam und geistere den ganzen Tag allein durch dieses riesige Haus.«

»Du hast doch noch mich«, meinte Lily.

»Na ja, du bist aber keine zwei Meter groß und hast keine Schultern, die so breit sind wie ein Scheunentor.«

Oren war gerade dabei, die letzten Sägespäne im neuen Wasserklosett zusammenzufegen, als Lily zu ihm ging, um sich zu verabschieden. Sie sah sofort, dass er die Uhr wieder abgenommen hatte. Er würde sie nicht jeden Tag tragen, das wusste sie. Was brachte es ihm, die Uhrzeit zu wissen? Er würde so etwas wie eine Armbanduhr für besondere Gelegenheiten aufbewahren. Doch irgendwie bezweifelte sie, dass er viel Gelegenheit haben würde, diese Uhr zu tragen. Als er sie sah, stellte er den Besen zur Seite.

»Ich hab kein Geschenk für dich«, sagte sie.

»Ich weiß, was ich mir von dir wünschen würde.«

»Was?«

»Dass du mir einen besonderen Ort zeigst.«

»Ich versteh dich nicht.«

»Das hast du schon einmal getan«, sagte er. »Erinnerst du dich? Du hast mir und Ian diesen Badesee gezeigt. Das werd ich nie vergessen.«

Lily wurde rot. Das war nicht alles gewesen, was sie ihnen damals gezeigt hatte, falls sie sich recht erinnerte. Es war das erste Mal, dass Oren seit ihrem Treffen in der Bücherei auf Ian zu sprechen kam. »Gut«, sagte sie. »Wann?«

»Wie wäre es mit jetzt gleich?«

»Aber die Bücherei ...«, wandte sie ein.

»Schließe sie. Nur für diesen Nachmittag. Für mich.«

»Na schön«, willigte sie ein.

Zusammen gingen sie zur Bücherei. Er wartete auf den Eingangsstufen, während sie ein Schild schrieb, auf dem stand, dass die Bücherei aus Gründen, auf die sie leider keinen Einfluss habe, geschlossen sei. Dann führte sie ihn in die entgegengesetzte Richtung zur Willard Farm. Sie gingen schweigend. Die Sonne strahlte, und die großen Ahornbäume, die die Straße säumten, standen in vollen herbstlichen Farben. Oren griff nach Lilys Hand. Sie ließ es geschehen.

Wenn es in jedem Jahr vier perfekte Tage gäbe – einen in jeder Jahreszeit –, dann wäre einer davon der Tag des ersten richtigen Schneesturms, ein anderer wäre der Tag, an dem der Flieder mit einem Mal aufblüht, ein dritter wäre der mit dem goldenen Licht nach dem letzten Heuen, und der vierte wäre der Tag, an dem die Ahornbäume in voller Herbstpracht stehen.

Schließlich kamen sie ein paar Meilen außerhalb der Stadt an ein verrostetes Eisentor. »Das ist der erste Friedhof von Cabot Fields«, erklärte Lily, zog das Tor auf und ging hinein. Sie führte ihn in ein Wäldchen, das allem Anschein nach aus Papierbirken bestand, und deutete auf das, was von den Grabsteinen noch übrig war, die wie schlechte Zähne abgebrochen waren. »So gut wie keiner erinnert sich noch daran, dass es den hier gibt, mit Ausnahme von ein paar Alten in der Bücherei.« Sie bückte sich, um gelbe Blätter von einer der Schieferplatten zu wischen. Sie konnten kaum irgendwelche Namen oder Daten entziffern, so sehr hatte die Zeit die Inschriften verwittert. Lily erklärte Oren, wo einst die ursprüngliche Stadt Cabot Fields gelegen hatte, nämlich direkt hinter dem Hügel. Davon war nichts mehr übrig, erzählte sie ihm, außer einem oder zwei zusammenfallenden Kaminen zwischen den Kiefern. Die Indianer hatten die Stadt immer wieder niedergebrannt. Nach drei oder vier Bränden kamen die Gründerväter schließlich auf den klugen Gedanken, den hiesigen Häuptling einfach mal zu fragen, warum sein Stamm der englischen Siedlung in der Gegend denn so feindlich gegenüberstehe. Es stellte sich heraus, dass dies gar nicht der Fall war. Die Indianer konnten es nur einfach nicht zulassen, dass die weißen Männer ihre Langhäuser auf heiligem Grund und Boden errichteten. Jedenfalls belästigten die Indianer die Siedler nie wieder, nachdem diese Cabot Fields ins Tal verlegt hatten.

»Welcher Indianerstamm?«, fragte Oren.

»Abenaki«, antwortete Lily. »Dein Stamm.«

»Du hast dich also erinnert.«

»Ich habe einiges über das Thema gelesen. Ich bin schließlich Bibliothekarin.«

Oren setzte sich auf die Blätter nieder und nutzte den Grabstein, den sie freigelegt hatten, als Rückenlehne. Er klopfte zwischen seinen Beinen auf den Boden. Lily zögerte einen Augenblick, dann setzte sie sich. Sie lehnte sich mit dem Rücken an seine Brust. Sie ließ es zu, dass er seine riesigen Arme um sie schlang. Gemeinsam betrachteten sie den Himmel durch ein Gitterwerk aus Ästen. Sie schloss die Augen und lauschte, lauschte dem Knacken der Birkenzweige über sich, lauschte dem Rascheln der

Blätter, die im aufkommenden Wind tanzten, lauschte dem Klopfen von Orens Herz.

»Würdest du mich je heiraten, Lily?«, flüsterte er ihr ins Ohr.

»Sch«, sagte sie. »Hör hin, hör ganz genau hin.«

Beide lauschten. Und sie hörten eindeutig ein schwaches, metallisches Gebimmel, irgendwo zu ihrer Linken.

»Was ist das?«, fragte Oren.

»Das ist eine Blechglocke. Früher wurden solche Glocken an jedem Grabstein befestigt.«

»Wozu?«

»Um gerettet zu werden«, erklärte Lily. »Für den Fall, dass man nicht richtig tot war. Stell dir vor, du wachst aus einem todesähnlichen Schlaf auf und merkst, dass du anderthalb Meter unter der Erde liegst. Damals hat man die Särge mit kleinen Glasscheiben versehen, die im Deckel in Augenhöhe angebracht wurden. Man hat an deinen kleinen Finger einen Ring getan, der mit einem Draht verbunden war, damit du eine kleine Glocke an deinem Grabstein läuten konntest.«

»Wie oft mussten Leute denn befreit werden?«

Lily wartete auf einen weiteren Windstoß, auf ein weiteres Bimmeln der Glocke. Sie führte ihn zu einem der Schiefersteine hinüber, die aus den Blättern und der Lehmerde herausragten. Sie entdeckten die Glocke gleich daneben, die sich in einem Farngestrüpp verheddert hatte. Sie war mattgrau und aus einfachem Blech hergestellt. Sie baumelte an einer rostigen Eisenstange, die in der Erde steckte. Ein dünner Draht führte von der Stange an der Kante des Steins entlang in die Erde. Lily hatte bisher nie eine persönlich gesehen, sie hatte nur die alten Leute darüber reden gehört. Die meisten waren inzwischen von geschäftstüchtigen Einheimischen eingesammelt und als Antiquitäten verkauft worden.

»Nimm sie«, forderte Lily ihn auf. »Sie ist einiges wert.«

»Du hast meine Frage nicht beantwortet, Lily«, sagte Oren.

»Vor einiger Zeit haben ein paar Familien von hier versucht, die Stadtväter, die in diesem Friedhof beerdigt sind, in den neuen zu verlegen«, erzählte Lily. »Aber so wie die Alten sagen, haben sie das Projekt gleich wieder aufgegeben, als sie anfingen, Särge auszugraben, in denen die verrottete Satinbespannung von Fingern zerfetzt worden war, von denen aber inzwischen längst nur noch Knochen übrig waren.«

»Das ist nicht die Frage, die ich gemeint habe«, sagte Oren.

»Ich will nicht für den Rest meines Lebens in einem Lastwagen über die Nebenstraßen von Vermont rumpeln. Mir gefällt es hier. Und ich mag meinen Beruf.«

»Mir gefällt es hier auch.«

»Du würdest dich also niederlassen?«

»Ich könnte Stühle und Tische machen oder Wäschekommoden, falls jemand eine braucht. Jedenfalls benötigen die Leute immer etwas zum Hinsetzen.«

»Und Schachspiele«, sagte Lily. »Die brauchen die Leute auch immer.«

»Mach dich nicht über mich lustig, Lily. Beantworte meine Frage.«

»Und wie fändest du es, ein paar Pferde zu züchten?«

»Heißt das ja?«

»Ich denke, du solltest mich jetzt küssen«, sagte Lily.

Dieses Mal war es schöner als beim ersten Mal. Weich und feucht und leidenschaftlich. Aber vielleicht lag das auch daran, dass sie inzwischen erwachsen war und wusste, wozu Küsse dienten. Sie lagen nebeneinander in den Blättern, küssten sich und lauschten der einsamen Glocke, die im Wind vor sich hin bimmelte. Ohne es auszusprechen, wussten sie, dass sie sie genau dort lassen würden, wo sie war.

An diesem Abend nahm Lily Oren zum zweiten Mal zum Abendessen mit nach Hause, um ihren Eltern die Neuigkeiten zu verkünden. Lilys Mutter war überglücklich. Die Angst, ihre einzige Tochter könnte als alte Jungfer von Cabot Fields enden, hatte eine tiefe Sorgenfalte in ihre Stirn gegraben. Lilys Vater dagegen war skeptischer. Er hatte Lilys Gesellschaft immer genossen und sah kein Problem darin, wenn sie bis an ihr Lebensende in ihrem Elternhaus wohnen blieb. Sie hatte ihr eigenes Zimmer. Wozu also die Eile? Ich liebe sie, sagte Oren. Er saß Lilys Vater gegenüber am Tisch und tunkte mit einem Stück Brot den Rest seiner Soße auf. Ich habe sie immer geliebt und werde sie immer lieben. Das wird sich nicht ändern, ob ich nun eine Woche, ein Jahr oder zehn Jahre warte.

Das war schlichtweg unpassend – ein Mann äußerte am Tisch eines Farmers in Vermont keine so intimen Gedanken –, aber Lily verzieh ihm. Oren hatte nie irgendeine Art richtiger Erziehung genossen, er wusste es einfach nicht besser. Lilys Vater blickte erst ihn durchdringend an, dann sie. Er nahm ihre Hand und drückte sie. Er zitterte ein wenig, was sie rührte. Warte ein Jahr, sagte er zu Oren. Mach hier in der Stadt erst etwas aus dir. Zeig mir, dass du meine Tochter nicht weiß Gott wohin schleppen wirst. Unterdessen kannst du deinen Lastwagen auf Lilys Land abstellen. Und dir vielleicht erste Gedanken über das Haus machen, das du für sie bauen wirst.

Und so war das auch geregelt. Sie aßen zusammen Apfelkuchen. Lily begleitete Oren zu seinem Lastwagen im Hof. Sie küssten sich. Lily ging zu Bett.

Lilys Land lag auf der anderen Seite der Peacham Farm Road gegenüber der elterlichen Farm. Es war nur zwölf Hektar groß und für die Landwirtschaft ungeeignet, denn der Boden war steinig, weil ein Bach hindurchfloss. Lilys Vater war immer davon ausgegangen, dass sie irgendwann einmal einen einheimischen Burschen heiraten und sowieso dessen Land bestellen würde. Aber es hatte in der Mitte eine Anhöhe, die ziemlich frei war von jenen Hemlocktannen, die fast überall auf dem Gelände wie wild wucherten. Sie war tatsächlich der einzig geeignete Platz für ein Haus. Lily führte Oren am nächsten Tag in ihrer Mittagspause hinauf, damit er sich das Grundstück ansehen konnte. Sie ließ ihn den Lastwagen am Fuß des Hügels abstellen, dort, wo der Heuweg endete. Von hier würde es im Winter jederzeit möglich sein, zur Straße zu gelangen, sobald der Schnee schmolz. Sie deutete auf den Bach, dessen Wasser so sauber war, dass man es trinken konnte, und führte ihn dann auf den Hügel hinauf, damit er sich von dort oben umsehen konnte.

»Das gehört dir?«, flüsterte er.

Da sah sie ihre Umgebung auf einmal mit Orens Augen. Und es war, als erwache sie aus einem Traum und sehe ihr Zuhause zum allerersten Mal. Ringsum leicht ansteigende Hügel, die sich wie Wellen immer weiter in die Ferne erstreckten, bis sie sich in Indigoblau färbten und am Horizont wieder heller, violettfarben wurden, dann kam der Himmel. Sie fühlte sich wie Samuel de Champlain, der erste Europäer überhaupt, der diese üppige, fast tropische Landschaft je zu Gesicht bekommen hatte. Er hatte vor vierhundert Jahren auf genau so einer Anhöhe gestanden und das, was er sah, als *les Monts verts* bezeichnet, die Grünen Berge. Champlains Führer vom Stamm der Abenaki hatten geschwiegen. Seit über tausend Jahren hatten sie Vermont bevölkert. Für sie war das *Wabenaki*, das Land der Morgendämmerung, in dem die Sonne jede Nacht schlief. Der höchste Berg der Gegend, Mount Mansfield, war der Ort, an dem Tabaldak, der Große Geist, lebte. Man wusste, wann er sich dort im Herbst niederließ. Sein großartiger Umhang aus Ahornbäumen färbte sich dann von kühlen Grün- und Blautönen in feuriges Rot, Orange und Gelb. Lily war bislang nie klar gewesen, dass man von ihrer kleinen Anhöhe das halbe Caledonia County sehen konnte, ganz zu schweigen von Joe's und Molly's Ponds und den Türmen von St. Johnsbury. Cabot Fields schmiegte sich in das Tal darunter: der weiße Turm der First Congregational Church, der weiße Musikpavillon im Stadtgarten, die Brücke mit dem roten Dach, die über den Molly Brook führte. Zwei Reihen gepflegter weißer Schindelhäuser, alle mit grünen Fensterläden. Ein hübscher kleiner Ort, wirklich. Ein Ort, der keine ungebührliche Aufmerksamkeit auf sich lenken wollte.

»Nun, es ist unseres, denke ich«, sagte Lily. »Meine Brüder haben aber alle viel mehr Land bekommen. Ich gehe davon aus, dass ich das gute Geschirr kriegen werde. Mein jüngster Bruder bekommt das große Haus. Aber er und seine Frau, falls er irgendwann je lange genug mit dem Herumstreunen aufhört und überhaupt eine findet, werden mit meinen Eltern zusammen leben und sich um sie kümmern müssen, bis sie sterben. Und ich glaube nicht, dass das schon sehr bald sein wird.«

Oren kicherte in sich hinein. Ihr wurde klar, dass er selten laut lachte, allerdings hatte er stets ein Lächeln auf den Lippen. »Ich habe es wirklich so gemeint, weißt du«, sagte er und legte seinen Arm um ihre Taille.

»Was hast du so gemeint?«

»Was ich gesagt habe, dass ich dich immer geliebt habe.«

»Du hast mich nicht einmal erkannt, als du in die Bibliothek geschneit kamst.«

»Und du?«

»Ich habe dich auch nicht erkannt.«

»Ich frage mich, ob du mir jemals eine direkte Antwort geben wirst.«

Lily legte ihre Hand auf Orens Lippen. »Du musst mir ein bisschen Zeit lassen, damit ich mich an all das gewöhnen kann, okay?«

Oren nickte. Er fasste in seine Hosentasche, nahm Lilys Hand und steckte ihr einen einfachen goldenen Ring an den Finger »Der stammt von meiner Mutter«, sagte Oren mit belegter Stimme. »Es ist das Einzige, was ich von ihr habe.«

Lily wurde rot vor Freude. »Bist du dir sicher?«, flüsterte sie.

»Wir werden das Haus hier bauen«, sagte er. »Mit Blick nach Südwesten.«

Ihr wurde klar, dass er über das, was er ihr gerade geschenkt hatte, nicht reden wollte. Es war zu wichtig. »Wie du meinst«, sagte sie und gab ihm einen Kuss auf die Wange. »*Du* baust schließlich das Haus.«

Sie aßen die Sandwiches, die sie eingepackt hatte. Dann lagen sie eine Weile im Gras, küssten sich wieder und starrten zu den Wolken hinauf. Oren war unter seinen Jeans steif. Sie konnte spüren, wie er gegen ihr Bein drückte. Sex war etwas, über das sie bisher wirklich nicht viel nachgedacht hatte. Sie würde Hallie irgendwann nach den Einzelheiten fragen müssen. Außerdem würde sie Hallie von ihrer Verlobung erzählen müssen, bevor es in der Stadt die Runde machte. Aber dann kam sie zu dem Schluss, dass sie ein paar Tage brauchte, um sich erst selbst einmal an den Gedanken zu gewöhnen. Sie küsste Oren noch einmal, ließ ihn dann allein, und er schlug dort sein Lager auf.

Als sie wieder in der Bücherei war, schrieb sie ein Schild für das städtische Anzeigenbrett beim Postamt:

HANDGEMACHTE MÖBEL
TISCHE, STÜHLE, KOMMODEN
AUS DEM HOLZ IHRER WAHL
ZIMMERERARBEITEN, MÖBELTISCHLEREI
& REPARATUREN
ANFRAGEN BEI LILY IN DER BÜCHEREI

Dann setzte sie sich an ihren Schreibtisch und grübelte nach, versteckt hinter einem Stapel jüngst zurückgegebener Bücher über Mathematik, Pferdehaltung, Quilts, protestantische Glaubensgemeinschaften und Forellenfang. *Ich werde heiraten.* Sie starrte auf ihre Hände und zwang sie, Leihkarten hinten in die Bücher zu stecken. Ein einfacher Goldreif glitzerte im Licht der Lampe. Sie konnte sich nicht recht vorstellen, wie ihre Hochzeit wohl sein würde. Sie konnte sich durchaus vorstellen, mit Oren verheiratet zu sein, dort oben auf dem Hügel zu leben, die Gartenarbeit zu machen, Kinder großzuziehen und das Abendessen zuzubereiten. Aber das tatsächliche Ereignis konnte sie sich nicht ausmalen. Sie stand einfach nicht auf all dem zickigen Zeug wie der Auswahl von Kleidern und Blumen, Zeremonien und Kuchen. Und sie hatte keine ältere Schwester, die sie um Rat fragen konnte. Sie überlegte, ob es unter dem Buchstaben *H* wohl ein Buch über dieses Thema gab, das sie lesen könnte.

Ein paar Tage später kam Hallie nachmittags durch die Türen der Bücherei gestürmt und wollte wissen, was eigentlich los sei. Lily war seit Tagen nicht mehr zum Mittagessen zu ihr hinübergegangen. Schließlich hatte Hallie am Postamt ihr Schild gesehen. Hatte Oren nun doch den Entschluss gefasst, sich in Cabot Fields niederzulassen? Lily scheuchte Hallie für eine Tasse Tee ins Hinterzimmer. Während das Wasser im Kessel heiß wurde, versuchte sie, ihr die Sache mit ihrer Verlobung zu erklären.

Hallie war entsetzt. »Wie konntest du mich nur so weitermachen lassen, während ihr beide euch schon einig gewesen seid? Ich kann Oren nie mehr in die Augen sehen.«

»Aber da war doch noch gar nichts abgemacht«, erklärte Lily. »Es ist alles so schnell gegangen. Es ist erst passiert, nachdem er in deinem Haus fertig war.«

»Na ja, es muss sich jedenfalls *etwas* hinter meinem Rücken abgespielt haben.«

»Ich schwöre es. Gerade hatten wir uns noch über Indianer unterhalten, und im nächsten Augenblick hat er mir einen Heiratsantrag gemacht.«

»Und, liebst du ihn?«

»Ich denke schon, sonst hätte ich ja nicht ja gesagt. Genau genommen hatte ich gar keine Zeit zum Nachdenken.«

Hallie musterte Lilys Gesicht und suchte nach Zeichen einer Hinterhältigkeit. Es verging ein Augenblick. Plötzlich verschwanden die Zornesfalten aus ihrem Gesicht. Sie fing an, von den Teebeuteln zu reden, die der General Store seit kurzer Zeit führte. Lily schaute hilflos zu, wie Hallie den Kessel vom Herd zog und zwei Tassen einschenkte. »Nun, habt ihr schon einen Termin festgelegt?«, fragte sie und drückte die beiden Teebeutel mit einem Löffel aus.

»Irgendwann im nächsten Oktober.«

»Gut«, stellte Hallie fest. »Es bleibt also genügend Zeit, hinter die ganze Sache zu kommen.«

»Was meinst du damit?«

»Na, die Sache mit der Liebe. Und bis dahin hast du jede Menge Entscheidungen zu treffen.«

»Worüber?«

Hallie starrte sie ungläubig an. »Wir reden hier über den wichtigsten Tag in deinem Leben, Lily! Groß oder klein? Am Nachmittag oder abends?«

»Ach, das. Was meinst du? Ich wollte gerade nachsehen, ob wir ein Buch über dieses Thema haben, aber dann bin ich abgelenkt worden.«

»Genau, das ist es!«, rief Hallie aus. »Ich übernehme die Sache. Ich ernenne mich hiermit offiziell zu deiner Brautführerin. Mach dir keine Sorgen, ich kümmere mich um alles. Das Einzige, was du tun musst, ist auch wirklich aufzukreuzen.«

Lily fragte sich, ob sie einen Seufzer der Erleichterung ausstoßen oder sich ernsthaft Sorgen machen sollte. »Ich denke, ich sollte mir überlegen, ob ich mir ein Kleid nähen soll«, sagte Lily vorsichtig.

»Quatsch, du ziehst meines an. Wir müssen nur den Saum etwas hochnähen und ein paar Rüschen auftrennen – je einfacher, desto besser, jetzt in Kriegszeiten. Aber wir werden dir einen ganz neuen Schleier besorgen müssen. Meiner ist an einem Dielenbrett in der Kirche zerrissen. Ich denke an eine Feier am Vormittag, was meinst du? Danach ein Frühstück. Heutzutage bieten ja alle ein Frühstück an. Abgesehen davon, du musst ja die Verwandten verpflegen, die von außerhalb kommen. Aber ich bezweifle, dass Oren viel Verwandtschaft in der Gegend hat.«

Hallie plapperte zufrieden weiter. Lily ließ sie reden, hielt aber die Augen nach Besuchern im vorderen Raum offen. Bis es Zeit zum Schließen war, hatte Hallie das genaue Datum im Oktober festgelegt (der letzte Samstag), die Tageszeit (später Vormittag), den Ort der Feier (Lilys Elternhaus), das Essen (Steaks und Eier, zum Nachtisch Kuchen und Eis) und die Gästeliste (buchstäblich sämtliche Bewohner der Stadt). Lilys Mutter würde im Laufe des Sommers, am besten im Juli, eine Verlobungsfeier ausrichten müssen. Lily fragte sich auf dem Heimweg zur Farm, wie sie ihr diese beunruhigende Nachricht wohl beibringen sollte. Komisch, wirklich. Selbst jetzt, da alle Einzelheiten ihrer Hochzeit geplant waren, konnte Lily noch immer nicht die Augen zumachen und sich vorstellen, wie sie in Hallies Kleid vor dem Altar in der Kirche stehen würde. In Wahrheit konnte sie sich an überhaupt keine Einzelheit von Hallies Hochzeit erinnern, obwohl diese erst vor gut einem Jahr stattgefunden hatte.

Lilys Aushang beim Postamt war ein großer Erfolg. Oren war den ganzen Winter über beschäftigt, stellte Weihnachtsgeschenke wie Truhen und Kommoden her, Schaukelstühle und Schaukelpferde. Aus den übriggebliebenen Eichen- und Ahornstücken schnitzte er Schachfiguren. Ein paar der Figurensets verkaufte er an Bewohner aus Cabot Fields. Aber die meisten wurden von Lilys reisenden Buchhändlern aufgekauft, die sie mitnahmen und in Boston und Hartford, oder wo immer sie hinkamen, weiter verkauften.

Oren nahm sich jeden Nachmittag Zeit, um kurz bei der Bücherei vorbeizuschauen. Dann setzte er sich zu den Alten an den Tisch neben dem Fenster. An manchen Tagen wollte er Lesen oder Schreiben üben – er meinte, er könne doch nicht zulassen, dass die Bibliothekarin der Stadt einen Analphabeten heiratete –, an anderen wollte er an den Entwürfen für ihr Haus arbeiten. Lily konnte nicht viel Zeit mit ihm verbringen. Im Spätherbst war immer viel Betrieb. Aber sie ermunterte ihn, wo sie nur konnte, indem sie ihm Bücher empfahl, seine Rechtschreibung korrigierte und ihm über die Schulter spähte, wenn er ihr neues gemeinsames Leben entwarf. Ihr Haus würde schön werden – und ganz anders als alle, die sie bisher gesehen hatte. Es hatte überall Veranden und Türmchen und Fenster. Es sah eher wie ein Märchenschloss aus als wie ein Haus, in dem man wirklich lebt. Lily wurde an die Entwürfe für das Baumhaus ihrer Kindheit erinnert, die er auf braunes Einwickelpapier gezeichnet hatte. Auch da hatte er seiner Phantasie freien Lauf gelassen. Was hatte er ihr damals gesagt, als sie ihn gebeten hatte, eine Schaukel hinzuzufügen? Irgendetwas wie: Warum nicht? Ich weiß sowieso nicht, wie man das Ganze baut.

Bald waren sämtliche Bedenken von Lilys Vater hinsichtlich der Verbindung ausgeräumt. Oren arbeitete schwer und war talentiert – dieser Meinung waren alle. Jeden Donnerstag- und Samstagabend kam er zum Abendessen. Er war weit redseliger als er es jemals bei Hallie gewesen war. Oft erzählte er, was er an diesem Tag in der Bücherei gelesen hatte, besonders die alten Griechen und Römer hatten es ihm angetan, oder er brachte Lilys Vater dazu, über Pferde zu reden – über die Vorzüge von Morgans gegenüber Belgiern oder über die Krankheiten, die Shetlands besonders häufig befielen –, und damit hatten sie Gesprächsstoff für die ganze Mahlzeit. Und es gab noch eine Überraschung: Die beiden Männer gewöhnten sich an, im Anschluss Schach zu spielen. Oren hatte die Regeln irgendwo auf seinen Reisen aufgeschnappt, und er brachte ihrem Vater bereitwillig die Grundlagen bei. Oren gewann immer, was ihren Vater beeindruckte und dazu veranlasste, auf einer Revanche am nächsten Abend, an dem Oren da sein würde, zu bestehen.

Die übrige Zeit verbrachte Oren allein in seinem Wohnwagen. Es kam Lily nie in den Sinn, ihn dort zu besuchen, bis sie ihren neunzehnten Geburtstag feierte. Er lud sie ein, zum Abendessen herüberzukommen. Da sie nicht wusste, was sie sich darunter vorstellen sollte, zog sie ihren Alltagswollmantel und die Stiefel an und machte sich durch den Schnee auf den Weg zum Wohnwagen. Sie erwartete nichts Großartiges. Ihre Brüder waren in der Küche absolute Nieten, obwohl sie jedes Jahr zu Beginn der Jagdsaison versuchten, für ihre Freunde ein Jägerfrühstück zuzubereiten. Doch in den meisten Fällen brachten sie nichts als ein riesiges Durcheinander zu Stande. Aber es war schließlich der gute Wille, der zählte, dachte sie.

Sobald sie die Peacham Farm Road überquert hatte, wusste sie, dass sie Orens häusliche Fähigkeiten unterschätzt hatte. Den freigeschippten Weg zum Wohnwagen säumten aus Papiertüten hergestellte Laternen, in denen jeweils eine Kerze flackerte. Der Duft von gebratenem Hähnchen, der einem das Wasser im Mund zusammenlaufen ließ, wehte vom Vorzelt herüber, das selbst wie eine riesige Laterne aussah, weil die heruntergelassenen Zeltwände von innen mit Kerzen erleuchtet waren. Dutzenden von Kerzen, die an den Bambusstangen steckten, an denen die Sturmnetze aufgehängt waren, Kerzen, die den Boden des Vorzelts einfassten, Kerzen, die auf einem elegant für zwei gedeckten Tisch aufgereiht waren. Einen Augenblick machte sie sich Sorgen, ihr könnte kalt werden, wenn sie draußen im Freien aßen, aber sie merkte sehr rasch, dass die Kerzen das Zelt auf eine sehr angenehme Temperatur erwärmten.

»Du meine Güte!«, sagte Lily, als Oren hinten aus dem

Lastwagen auftauchte. Er hatte sich dem Anlass entsprechend angezogen – heftige Schuldgefühle ihrerseits, denn sie hatte das nicht getan – und seine Haare mit irgendeiner Art von Pomade geschniegelt. Er sah wirklich gut aus, dachte sie, einer der bestaussehenden Männer, die sie je zu Gesicht bekommen hatte.

»Herzlichen Glückwunsch zum Geburtstag«, sagte er, nahm ihr den Mantel ab und küsste sie auf die Stirn. »Setz dich, setz dich doch. Das Essen ist gleich fertig, und ich will nicht, dass es kalt wird.«

Gefülltes Brathähnchen, Kartoffelbrei, Erbsen aus der Dose und Soße. Es war ganz anders als das, was sie gekocht hätte, denn es war ganz anders gewürzt, und unter die Erbsen hatte er Schinkenwürfel und Zwiebeln gemischt, aber es war doch so gut, dass sie sich einen Nachschlag geben ließ. Es gab dazu sogar eine Flasche Rotwein. Lily trank zunächst nur aus Höflichkeit ein paar Schlückchen. Sie hatte nie zuvor Wein getrunken und bezweifelte, dass er ihr schmecken würde. Aber als sie sich erst einmal an den bitteren, borkigen Geschmack gewöhnt hatte und daran, wie er sie von innen wärmte, war sie überrascht, dass ihr Glas schon beinahe leer war. Sie ließ Oren ihr einen weiteren Schluck einschenken. Sie hatte noch immer ein Stück Hähnchen auf ihrem Teller. Schließlich war es ja ihr Geburtstag.

Als sie aufgegessen hatten, sagte Oren, sie solle die Augen zumachen. Er zauberte einen kleinen Kuchen hervor, auf dem eine einzelne Kerze brannte. Ihre Mutter hatte ihn gebacken, beichtete er, denn es war im Wohnwagen absolut unmöglich, etwas zu backen. Natürlich war es Lilys Lieblingskuchen: Schokolade mit Schokoladenguss.

Oren bestand darauf, dass sie sich etwas wünschte, bevor sie die Kerze ausblies. Sie starrte in die Flamme und versuchte, sich einen Wunsch einfallen zu lassen. Aber ihr Kopf war von dem Wein und der Luft voller Kerzenduft ganz durcheinander. Deshalb kniff sie am Ende nur die Augen zusammen, zählte bis drei und blies.

»Es ist Zeit für dein Geschenk!«, stellte Oren fest. Seine Wangen waren gerötet und seine Augen funkelten. Er war viel ausgelassener als sonst, und Lily gefiel das. Wie viel Wein hatte er getrunken? Die Flasche war fast leer.

»Ich brauche kein Geschenk«, sagte Lily. »Du verwöhnst mich, Oren.«

»Sei still und mach die Augen wieder zu.«

Das tat sie. Er forderte sie auf, die Hände auszustrecken, Handflächen nach oben. Dann legte er ein leichtes, glattes Objekt hinein. Sie wusste sofort, was es war: eine Geige. Eine schöne, glänzende Geige. »Aber das ist doch nicht etwa die von deinem Vater?«, flüsterte sie.

»Nein«, antwortete er. »Die hat Ian. Aber ich habe sie nachgebaut, bevor er abgereist ist. Ich habe es mehrmals versuchen müssen, bis ich es hinbekommen habe, das kann ich dir versichern.«

»Wann hast du damit angefangen?«

»Gleich nachdem du gesagt hast, dass du es gern lernen würdest.«

Sie hatte Mr. Pritchard einmal, vor zehn Jahren, spielen hören. Ihr hatte der außergewöhnliche Stil seines Geigenspiels gefallen. Sie hatte ganz beiläufig erwähnt, dass sie das auch eines Tages gerne können würde. Aber sie hatte kaum einen zweiten Gedanken daran verschwendet, damals war sie schließlich erst acht Jahre alt gewesen. Oren hatte offenkundig weit mehr daran gedacht. Er hatte all die Jahre damit verbracht zu lernen, wie man Geigen baut. Eine solche Hingabe ihres Verlobten hätte sie begeistern sollen. Das tat es aber ganz und gar nicht. Es machte ihr Angst. Wie sollte sie dem je gerecht werden?

»Wie gefällt sie dir? Der Bogen kommt noch. Ich musste ihn eigens von Montpelier bestellen, und er ist nicht rechtzeitig hier angekommen.«

»Sie ist schön. Aber ich habe nie spielen gelernt, Oren.«

»Das ist schon okay. Ian wird es dir beibringen, wenn er zurückkommt. Er spielt fast so gut wie mein Vater früher.«

»Du bist total verrückt«, sagte Lily. Und dann brach sie in Tränen aus.

Oren nahm ihr die Geige aus den Händen und legte sie auf den Tisch. Er zog sie hoch und nahm sie in die Arme. Er ließ sie an seiner Brust schluchzen, bis sie keine Tränen mehr übrig hatte. Dann küsste er sie. Und sie küsste ihn zurück. Er knöpfte ihr das Kleid vorne auf und schälte sie aus dem Oberteil wie einen frischen Maiskolben. Er drehte sie um und machte ihr das Korsett auf. Dann drehte er sie wieder zurück und fing an, ihre Brüste zu küssen, fuhr mit der Zunge über ihre Brustwarzen und biss leicht hinein. Sie stöhnte auf. Er nahm sie auf die Arme und trug sie in den Wohnwagen. Mr. Pritchards Bett war gemacht, dasjenige, das tagsüber als Tisch und Bänke diente. Er legte sie darauf, dann kniete er über ihr und sah ihr in die Augen. Kerzen, überall Kerzen, alle waren heruntergebrannt und flackerten. Kerzen, von denen Bienenwachs auf die Holzverkleidung tropfte, auf die an der Decke hängenden Töpfe und Pfannen, auf die Kochutensilien und Werkzeuge rund herum. Rauch, Kerzenrauch und der Nebel vom Wein.

Sie trieb zurück an den Badeteich an jenem heißen Sommertag. Das langsame Auf und Ab der Flügel eines gelben Schmetterlings. Eine bronzene Schulter, auf der man Rast machen konnte. Wessen? Sie fuhr mit dem Finger den Umriss seiner Erregung entlang. Er kam ihr groß vor, zu groß. Sie hatte fünf Brüder. Aber sie kannte sich nur mit kleinen Jungs aus. Ich habe noch nie so einen gesehen, sagte sie mit belegter Stimme. Das war gelogen. Sie hatte *diesen* schon einmal gesehen, nur war Oren damals noch kein erwachsener Mann gewesen. Er flüsterte, dass er nicht wisse, ob sie es jetzt tun sollten. Bitte, sagte sie, dann darfst du auch mich anschauen. Er küsste sie wieder, jetzt leidenschaftlicher. Sie fingerte an den Knöpfen seiner Hose herum, bis er ihr half.

Danach schaute sie ihn an, als er schlafend auf dem Bauch lag. Breit wie ein Scheunentor. Sein Hintern war noch immer von Narben übersät, allerdings war das leuchtende Rot längst verblasst. Narben von den Prügeln, die ihm sein Vater verabreicht hatte, weil er mit Ian und ihr im Wald herumgetanzt hatte – getanzt, um Regen herbeizubeschwören. Sie dachte darüber nach, was sie gerade getan hatte. Sie fühlte sich nicht schuldig. Sie würde es wieder tun, wahrscheinlich vor ihrer Hochzeit noch viele Male. Aber es war nicht gerade das geheiligte Erlebnis gewesen, auf das ihre Mutter sie verlegen vorzubereiten versucht hatte. Und sie fragte sich, ob sie nicht doch bis zur Hochzeitsnacht hätte warten sollen, weil sie sich dann erfüllt und befriedigt und rechtschaffen fühlen würde. Weniger traurig. Trotzdem gefiel ihr das, was sie zusammen getan hatten, und sie hoffte, dass sie beide mit etwas Übung darin gut genug sein würden, um einander glücklich zu machen. Aber heute Abend, in diesem Moment, als sie ihn ansah, fühlte sie sich merkwürdig allein. Einsam.

Sie zog sich an, holte ihren Mantel und die Stiefel. Die Kerzen waren alle erloschen. Deshalb ging sie im Schein der Sterne nach Hause. An der Peacham Farm Road drehte sie wieder um. Sie hatte die Geige vergessen. Sie ging zurück, um sie zu holen. Oren atmete schwer im Schlaf. Sie überlegte, ob sie wieder zu ihm ins Bett kriechen sollte, entschied sich aber dagegen. Heute Nacht wartete der Schlaf in ihrem eigenen Zimmer auf sie.

Ein Gedanke kam ihr in den Sinn, als sie die hintere Treppe hinaufstieg. Nein, es war eher ein Gesprächsfetzen beim Essen, den sie nicht gleich richtig aufgenommen hatte. Ian wird es dir beibringen, hatte Oren gesagt. Wenn er zurückkommt. Die ganze Zeit hatte sich Lily eine Zukunft nur mit Oren vorgestellt. Während Oren an ein Leben sowohl mit ihr als auch mit Ian dachte – ob es ihm klar war oder nicht. Er hatte seit fast einem Jahr nichts mehr von Ian gehört. Trotzdem dachte er täglich an ihn, und der Bruder wurde in seine Zukunftspläne mit einbezogen. Lily kam zu dem Schluss, dass sie, noch bevor sie Oren heiratete, etwas Wichtiges herausfinden müsse. War Ian tot oder lebte er?

Ohne Oren etwas davon zu sagen, fing sie an, Briefe zu schreiben. Den ganzen Jahresanfang 1918 hindurch bis ins Frühjahr schrieb sie. Sie schrieb sie auf Büchereipapier und legte die Briefe dann auf den Rand ihres Schreibtischs, damit der Postbote sie mitnahm. Sie verfasste sie, als handele es sich um eine offizielle Angelegenheit der Gemeinde von Cabot Fields. Zuerst schrieb sie Fort Ethan Allen in Burlington an. Der dortige Kommandeur gab ihr die Adresse des Ausbildungslagers der US Armee außerhalb von Paris. Von dort wurde sie an weiter entfernt liegende Stützpunkte verwiesen, Orte in Belgien, von denen sie noch nie etwas gehört hatte: Verdun, Meesen, Ypern. Sie erhielt Antwortschreiben, Briefe, die an ihre Büchereianschrift gerichtet waren, mit Schreibmaschine auf blauem Florpostpapier getippt und mit blauen und roten Streifen eingefasst. Sie hätte die Briefmarken für die Kinder aufgehoben, aber es waren keine darauf. Nur die Stempel der US Armee, deren Tinte in das blaue Papier verlief.

Währenddessen fing Oren mit dem Bau ihres Hauses an. Sobald der Boden aufgetaut war, begann er mit dem Gemüsekeller. Er konnte täglich nur ein paar Stunden arbeiten. Er hatte mit Lilys ältestem Bruder Ahornsirup hergestellt, um eine Ladung Backsteine für den Kamin bezahlen zu können. Jetzt half er ihrem Vater bei der Frühjahrsvorbereitung der Felder – im Gegenzug für alle besseren Steine, auf die sie stoßen sollten. Diese schafften sie jeden Abend mit den Arbeitspferden ihres Vaters zur Anhöhe hinauf. Er behauptete, dass er für das Fundament eine Menge davon brauchen würde. Denn es sollte ein großes Haus werden.

Einmal in der Woche kochte Lily mit ihm im Wohnwagen das Abendessen. Als Vorwand erzählte sie ihrer Mutter, dass sie ihm eine Lese- oder Schreibstunde geben würde. In Wahrheit liebten sie sich nach dem Essen. Aber sie kehrte immer ins Haus zurück, um in ihrem eigenen Zimmer zu schlafen. Sie bestellte von der Bücherei in Montpelier ein Buch über das Geigenspielen, und als es kam, fing sie an, es sich selbst beizubringen. Sie war entschlossen, bis zu Orens Geburtstag im Spätsommer zumindest eine Melodie zu lernen. Es war viel schwieriger, als es aussah. Sie bekam Kerben in den Fingerkuppen. Man musste die Saiten fest herunterdrücken, damit die richtigen Töne herauskamen. Zuerst übte sie in ihrem Zimmer – bis die Hunde ihres Vaters zu heulen anfingen. Danach zog sie sich lieber in das Milchhaus zurück. Dessen Steinwände waren so dick, dass sie ihr Gequietsche und Gekratze dämpften. In den Balken des winzigen Abstellraums stellte sie ein paar Rattenfallen auf und versteckte dort ihre Geige zusammen mit dem Notenständer, den sie sich bei einer Fahrt nach Montpelier gekauft hatte. Einer der alten, dreibeinigen Melkschemel ihres Vaters hatte genau die richtige Höhe zum Geigespielen. Mit der Zeit hielt sich Lily gerne zwischen den weiß getünchten Feldsteinen und den galvanisierten Milchkannen auf, auf denen sich Kondensationsperlen bildeten. Sie war so selten allein, dass es ihr so vorkam, als habe sie jetzt ein kleines Haus für sich. Aber sie hielt es in der Kälte nur etwa eine Stunde aus, dann wurden ihr die Finger ganz taub.

Lily fürchtete ihre Kleideranproben bei Hallie. Damit begannen sie im späten Frühjahr, und sie fanden alle vierzehn Tage statt. Die beiden aßen ganz eilig als Mittagessen eine Tasse Suppe. Anschließend musste Lily auf Hallies

Anweisung hin in ein zu enges Satinkleid gezwängt auf einer Ottomane in ihrem Nähzimmer stehen, während sie an ihr herumfingerte und -zog. Lily kam sich wie ein riesiges Nadelkissen vor. Dann drückte sie die Augen zu, um sich davon abzulenken, dass sie ohnmächtig werden und herunterfallen könnte und versuchte, sich ihren Hochzeitstag auszumalen. Nur unangenehme Bilder tauchten vor ihrem geistigen Auge auf: von Schweiß, der ihr in der drückend heißen Kirche in den Augen brannte, vom erstickenden Duft der Teerosen, davon, dass sie in einem so steifen Satinkleid dastünde, dass es ebenso gut ohne sie vor dem Altar stehen könnte, von kratzigen Spitzenmanschetten und einem langen Spitzenschleier – überall Spitzen –, der an den Dielennägeln hängen blieb. Wenn Lily jedoch die Augen offen ließ, dann blieb ihr fast nichts anderes übrig, als sich in Hallies bis zum Boden reichenden Spiegel anzustarren. In ihrer eigenen Vorstellung war sie nie wirklich richtig erwachsen geworden. Sie sah sich noch immer als schmutzigen, kleinen Wildfang mit grünen Katzenaugen und widerspenstigen roten Haaren, die ihr in Korkenzieherlocken vom Kopf wuchsen. Sie erkannte die schlanke Braut kaum wieder, die in Hallies Kleid dastand. Sie sah nicht schlecht aus. Vielleicht würde sie, wenn sie sich selbst auf der Straße begegnen würde, sogar denken: »Was für eine hübsche junge Frau.« Aus Neugierde drehte und wand sie sich, um sich genauer zu betrachten. Dann schimpfte Hallie, sie solle mit dem Herumwackeln aufhören, wobei sie die Wörter durch die Nadeln in ihrem Mund zischte.

Aber es war nicht nur der langweilige Vorgang des Auftrennens der Rüschen am Oberteil und des Saumhochnähens, was dazu führte, dass sie sich unwohl fühlte. Es war auch Hallies Schwall von Fragen: Was würde Lilys Mutter tragen, was ihr Vater anziehen? Hatte Lily die Blumen schon in dem Laden in St. Johnsbury bestellt? Sollte sie vielleicht extra Blumen für den Empfang im Wohnzimmer ihrer Mutter bestellen? Für welchen Kuchen hatte sich Lilys Mutter entschieden – hell oder Schokolade? Hatte Lily ihre Mutter schon wegen der Verlobungsfeier gefragt? Meistens unterbrach Lily Hallie an dieser Stelle und erklärte, dass sie jetzt zur Bücherei zurück müsse.

»Das wird so hübsch werden«, seufzte Hallie dann. »Es sind nur noch ein paar Handgriffe nötig. Denk daran, wie viel Zeit und Geld wir dabei sparen, Lily.«

Dann biss sich Lily auf die Lippe. Sie war sich sicher, dass ihre Mutter nur halb so lange gebraucht hätte, ein völlig neues Kleid zu nähen. Und in der Bücherei bekam man Bücher mit Kleiderschnitten schließlich kostenlos.

Eines Nachmittags im Mai brachte der Postbote einen Brief in die Bücherei, der von einem Krankenhaus in Boston an Lily adressiert war. Ihre Hände wurden völlig taub, als sie den Empfang bestätigte. Sie steckte ihn sich in die Rocktasche, beendete zuerst ihre Arbeit und ordnete die zurückgegebenen Bücher wieder ein. Plötzlich hielt sie inne. Sie ging zum Tisch der Alten hinüber und teilte ihnen mit, dass sie jetzt gehen müssten. »Weshalb?«, fragten sie. »Deshalb!«, brüllte sie. »Verschwindet!« Sobald alle gegangen waren, schloss sie die Bücherei ab und machte sich auf den Weg die Peacham Farm Road hinunter. Sie fing an zu rennen. Sie rannte die ganze

Strecke bis zu der Anhöhe, auf der Oren gerade das Fundament legte.

»Hier«, keuchte sie und streckte ihm den Brief entgegen. »Lies ihn.«

Er legte seine Maurerkelle nieder und wischte sich mit einem Taschentuch über die Stirn. »Was ist das, Lily?«

»Es geht um Ian«, erklärte sie.

Oren nahm den Umschlag. Er las den Absender und warf ihr einen Blick zu. Sie nickte und versuchte zu lächeln. Er riss den Umschlag auf und faltete das Blatt Papier auseinander, das sich darin befand. Er las den Brief langsam, murmelte die Wörter vor sich hin, kämpfte mit denjenigen, die er nicht kannte. Es schien eine Ewigkeit zu vergehen. Lily musste an sich halten, um ihm den Brief nicht aus der Hand zu reißen. Warum hatte sie ihn nicht einfach in der Bücherei aufgemacht? Er war schließlich an sie adressiert.

Orens Augen füllten sich mit Tränen. »Er ist irgendwo außerhalb von einem Ort, den ich nicht aussprechen kann, angeschossen worden. Drei Kugeln in den Bauch. Sie haben ihn erst zwei Tage nach der Schlacht gefunden. Sie haben ihn nach Paris gebracht. Von dort haben sie ihn mit dem Schiff nach Boston transportiert.«

»Tot oder lebendig?«

»Er lebt. Hier steht, dass sie ihn eine Weile nicht identifizieren konnten. Seine Erkennungsmarken waren verloren gegangen. Er weiß nicht recht, wer er genau ist.«

»Komm, wir fahren hin!«, sagte Lily und nahm ihm den Brief aus der Hand.

»Nach Boston?«

»Du solltest dich lieber frisch machen. Und bring ein

Hemd zum Wechseln mit. Ich bin drüben im Haus und packe ein Lunchpaket zusammen. Daddy wird uns sein Auto leihen. Hast du ein bisschen Geld?«

»Das, was ich gespart habe, um das Holz zu kaufen.«

»Gut, dann steh nicht einfach nur so herum.«

Sie starrten sich einen Augenblick an. Lily warf sich ihm in die Arme. Zwischen den aufgestapelten Feldsteinen umarmten sie sich, weinten und lachten. Dann rannte Lily nach Hause.

Eine Krankenschwester führte sie in einen sonnigen Raum, voll mit bandagierten jungen Männern in identischen Bademänteln. Einige rauchten und lasen, andere hockten an einem Tisch und spielten Karten. Ian saß abseits in einem Rollstuhl und starrte durch eine der Verandatüren in einen hübschen kleinen Garten hinaus. Die Krankenschwester rief in einigen Schritten Entfernung seinen Namen. Ian drehte sich nicht um. Sie zuckte mit den Achseln. Oren drückte einmal kurz Lilys Hand und ging dann hinüber, um seinem Bruder auf die Schulter zu klopfen.

Ian blickte auf. Sein Gesicht hatte inzwischen wenig Ähnlichkeit mit dem von Oren: Wächserne Haut spannte sich über kantige Knochen, dunkle Ringe umrahmten trübe, teilnahmslos blickende Augen. Diese sahen zunächst verständnislos zu Oren hinauf. Aber dann verzog sich die dünne weiße Linie seines Mundes zu einem Lächeln. Ian streckte seine Hand hoch. Oren beugte sich tiefer hinunter, damit Ian ihm über das Gesicht streichen konnte. So verging eine Weile. Oren beugte sich noch tiefer hinab, sodass sie sich mit der Stirn berührten. Er legte seine

Hände auf Ians Schultern und schaute seinem Bruder tief in die Augen. Dann hob Ian seine Hände auf Orens Schultern. So verharrten sie mehrere Minuten, wendeten den Blick nicht voneinander.

Lily fingerte an dem Hut herum, den sie zwar mitgebracht, sich aber dann doch nicht aufgesetzt hatte. Da war es wieder, dieses Gefühl, an das sie sich vom Badeteich her erinnerte, als sie die beiden beobachtet hatte, wie sie das Wasser testeten. Es war das Gefühl einer Leere, nie eine Schwester gehabt zu haben.

Schließlich richtete sich Oren auf.

»Komm, wir gehen«, sagte er.

»Wohin?«, fragte Lily ängstlich.

»Nach Hause«, antwortete er. »Bringen wir ihn nach Hause.«

3

Weiß stets Bescheid

[1919]

Lily ging dazu über, die Bücherei im Juli jeden Mittag für zwei Stunden zu schließen. Niemand schien das zu bemerken oder zu kümmern, außer vielleicht die alten Männer, die keinen anderen kühlen Ort hatten, an den sie gehen konnten. Alle anderen in der Stadt waren mit dem zweiten Mähen beschäftigt, mit dem sie spät dran waren, weil der Juni so verregnet gewesen war. Lily schloss um zwölf Uhr einfach die Tür zu und öffnete sie erst wieder um zwei Uhr, manchmal auch erst um halb drei. Sie machte sich nicht die Mühe, ein Schild zu schreiben. Sie hatte nicht einmal einen triftigen Vorwand.

Inzwischen aß sie nicht mehr bei Hallie zu Mittag. Das Kleid war fertig. Die Blumen waren bestellt, das Festmenü ausgesucht, die Gästeliste zusammengestellt. Sie kam sich jetzt lächerlich frei vor, frei von den erstickenden Zwängen der Planung. Sie verbrachte ihre lange Mittagspause auf der Baustelle und half Oren. Er war unzufrieden, weil er nicht schneller vorankam, und machte sich Sorgen darüber. Bis Mitte des Sommers hatte er erst den Keller ausgehoben, den Kamin gemauert und das Fundament gelegt. Jetzt sägte er Stämme für die Wände zu. Ginge es weiter in diesem Tempo voran, würde das

Haus bis zu ihrer Hochzeit nicht fertig werden. Das kümmerte Lily nicht sonderlich. Es machte ihr gar nichts aus, auf einem Haufen Decken auf dem Boden zu schlafen, sofern sie nur ein Dach über dem Kopf hatten, bevor der erste Schnee fiel.

An diesem Nachmittag war es aber schwer, sich Schnee auch nur vorzustellen. Es war so heiß, dass die Hitze von der Peacham Farm Road wie in Wellen aufstieg, Wellen, die in dem gleißenden Licht wie Flammen flackerten. Sie hatte das Gefühl, durch Feuer zu schwimmen: Jeder Schritt hatte die mühselige Langsamkeit von Bewegungen unter Wasser, jede Geste rief einen Wirbel schierer Hitze hervor.

Irgendetwas kam auf sie zugeschwommen, ein Hai, der aus dem Schatten der Ahornbäume unmittelbar vor ihr auftauchte. Mme LeTourneau, eine schmächtige kleine Frankokanadierin, die selbst bei dieser Hitze in dunklen Wollstoff gekleidet war. Die Seherin der Stadt. Man stattete Mme LeTourneau einen Besuch ab, wenn man den Ehering der Mutter verloren hatte oder wenn man sich Sorgen machte, keinen Sohn zu bekommen. Sie lebte in einem heruntergekommenen kleinen Farmhaus, und man brachte ihr immer irgendetwas mit – ein Stück Speck, ein Dutzend Eier oder einen Krug Ahornsirup –, weil sie kein Geld annahm. Und dann saß man schweigend an ihrem Küchentisch, während sie einem aus der Hand las. Man wartete. Es konnte mehrere Minuten dauern, bis sie etwas sagte. Und wenn sie es tat, dann sagte sie einem so Dinge wie, dass man diesen Ring wiederfinden würde, aber erst Jahre, nachdem man aufgehört hatte, danach zu suchen. Man würde keinen Sohn bekommen, aber eine Tochter, deren Sohn später den ganzen Tag an einer Schreibmaschine sitzen würde anstatt Kühe zu melken – man stelle sich das vor! –, und diese besondere Schreibmaschine würde nicht nur Wörter, sondern auch Bilder drucken, und irgendwann würde jeder eine solche Maschine haben, genau wie inzwischen jeder einen Ford besaß.

Lily hatte der alten Dame nie einen Besuch abgestattet.

»Tag, Lily«, sagte Mme LeTourneau.

»Meine Güte, haben Sie mich erschreckt«, antwortete Lily. »Ich habe Sie gar nicht gesehen.«

»Die Leute sehen das, was sie sehen wollen«, sagte Mme LeTourneau. »Du siehst immer mehr, als du dir eingestehst.«

»Wie bitte?«

»Ich habe gesagt, dass ich mich wahrscheinlich gebückt habe. Ich suche nach Goldrute. Weißt du, für meine indianischen Heilmischungen.«

»Schon Glück gehabt?«

»Was hat das mit Glück zu tun? Ich höre, du heiratest bald.«

»Ja, im Herbst«, bestätigte Lily.

»Na, ich wünsche dir alles Gute«, sagte Mme LeTourneau. »Und grüße deine Mutter von mir, wenn du sie das nächste Mal siehst.«

Lily schaute Mme LeTourneau nach, wie sie die Straße hinunterschlurfte und ihr schwarzer Rock dabei wie die schweren Flügel einer Krähe hin und her schlug. Sie erschauderte. Mme LeTourneaus Farm lag am anderen Ende der Stadt, unweit der Molly Brook Road.

Bis sie beim Wohnwagen ankam, war sie so schweißgebadet, dass sie ihr Zusammentreffen mit Mme LeTourneau schon ganz vergessen hatte. Sie zog sich das Kleid aus und hängte es an einen der Bettgriffe, in der Hoffnung, dass es schnell trocknen würde. Sie befreite sich auch von ihrem Korsett, warf es auf das Bett und saß ein paar genüssliche Augenblicke lang nur in der Unterhose da. Sie schöpfte sich mit der Kelle Wasser und goss es sich über den Nacken. Sofort fühlte sie sich besser. Widerwillig zog sie einen der Overalls ihres Vaters und eines seiner alten Baumwollhemden an. Oren wartete schließlich oben auf der Anhöhe auf sie.

Sie machte sich daran, aus dem, was noch im Eisschrank übrig war, ein Mittagessen zusammenzupacken. Oren hatte ihn immer bemerkenswert gut gefüllt, mit Bratenstücken, übrig gebliebenen gekochten Kartoffeln, hart gekochten Eiern, Blattsalat, Radieschen und Gurken aus dem Garten ihrer Mutter. Er war ein sehr sorgfältiger Mann, und der Wohnwagen war immer so sauber wie die Küche ihrer Mutter.

Lily meinte, ein Lachen zu hören. Sie hielt mit dem Packen des Weidenkorbs inne, um zu lauschen. Das Zirpen von Grillen. Sie schmunzelte: Die lachende Natur. Dass sie ständig Lachen und Geflüster hörte, das war ein Überbleibsel aus ihrer Kindheit, ein Überbleibsel ihrer überbordenden Phantasie. Allerdings konnte sie sich, während sie ihren täglichen Gang den Hügel hinauf machte, den Gedanken nicht verkneifen, dass es in ihrem Leben zur Zeit nicht viel zu lachen gab. Nur Pläneschmieden und nochmals Pläneschmieden. Sie war ein bisschen besorgt, was Orens Ziele anbelangte. Ein neues Haus, die Hochzeit, der Winter. Das alles war scheinbar so weit weg und irgendwie nicht real. Was sich für sie real anfühlte, das war die gnadenlose Sonne auf ihrem Nacken, das Heu voller zirpender Grillen, ein wolkenloser, endloser Himmel. Hitze.

Ian war mit Oren oben auf dem Gipfel.

Es war, soweit sie wusste, das erste Mal, dass Ian seit seiner Verwundung das Bett verlassen hatte. Und doch arbeiteten sie zusammen. Lily beobachtete, wie Oren einen Holzbalken anhob und Ian seine Länge abmaß, Oren eine Säge nahm, während Ian den Balken festhielt, damit er durchgesägt werden konnte. Ian legte ihn auf einen Dachsparren, während Oren ihn festhämmerte. Oren machte die ganze schwere Arbeit, aber Ian war ihm eindeutig eine Hilfe. Lily wurde rot. Sie kam sich vor, als spioniere sie den beiden nach. Ihre Arbeit war etwas so Intimes, wie ein Walzer im Mondschein oder das Flüstern eines Liebespaares. Schließlich sah Oren sie am Rand der Baustelle stehen. Er winkte sie herbei. Ian lächelte und winkte ebenfalls, ein nettes, jungenhaftes Grinsen, das das kälteste Herz zum Schmelzen gebracht hätte. Bildete sie es sich nur ein oder taten die beiden tatsächlich ein bisschen verlegen, als seien sie gerade dabei ertappt worden, wie sie über sie geredet hatten?

Ihre Einbildung! Ian konnte doch noch immer nicht sprechen. Der alte Doc Perry hatte gesagt, dass seine Stimmbänder nicht in Mitleidenschaft gezogen worden waren. Seiner Meinung nach handelte es sich um eine »Kriegsneurose«. Eine neumodische Krankheit, eine nervöse Störung, keine körperliche, die durch die moderne Kriegführung in Schützengräben hervorgerufen wurde. Doc Perry hatte über das Thema einiges gelesen: monatelanges absolutes Schweigen, Schreien mitten in der

Nacht, die Unfähigkeit, Fische auszunehmen oder Wild zu jagen, die Unfähigkeit, irgendeine Sorte von Fleisch zu essen. Ian war wahrscheinlich einfach noch nicht bereit, über das zu reden, was er erlebt hatte, hatte der Doc Lily und Oren erklärt. Lasst ihm Zeit. Zeit war etwas, was Ian dank seines Schutzengels jetzt in Hülle und Fülle hatte. Alle drei Kugeln hatten wie durch ein Wunder die lebenswichtigen Organe verfehlt. Ian würde seinen Enkeln ein paar hässliche Narben zeigen können, aber keinen dauerhaften körperlichen Schaden davontragen.

Lilys Eltern hatten Ian das hintere Schlafzimmer in ihrem Haus zur Verfügung gestellt. Lily hatte gewusst, dass sie sich bedingungslos auf die auf dem Land übliche nachbarschaftliche Hilfe verlassen konnte. Ihre Mutter hatte sich um Ian gekümmert und ihn ganz besonders ins Herz geschlossen, denn ihr drittältester Sohn war ebenfalls in den Krieg eingezogen worden, und ihr zweitältester war wegen eines Ford Model T ums Leben gekommen. Ian konnte zwar nicht reden, aber sein Lächeln sprach Bände. Immer wieder griff er nach der Hand ihrer Mutter, während sie sich an seinen Kissen zu schaffen machte, und legte sie sich an seine Wange. Dann füllten sich ihre Augen mit Tränen, und sie musste aus dem Zimmer eilen. Es amüsierte Lily, dass ihre Mutter, ohne sich dessen wirklich bewusst zu sein, angefangen hatte, von Ian als ihrem Jungen zu sprechen. *Es ist Zeit, dass ich nach meinem Jungen hinten sehe,* sagte sie dann gleich nach dem Abendessen und entschuldigte sich. Sie machte es sich zur Aufgabe, ihn mit Maissuppe und Reispudding zu füttern, denn er war beängstigend untergewichtig, und sie saß nachmittags stundenlang bei ihm und las ihm Artikel aus der *Barre Times* und der *Saturday Evening Post* vor. Mehr als einmal war Lily von der Bücherei nach Hause gekommen und hatte die beiden ertappt, wie sie gemeinsam ein Nickerchen hielten, wie ihre Mutter im Lehnstuhl neben seinem Bett, das Nähzeug im Schoß, leicht schnarchte, während Ian auf dem Rücken lag und seine rechte Hand sich an den Ärmel ihres Kleides klammerte. Beseelt von all der Aufmerksamkeit, wie ein Baby von der Milch seiner Mutter beseelt ist. Lily fragte sich: Hatte Ian je die ungeteilte Aufmerksamkeit von irgendjemand anderem als Oren gehabt?

Lily ging zu ihnen hinüber. »Ich habe nicht genügend Essen für drei mitgebracht«, sagte sie.

»Ian wollte dich überraschen«, erklärte Oren.

»Nun, das ist dir jedenfalls gelungen«, antwortete Lily. »Ich bin echt überrascht.« Sie fuhr Ian durch das vom langen Liegen ganz verfilzte Haar. »Wenn eine deiner genähten Wunden aufplatzt, dann macht dir meine Mutter aber die Hölle heiß. Ihr Jungs solltet lieber essen, was ich mitgebracht habe. Ich habe sowieso noch keinen Hunger, und allem Anschein nach habt ihr es euch auch redlich verdient. Ich mach mir ein Sandwich, bevor ich wieder zur Bücherei gehe.«

Oren klappte den Korb auf und reichte Ian ein Sandwich. Mit Heißhunger machten sie sich über das Essen her. »Ian langweilt sich zu Tode«, sagte Oren zwischen zwei Bissen. »Er meint, ein bisschen Bewegung jeden Tag würde ihm gut tun. Unterstützt die Heilung. Ich werde ihn schon nichts Schweres heben lassen.«

»Hat er dir das alles gesagt?«, fragte Lily.

Oren hielt eine Sekunde mit dem Kauen inne. Er und

Ian tauschten einen ihrer Blicke aus. »Na ja, nicht mit so vielen Worten«, gab Oren zu.

Lily bemühte sich, nicht eifersüchtig auf ihre geheime Welt zu sein. Mit einer der Servietten verjagte sie eine Hirschfliege. »Mensch, ist es hier oben heiß!«, stöhnte sie.

»Du brauchst nicht hier zu bleiben, jetzt wo mein Bruder da ist«, sagte Oren.

»Ich habe nicht gesagt, dass ich nicht helfen will«, schnauzte Lily zurück. Sie stand auf und inspizierte den Dachsparren, den die Zwillinge vor dem Essen gerade angebracht hatten. Er brauchte noch eine weitere Querverstrebung. Sie zog einen Balken mit der richtigen Länge von dem Haufen und schleppte ihn zum Sägebock.

»Ich denke, es ist Zeit, wieder an die Arbeit zu gehen«, lachte Oren.

An diesem Nachmittag klappte es nicht gut. Lily war an den Rhythmus der Zusammenarbeit zwischen ihr und Oren gewöhnt, daran, immer das zu tun, was er sagte. Aber Oren musste Ian nicht sagen, was er zu tun hatte, und Oren vergaß immer wieder, Lily beim nächsten Schritt einzubeziehen. Ihre Frustration kochte schließlich über, als sie und Ian sich nach vorn beugten, um den gleichen Balken abzumessen, und ihre Köpfe aneinander stießen. Lily war von dem Stoß so benommen, dass sie nach hinten fiel und auf Butterblumen landete. Sie saß einen Augenblick verdattert da und brach dann in Tränen aus.

Oren stand hilflos daneben, der Hammer baumelte ihm locker in der Hand. Ian rieb sich über die Stirn und bückte sich, um sie anzusehen. Sein Gesichtsausdruck ließ ihr Schluchzen verstummen. Genau die richtige Mischung aus Belustigung und Mitleid. Er versuchte, ihr mit den Augen etwas zu sagen. Vor Anstrengung zuckte sein Mund ein wenig. Er streckte die Hand aus, und sie ergriff sie. Er nickte in Orens Richtung.

»Ich versteh ihn nicht«, schniefte sie. »Das ist das ganze Problem.«

»Schwimmen«, krächzte Ian.

Lily war völlig verdutzt. »Was?«, fragte sie.

Oren ließ den Hammer fallen und kauerte sich neben seinen Bruder.

»Was hast du gesagt?«

»Schwimmen.«

»Du willst schwimmen gehen?«, kicherte Lily.

»Heiß!«, sagte er.

»Warum nicht?«, lachte Oren. »Wir könnten alle ein bisschen Abkühlung gut gebrauchen.«

»Ob wir *deshalb* wohl wieder in Teufels Küche kommen?«, sagte Lily.

Lily war die Erste, die ihren Overall ausgezogen hatte und ins Wasser sprang. Sie konnte sich nicht erinnern, wann sie das letzte Mal zum Badeweiher gekommen war – seit ihrer Kindheit nicht mehr. Sie paddelte in der Mitte des Teichs herum und weigerte sich, an irgendetwas anderes zu denken, als daran, einfach nur hier herumzuschwimmen. Sie tauchte und blieb so lange unter Wasser, wie es ihr Atem nur erlaubte. Als sie an der Oberfläche auftauchte, beobachtete sie, wie Ian ungeduldig an seinem Hemdkragen herumzerrte, während Oren ihm die Overallträger aufmachte. Schließlich waren alle beide nackt.

Oren klatschte im Hocksprung ins Wasser. Ian watete aus Sorge um seine Verbände am Ufer herum.

Lily erschrak über ihre Kühnheit. Sie würde die Ohren spitzen müssen, ob noch andere Besucher zum Schwimmen kamen. Man stelle sich vor, man würde die Bibliothekarin der Stadt so erwischen! Außerdem wunderte sie sich, wie schnell sie drei ihre Wohlanständigkeit zusammen mit ihren zerknitterten Kleidern am Ufer abgelegt hatten. Eigenartig, sie war inzwischen mit Orens Körper so vertraut, dass der Anblick des nackten Ian sie gar nicht verlegen machte. Sie und Oren schliefen seit Monaten miteinander. Ihr gefiel es, Sex mit ihm zu haben. Und sie fand, dass sie darin allmählich recht gut wurden. Es dauerte inzwischen immer länger. Es war weit besser, sehr viel besser, als sie es sich je hätte vorstellen können.

Sie beobachtete, wie sich Oren über den Teich schwang und einen Kopfsprung ins Wasser machte – ein beeindruckend perfekter Sprung. Sie schaute zu Ian hinüber, der sich mit Wasser bespritzte und vor Vergnügen leise grunzte. Ähnlich wie Oren und dennoch anders: Seine Arme und Beine waren in den Monaten, in denen er das Bett hatte hüten müssen, ganz dünn geworden. So schrecklich dünn, dass seine Brust konkav wirkte. Als er sie dabei ertappte, wie sie ihn anstarrte, versuchte er, sie nass zu spritzen. Sie streckte ihm die Zunge heraus und tauchte unter.

Schließlich merkte Oren, dass Ian fröstelte, und führte ihn auf einen großen Felsen, auf den die Sonne herunterbrannte. Die beiden lagen nebeneinander und ließen sich trocknen. Lily, die noch immer im Wasser war, fröstelte ebenfalls. Es war Zeit, dass auch sie aus dem Wasser ging, ihre Fingerspitzen wurden schon ganz taub. Sie sehnte sich danach, sich zu den Zwillingen auf den Felsen zu legen. Aber sie glaubte, im Wald Kinderstimmen zu hören. Geflüster und Gelächter. Sie stieg aus dem Wasser, trocknete sich mit Orens Hemd ab und zog sich schnell an. Das feuchte Hemd breitete sie neben Oren auf dem Felsen aus, küsste ihn auf die Stirn und sagte ihm, es sei für sie Zeit, in die Stadt zurückzugehen. Er bat sie, doch noch ein bisschen zu bleiben, aber Lily blieb hart. »Bring deinen Bruder wieder nach Hause«, sagte sie, »sonst zieht dir meine Mutter bei lebendigem Leib die Haut ab. Und was sie und alle anderen anbelangt, ich war den ganzen Nachmittag in der Bücherei, hört ihr?«

»Lily beim Schwimmen«, krächzte Ian.

»Ein einziges Wort«, sagte Lily. »Und du wünschst dir, du wärst heute Morgen lieber nicht aufgestanden.«

Ein paar Tage später erklärte Oren, es sei Zeit, dass Ian ausziehe. Es gebe wirklich keinen Grund mehr, dass er noch länger das Bett hüte. Und Ian wollte Lilys Familie nicht zur Last fallen. Lilys Mutter blieb skeptisch, bis der alte Doc Perry bei seiner nächsten wöchentlichen Visite Orens Prognose bestätigte. Ians Wunden heilten gut, sagte er. Ein wenig Bewegung jeden Tag würde wahrscheinlich seinen Appetit anregen. Der Bursche müsste nur darauf achten, dass er sich nicht überanstrengte und die Nähte aufgingen. Lilys Mutter gab unter der Bedingung nach, dass die beiden jeden Abend zum Essen ins Haus herüberkämen. Das sagten sie zu, und Ians Armeekiste wurde aus dem hinteren Schlafzimmer in den Wohnwagen verfrachtet. Oren bewies zur Enttäuschung aller Willards, dass er sehr gut imstande war, Ians Verbände allein zu wechseln. Sie waren inzwischen alle daran gewöhnt, Ian um sich zu haben. Lilys Mutter vermisste seine unverhohlene Zuneigung. Lilys Vater vermisste die Schachpartien, bei denen er ihn immer schlug. Und Lilys Brüder vermissten es, in seiner Kiste nach Gewehrpatronen und Zigaretten herumzuwühlen.

Was Lily natürlich vermisste, waren ihre Liebesnächte mit Oren. Jetzt hatte sie keinen Vorwand mehr, zwei Abende pro Woche im Wohnwagen zu verbringen. Sex, ja, sie mochte die körperliche Lust, den Akt, ihren Körper mit dem von Oren zu vereinen. Das gab ihr das Gefühl, sie gehöre zu jemand anderem – genau so, wie ihre Mutter zu ihrem Vater gehörte, wie ihre Brüder als lauter, wilder Haufen zueinander gehörten, wie Ian zu Oren gehörte. Aber als sie darüber nachdachte, wurde ihr klar, dass ihr die Abende im Wohnwagen mehr bedeuteten als nur das. Sie vermisste die Zurückgezogenheit. Fern der wachsamen Blicke ihrer Eltern, fern von einem Haus, dessen Türen alle ohne Schloss waren, weil ihr Vater gar nicht daran gedacht hatte, welche anbringen zu lassen, konnte Lily spüren, dass sie sich ein wenig entspannte und die Person wurde, die sie wirklich war. Es war bei einem der Abendessen mit Oren gewesen – sie hatte gekichert, mit offenem Mund gekaut und gerülpst –, als Lily das erste Mal die Bedeutung des Wortes Privatsphäre verstanden hatte. Und es fehlte ihr, wie sie herausfand, einfach nur Zeit im Wohnwagen zu verbringen. Wie beengt es darin war, wie sich jedes Objekt genau den Konturen dieses Raumes anpasste, das hatte etwas Tröstliches. Beim ersten Mal, als sie und Oren sich zwischen all den Töpfen und Pfannen,

Hämmern und Sägen geliebt hatten, hatte sie zum ersten Mal die Bedeutung des Wortes Intimität erfasst.

Jetzt würde sie, wie alle anderen auch, bis zu ihrer Hochzeitsnacht warten müssen, bis sie dieses Vergnügen wieder erfuhr. Würde sie das wirklich? Eines Abends nach dem Abwasch kam ihr ein Gedanke. Sie sagte ihren Eltern, sie würde früh hinauf ins Bett gehen, um noch zu lesen. Aber als sie in ihr Zimmer kam, las sie nicht etwa in ihrem Roman an der Stelle weiter, an der sie aufgehört hatte. Sie klemmte die Lehne eines Stuhls unter den Türgriff. Nackt lag sie auf der Tagesdecke und ließ die Finger über ihren eigenen Körper an die Stellen wandern, die bislang nur Orens Finger oder seine Zunge berührt hatten. Ihr Zimmer wurde kleiner und kleiner, bis es den Anschein hatte, als existiere sie nur noch in einem Stecknadelkopf voller Licht. Und bebend entdeckte sie eine neue Art von Privatsphäre, eine neue Intimität, die die ganze Zeit direkt unter ihren Fingerspitzen gelegen hatte.

Der Sommer kam ins Land. Das Grün des Waldes wurde dunkler. Gewitter hingen wie Kopfschmerzen am Horizont. Wieder blühten die Tigerlilien entlang der Peacham Farm Road auf. Lily kam die Sache mit der Verlobungsparty wieder in den Sinn. Sie hatte das Thema bei ihrer Mutter noch immer nicht zur Sprache gebracht. Ihre Mutter war eine so zurückhaltende Frau, eine, die wirklich nicht viel für großes Tamtam übrig hatte, dass es ihr in Wahrheit gar nichts ausgemacht hatte, die Organisation der Hochzeit ihrer Tochter Hallie zu überlassen. Aber Hallie blieb hartnäckig an der Sache mit der Party dran. Die Hochzeit wäre ohne sie nicht richtig angekündigt.

Lily hatte eines Abends mit ihrer Mutter gerade den Abwasch beendet, als sie endlich allen Mut zusammennahm und eine kleine Feier vorschlug. Lilys Mutter zog den Stöpsel der Spüle heraus und trocknete sich die Hände an ihrer Schürze ab. Es sei nur so eine Idee, sagte Lily, nicht wichtig. Nein, antwortete ihre Mutter, wahrscheinlich erwarteten die Leute das. Sie könnten es ja ganz klein halten, bot Lily an, nur um zu sagen, dass sie sich verlobt hätten. Warum sollen wir denn kein Barbecue machen und alle dazu einladen?, fragte ihre Mutter. Wer A sagt, muss auch B sagen. Es hatte bei den Willards seit zehn Jahren keine Party mehr gegeben – sie waren ohnehin längst an der Reihe. Zum Essen könnte es ein Spanferkel und dazu ein kaltes Büffet mit Salaten geben. Und hatten die Zwillinge nicht auch bald Geburtstag? Sie könnten einen Geburtstagskuchen kriegen – eine Überraschung. Lily sollte aus der Stadt schönes Briefpapier mitbringen. Dann könnten sie morgen nach dem Abendessen zusammen die Einladungen schreiben und Lily könnte sie übermorgen vor der Arbeit zur Post bringen.

Lily ging ganz verblüfft zu Bett. Wenn man schon einmal dachte, man kenne jemanden …

Orens Geburtstag. Sie hatte nicht damit gerechnet, dass Ian zurück sein würde, als sie sich sein Geschenk ausgedacht hatte: eine Melodie auf ihrer Geige. Sie hatte sich planlos durch das Übungsbuch aus der Bücherei gearbeitet, dessen Abgabe inzwischen längst überfällig war. Sie hatte zuerst die Saiten gelernt, dann, welche Noten man auf jeder spielen konnte, und schließlich einige langweilige Tonleitern geübt. Am Ende hatte sie sich selbst die Noten von »*For He's a Jolly Good Fellow*« beigebracht. Allerdings hatte sie immer nur vorgehabt, es ausschließlich Oren vorzuspielen, nach einem schönen Essen im Wohnwagen und vielleicht ein oder zwei Gläschen Wein zur Beruhigung ihrer Nerven. Jetzt war eine große Party geplant. Jetzt würde sie es allem Anschein nach für beide Geburtstagskinder spielen müssen – und für die ganze Stadt. Dieser Gedanke beunruhigte sie so sehr, dass sie nicht mehr schlafen konnte. Sie würde jetzt anfangen müssen, ernsthaft zu üben.

Allerdings hatte sie nicht wirklich Zeit dazu, nicht bis nach dem Mähen. Es war bis jetzt ein nasser Sommer gewesen, das Gras war spärlich gewachsen und die Wiesen voller Unkraut. Lilys Vater wagte nicht, es noch länger draußen zu lassen, sonst würde es am Halm verrotten. Deshalb mähte er es zwischen zwei Unwettern und rief alle seine Kinder auf die Wiesen, damit sie es zusammenrechten. Lily schlug vor, er könne Ian doch als Lenker des Heuwagens einsetzen. Ian konnte gut mit Pferden umgehen, und er war noch immer nicht in der Lage, drüben auf der Baustelle schwer zu heben. Lilys Vater war einverstanden. Er nahm gerne jede Hilfe an, die er bekommen konnte.

Oren machte sich allmählich Sorgen um Ian, das wusste Lily. Ian konnte nur die Aufgaben eines Kindes erledigen – hinter den Bauleuten her die Sägespäne auffegen, das Abfallholz aufstapeln, Nägel gerade klopfen und Wasser für die anderen Männer holen –, und er bekam deshalb heftige Wutanfälle. Er wollte hämmern und sägen, nicht nur die Balken festhalten. Wenn er seine Frustration nicht mehr ertragen konnte, schleuderte er seinen

Strohhut auf die Erde und marschierte davon, verschwand für Stunden.

Das Heuen ist ein kompliziertes Menuett. Um das geschnittene Gras in gleichförmige Reihen zu rechen, muss man mit seinem Rechen einen bestimmten Rhythmus einhalten. Es hilft, wenn man eine Melodie summt oder einen Reim aufsagt – vielleicht einen aus der Kindheit –, während man mit den anderen Rechenden im Takt ausholt und den Rechen über die gemähte Wiese zieht. Um das Heu auf einen Karren zu heben, braucht man einen Partner. Man muss sich tief hinunterbücken, um das Gras zwischen die Zinken zu bekommen. Dein Partner muss mit den Armen einen hohen Bogen beschreiben, um seinen Rechen in einer einzigen fließenden Bewegung mit deinem zusammentreffen zu lassen. Gemeinsam dreht ihr euch mit eurem Heu und schleudert es auf den Wagen. Der Mann auf dem Wagen muss es dann in die eine und die andere Richtung legen, um es zu Garben zu binden, zu Bündeln, die dann, sobald der Wagen wieder zur Scheune zurückgekehrt ist, leicht auf den Heuboden zu heben sind. Bei einer guten Heuernte wird nicht das ganze Heu, das man mäht, auf dem Heuboden Platz finden. Man lässt große Schober auf der Wiese, Schober, die den Winter über draußen verwittern, wobei die Hitze des Sommers noch immer in der Mitte eingeschlossen ist, selbst nachdem der Schnee geschmolzen ist und die obersten Schichten alle davongeweht wurden.

Lily sang leise vor sich hin, als sie mit ihren Brüdern auf der hinteren Weide das Gras zusammenrechte. Sie bemühte sich sehr, das hatte sie Oren versprochen, ein Auge auf Ian zu haben, der auf dem Kutschbock des Wagens saß, der direkt vor ihnen herzuckelte, aber ihre Gedanken wanderten ständig in eine andere Richtung davon, tanzten im Takt zu dem Lied, das sie sang, über die Heuwiese Walzer.

Jede Menge Wein und Tanz, langsame Walzer durch duftgeschwängerte Luft. Gelächter wie das Läuten von einem Dutzend Glocken. Ein einfaches weißes Kleid, viel einfacher als das von Hallie, mit Spitzenärmeln und einem langen Spitzenschleier, beides von ihrer Mutter eigenhändig genäht. Wie sie mit Oren in einem weißen Zimmer voller weißer Lilien – Callas – Walzer tanzt und sich weißes Licht von hoch in den Wänden eingelassenen Fenstern über sie ergießt. Ihr neues Haus.

Bei der Arbeit wurde eine Pause eingelegt. Lilys Mutter war mit der Limonade gekommen. Ian gesellte sich zu Lily, während sie sich mit einem Taschentuch über den Nacken wischte. Er nahm ihr das halbleere Glas aus der Hand und trank den Rest hastig aus. Auf seinem Gesicht standen unter dem ausgefransten Strohhut Schweißperlen, und unter seinen Armen hatte er große Salzringe. Aber er grinste, und seine Augen funkelten. Er machte heute einen weit glücklicheren Eindruck, jetzt, da er etwas Sinnvolles zu tun hatte, etwas Richtiges. Ohne sich dessen voll bewusst zu sein, langte Lily hinauf und tupfte ihm mit ihrem Taschentuch über die Stirn. Es war allem Anschein nach eine absolut natürliche Sache – genau so würde sich eine Verlobte um ihren Auserwählten kümmern. Bloß. Bloß würde Ian nie ihr Ehemann werden. Er würde nur so aussehen und riechen und lächeln wie dieser. Lily versuchte, ihre Hand wegzuziehen. Aber Ian hatte ihr Handgelenk fest umklammert und hielt die Hand an seine Wange. Und in diesem kurzen Augenblick, es war kaum mehr als ein Augenblick, spürte Lily einen Schmerz in der Magengegend, eine eigenartige Mischung von Emotionen: Traurigkeit und Frustration, Ersticken und Wut, Hinnahme. Ein Sehnen – eine tiefe, schmerzhafte Art von Sehnsucht. Sie riss ihre Hand los. Er lächelte. Sie lächelte unsicher zurück.

»Hast du noch Durst?«, fragte sie.

Er nickte.

»Es ist noch mehr da«, sagte sie, dankbar, einen Vorwand zu haben, um wegzugehen.

Später, sie war gerade dabei, zusammen mit ihrem jüngsten Bruder Heu auf den Wagen zu laden und über diesen eigenartigen Schock nachzudenken, den Ian ihr versetzt hatte, wieherte Dan, der Belgierwallach ihres Vaters, plötzlich auf und ging in seinem Zuggeschirr zu Boden. Der Heuwagen schwankte so sehr, dass er beinahe umgekippt wäre, und die Hälfte des Heus fiel in einer Kaskade auf den Boden. Lily versicherte sich schnell, dass Ian nicht heruntergefallen war, und ließ, wie die anderen, ihren Rechen fallen und rannte los, um zu sehen, was passiert war.

Dan war in ein Maulwurfsloch getreten und hatte sich den rechten Vorderfuß verdreht. Zusammen mit einigen Helfern machte Lilys Vater ihn von Molly los und wartete darauf, dass er endlich aufhören würde, auf den Boden zu schlagen. Ian sprang vom Sitz des Wagens und kniete neben Dans Kopf nieder. Lilys Vater fuhr ihn an, er solle Abstand halten, aber Ian ignorierte ihn und legte seine Hand auf Dans Nüstern. Das wirkte sofort. Dan hörte auf, um sich zu schlagen, und lag still da, allerdings hob und senkte sich seine Flanke, so sehr schnaubte er vor Angst, und seine Augen rollten unentwegt. Nachdem Lilys Vater den Vorderfuß des Pferdes eingehend untersucht hatte, erklärte er, er sei nicht gebrochen. Dan hatte sich jedoch sämtliche Bänder gerissen und würde bis an sein Lebensende lahmen. Alle schnalzten mit der Zunge und schüttelten den Kopf. Jetzt war Dan als Arbeitspferd nicht mehr zu gebrauchen. Lilys Vater richtete sich auf. Ich hole schnell mein Gewehr, sagte er. Er befahl einem seiner Söhne, in der Zwischenzeit zum Nachbarn hinüberzurennen und für den Rest des Nachmittags ein anderes Pferd auszuleihen. Ein Gewitter braute sich zusammen, sie mussten das Heu dringend in die Scheune bringen.

Ein Klagelaut erhob sich. Zuerst dachte Lily, es sei Dan. Aber das stimmte nicht. Es war Ian.

»Nein«, jammerte Ian. »Kein Gewehr.«

Lily kauerte sich neben ihn und legte eine Hand auf seine Schulter. »Er hat schreckliche Schmerzen«, erklärte sie. »So etwas kommt eben manchmal vor.«

»Nein.«

»Komm mit mir«, sagte Lily. »Wir gehen zur Baustelle hinüber.«

»Genug getötet.«

Schweigen über der Heuwiese. Schweigen, als sich die Farmleute vorstellten, wie es gewesen sein musste, ein Infanterist in Belgien zu sein, bis zur Taille in Schlamm und Wasser, Pisse, Scheiße und Blut zu stecken. Nach einer schlaflosen Nacht jeden Morgen wieder und wieder dem Tod ins Auge zu sehen, wenn man in den Schützengräben von Verdun, Meesen und Ypern auf halb vergrabene Kadaver trat, wenn man über Arme und Beine und leere, starrende Augen stieg, während man aus den Schützengräben kletterte, um sich auf einen Kampf Mann gegen Mann einzulassen. Das Töten, Töten im Schwefeldunst von Tränengas und Kanonenrauch. Und du schaffst noch mehr Leichen, während du dir deinen Weg zum nächsten Schützengraben bahnst, der wieder halb voll ist mit Schlamm und Wasser, Pisse und Scheiße und Blut.

Lily schaute zu ihrem Vater auf. »Kann das Bein geschient werden?«, fragte sie. »Damit er wieder darauf stehen kann?«

»Er ist für mich jetzt zu nichts mehr nütze«, sagte ihr Vater.

»Ich weiß. Aber wenn er stehen kann, können Ian und ich ihn zu uns hinüberführen und das Bein richtig bandagieren.«

»Du kannst kein zusätzliches Maul gebrauchen, das gefüttert werden muss.«

Lily wandte sich an Ian. »Möchtest du dich um ihn kümmern? Vielleicht kannst du ihn eines Tages sogar reiten, aber er wird nie mehr als Arbeitspferd einsetzbar sein.«

Ian nickte. Ihm standen Tränen in den Augen. »Danke«, krächzte er.

»Du wirst nicht mehr so dankbar sein, wenn du erst einmal seinen Stall ausmisten musst«, sagte Lily.

Um ihre Verlegenheit zu überspielen, beschäftigten sich die Männer damit, Dans Bein zu schienen und es mit Ians Hemd fest zu umwickeln. Bis das Pferd wieder auf den Beinen stand, war ein anderer Wallach von der Nachbarfarm gebracht worden. Lily und Ian machten sich zu einem langsamen Spaziergang zu ihrem Grundstück auf, und sie warteten geduldig auf Dan, der auf drei Beinen über das Feld gehumpelt kam. Sobald sie außer Sichtweite waren, packte Ian Lily und zog sie an sich. »Ich will mich um ihn kümmern«, sagte er. Sein erster richtiger Satz! Sie baumelte in seinen Armen, ihre Füße berührten den Boden nicht mehr, und sie drückte ihn ebenfalls, roch ihn und verstand.

Sobald die Heuernte eingefahren war, hatte sie mehr Zeit, ihr Lied zu üben. Inzwischen wurden die Wände ihres neuen Hauses aufgestellt. Das Hochziehen erforderte die Hilfe von angeheuerten Männern aus der Stadt, genau so, wie sie sich noch aus ihrer Kindheit erinnerte. Damit hatte sie mittags frei. Statt auf der Baustelle zu erscheinen, begann sie nun wieder, sich in ihrer zweistündigen Mittagspause ins Milchhaus zurückzuziehen. Sie wusste, dass es eine ungeheuerliche Dreistigkeit war, die Bücherei über Mittag einfach zu schließen – es stand ihr nicht zu, die Öffnungszeiten einer öffentlichen Einrichtung ihren Launen anzupassen –, und sie schwor sich, dass das im Herbst ein Ende haben müsse, sobald die Schulkinder wiederkamen und sie mehr zu tun haben würde. Nicht etwa, dass ihr das Üben sonderlich Spaß machte. Sie kam zu dem Schluss, dass das Problem beim Erlernen eines Musikinstruments die Sache mit dem Lernen war, die absolut keinen Spaß machte. Sie wusste, dass es ihr eines Tages große Freude bereiten würde, wenn sie ein Instrument würde spielen können. Aber wann würde dieser Tag wohl kommen? Und wie lange würde es dauern, bis sie so weit war?

Sie saß vor ihrem Notenständer und grübelte über all dies nach, als Ian hereinplatzte. Zum Lockern der Finger hatte sie gerade ihre hohen Tonleitern durchgespielt. So wie es aussah, würde sie nie in der Lage sein, in *»For He's a Jolly Good Fellow«* die lauter werdenden Töne von »fellow« zu treffen, weil es ihren Fingern nicht gelang, sich dafür sowohl weit genug zu strecken als auch den notwendigen Druck auszuüben. Plötzlich stand Ian mit einem leeren Krug in der Hand da. Sie hielt mit dem Spielen inne. Er starrte sie völlig entgeistert an.

»Milch«, sagte er und hielt den Krug hoch. »Milch fürs Mittagessen.«

Unsicher legte Lily die Geige in den Schoß. Ihre Geburtstagsüberraschung war ruiniert – na ja, zumindest die eine Hälfte. Sie winkte ihn herein und gab ihm ein Zeichen, die Tür zu schließen. »Kannst du ein Geheimnis für dich behalten?«, fragte sie. Ian nickte feierlich. »Ich bringe mir selbst *›For He's a Jolly Good Fellow‹* für Oren bei. Willst du es hören?« Wieder nickte Ian. Lily spielte das Lied, so weit sie es eben konnte, und hörte bei den quietschenden Tönen auf. »Bis dahin bin ich gekommen«, sagte sie. »Was hältst du davon?«

Ian stellte seinen Krug ab. Er zog eine der vollen Milchkannen neben Lilys Melkhocker und machte ihr ein Zeichen, dass sie ihm die Geige geben solle. Er hielt sie einen Augenblick, wog sie, fuhr mit der Hand den Hals hinauf und linste in die F-Löcher. »Oren hat sie mir gemacht«, erklärte Lily. »Zu meinem letzten Geburtstag. Sie ist schön, nicht?« Er nickte. Dann klemmte er sie sich unter das Kinn. Lily reichte ihm den Bogen. Er legte ihn auf die Saiten. Seine Version von *»For He's a Jolly Good Fel-*

low« klang ganz anders als Lilys. Sie war leicht wie Biskuit, spielerisch. Als er zu der Stelle kam, mit der Lily solche Schwierigkeiten hatte, entlockte er den Saiten die hohen Töne auf eine Weise, die Lily zum Lachen brachte, als singe die Geige das Lied und mache sich dabei zugleich ein wenig lustig über sie.

»Das kriege ich nie hin«, sagte sie.

Ian klopfte sich auf den Schoß. Lily brauchte einen Augenblick, bis sie verstand, was er wollte, dass sie nämlich dort Platz nehmen sollte. Sie zögerte, aber er bestand darauf, bis sie nachgab und sich auf seine Knie setzte. Er ließ sie die Geige unter ihr Kinn nehmen, legte aber beide Hände über ihre. Gemeinsam umfassten sie mit ihren linken Händen den Geigenhals und mit den rechten den Bogen. Lange, kräftige Finger, von der Sonne kastanienfarben gebräunt, mit Büschelchen feiner, gebleichter Haare auf den Knöcheln; kurz geschnittene breite rosa Nägel mit hellrosa Halbmonden am Nagelansatz. Orens Finger. Ians Atem war süß wie Heu – genau wie bei Oren. Sie versuchte, das warme Gefühl in ihrem Bauch zu ignorieren, welches sie immer überkam, wenn Oren sie im Wohnwagen küsste. Ihr Körper war lediglich von den vertrauten Händen, dem vertrauten Atem und dem vertrauten Schoß verwirrt. Wie hätte man ihr auch vorwerfen können, dass sich diese Art von Intimität mit dem Zwillingsbruder völlig vertraut, absolut natürlich anfühlte?

Ian nickte, sie solle anfangen. Sie konzentrierte sich wieder auf ihre eigenen Finger und begann zu spielen. Sie spürte, wie sich sein Kinn in ihre Schulter bohrte, während er ihr zuschaute. Gelegentlich korrigierte er die Position ihrer Fingerspitzen auf dem Bund oder den Winkel, mit dem sie den Bogen über den Steg führte. Das machte gleich einen gewaltigen Unterschied. Mit seiner Hilfe spielte sie das ganze Lied, ohne zu stocken, bis zum Ende durch. Es klang natürlich überhaupt nicht wie seine Version. Aber es klang besser als zuvor.

»Danke«, flüsterte Lily.

»Gern geschehen«, flüsterte Ian ebenfalls.

Sie saßen noch einen Augenblick da, Lily auf seinem Schoß, seine Arme um sie gelegt. Sie meinte, Oren in der Ferne nach Ian rufen zu hören. Oder war es nur wieder ihre wilde Phantasie wie bei dem Kinderlachen im Wald? Lily erhob sich und strich ihr Kleid glatt. Ian grinste und öffnete die Kanne, auf der sie gesessen hatten. Er füllte seinen Krug mit der eiskalten Milch. Dann winkte er Lily zu, bevor er sich aus dem Milchhaus schlich. Sie stand da und starrte auf die Tür.

Ian geht über den Hof zu seinem Bruder, und die beiden sind wieder Kinder. Ian lässt den Milchkrug fallen. Rennt los, rennt in Panik davon. Oren ist im Obstgarten. Er ruft nicht Ians Namen. Schweigt. Schweigt und liegt unter dem alten Holzapfelbaum. Schläft er? Oder starrt er durch das Gitterwerk der Zweige zum Himmel hinauf?

Ein kalter Schauer lief Lily über den Rücken. Zum Glück war die Tür des Milchhauses jetzt wieder aus massivem Ahorn. *Du siehst mehr, als du zugeben willst.*

Sie war keine Seherin.

Sie stand da und spähte aus dem einen winzigen Fenster hinaus. Keine Spur von einem der beiden Pritchards. Sie mussten gemeinsam über die Straße gegangen sein. Oder Ian war einfach allein zur Baustelle hinaufgelaufen.

Sie setzte sich wieder vor ihren Notenständer. Sie hatte noch Zeit, das zu üben, was Ian ihr beigebracht hatte.

Der Morgen der Party war klar. Und obwohl in der Zeitung stand, es würde schön bleiben, wusste Lily schon, als es Zeit zum Brotbacken war, dass Unwetter aufziehen würden. Es sollte einer jener Tage werden, an denen nichts nach Plan läuft. Das Brot war nicht aufgegangen, weil die Hefe tot war. Die Eier reichten nicht, um sowohl eine neue Ladung Brotteig als auch den Überraschungskuchen zusammenzumischen. Lily musste also in die Stadt. Das bedeutete, dass Ian aufhören musste, Oren beim Haus zu helfen, und sich stattdessen um den Bratspieß zu kümmern hatte. Lilys Vater, der die Grube am Abend zuvor angelegt hatte, hatte nicht mit so starkem Tau gerechnet, und infolgedessen war die Kohle noch nicht annähernd heiß genug, als es eigentlich Zeit wurde, das Schwein aus seiner Marinade zu nehmen und auf den Spieß zu stecken. Ihr Vater hatte das Feuer neu entfachen müssen. Jetzt bestand die Gefahr, dass das Schwein, wenn man nicht ständig auf den Spieß aufpasste, von den Flammen versengt wurde. Er konnte auf den Spieß nicht selbst aufpassen, weil er und Lilys Brüder sich beeilen mussten, den Mais zu schneiden und in die Scheune zu bekommen, bevor die Krähen das meiste davon auffraßen. Leider hatte Lily geplant, den Saum ihres einzigen ordentlichen Kleides herunterzulassen, während sie auf den Spieß aufpasste. Jetzt musste sie aber in die Stadt, um Eier zu holen. Und ihre Mutter war zu sehr mit der Zubereitung der Beilagen beschäftigt, um für sie das Kleid zu säumen. Und so tat keiner das, was er ursprünglich vorgehabt hatte.

Der Stress wurde für Lily schließlich zu viel, als sie mit den Eiern aus der Stadt zurückkam. Sie ging hinaus, um nachzusehen, wie weit das Schwein war, sah, dass es noch längst nicht durch war, und brach in Tränen aus.

»Was ist?«, krächzte Ian besorgt.

»Das wird nie rechtzeitig fertig werden«, schniefte sie. »Ich wollte, dass alles perfekt ist.«

Ian gab sein musikalisches Lachen von sich (einer der wenigen Züge, die er nicht mit Oren teilte; Orens Lachen war eher ein leises Kichern). Er nahm sie in die Arme und drückte sie zu ihrer Beruhigung an sich. »Du bist perfekt, Lily«, sagte er. »Mach dir keine Sorgen.« Sie lachte ebenfalls, sie konnte es sich nicht verkneifen. Sie fühlte sich immer gleich besser, wenn Ian sie in die Arme nahm.

Sie entdeckte Hallie, die über die Wiese geschwebt kam. Hallie hatte ihr bestes Partykleid an, und sie war für die Party mindestens zwei Stunden zu früh dran. »Verdammt!«, murmelte Lily und schob Ian zur Seite. Sie wurde von einer neuen Panikwoge erfasst. Das bevorstehende Ereignis wurde für sie in diesem Augenblick real. Das Barbecue. Ihr Lied. Sie hatte keine Zeit mehr zum Üben gehabt. »Hallie!«, quiekste sie, weil sie versuchte, ihre Bestürzung zu verbergen.

»Herzlichen Glückwunsch euch beiden!«, jauchzte Hallie und warf ihre Arme zuerst um Lily, dann um Ian. »Mensch«, sagte sie, »du bist dünn wie eine Bohnenstange, Oren. Lily muss dich ja schrecklich unter Druck setzen, damit ihr Haus fertig wird.«

»Hm, das ist Ian«, erklärte Lily und steckte sich eine feuchte, nach Rauch riechende Locke hinters Ohr. »Das ist Orens Zwillingsbruder. Er hat mir gerade dringend benötigte moralische Unterstützung gegeben. Du hast doch gehört, Hallie, dass er aus dem Krieg zurück ist?«

»Schäm dich, dass du ihn nie vorbeigebracht und uns einander vorgestellt hast«, sagte Hallie. »Ich hab dich sowieso kaum gesehen, seit dein Kleid fertig ist. Wie gut, dass ich meinen Kirchennähkreis habe, sonst würde ich überhaupt nicht erfahren, was sich hier tut.«

Typisch Hallie, dachte Lily. Alles in einem einzigen Atemzug zusammenzufassen, die Missbilligung von Lilys Verhalten, die Enttäuschung über ihren vorübergehend unterbrochenen Kontakt und die Bestürzung darüber, dass sie nicht von ihr selbst von Ians Existenz erfahren hatte. »Na ja, dann ist es jedenfalls höchste Zeit, dass ihr zwei euch kennen lernt«, redete Lily einfach drauflos – was konnte sonst noch alles schief gehen? – »Ian Pritchard, darf ich dir Hallie Burke vorstellen? Johnson, meine ich. Tut mir Leid, Hallie, ich vergesse immer, deinen Ehenamen zu benutzen.«

»Schön, dich kennen zu lernen, Ian.«

Ian lächelte und nickte. Er hielt sich an Lilys Ärmel fest. Ein verlegenes Schweigen folgte. Lily konnte Hallie doch jetzt, vor Ian, schlecht erklären, warum er die Sprache verloren hatte.

»Da wir gerade von deinem Mann reden«, sagte Lily, »wo ist er denn? Oben auf der Baustelle bei Oren? Ich glaube, ich habe ihn auch schon seit einer Ewigkeit nicht mehr gesehen.«

»Er lässt sich entschuldigen«, antwortete Hallie. »Er hat in letzter Zeit in seiner Bank gearbeitet wie ein Pferd. Dann bekommt er immer diese entsetzlichen Kopfschmerzen, Migräneanfälle nennt Doc Perry sie, die ihn völlig umwerfen und ans Bett fesseln.«

»Wie schrecklich!«, sagte Lily. »Ich wünsche ihm gute Besserung. Wir werden ihm einen Teller zusammenpacken.«

»Ja«, antwortete Hallie. »In der Zwischenzeit muss Ian einfach meinen Begleiter spielen – es sei denn, er ist bereits vergeben.«

Ian schüttelte den Kopf. Er wurde ein bisschen rot und blickte auf seine Stiefel hinunter.

»Ausgezeichnet«, sagte Hallie. »Übrigens, dieses Schwein muss dringend gedreht werden.«

Es stellte sich dann heraus, dass der Himmel Hallie geschickt hatte. Ein kurzer Blick auf Lilys erschöpfte Mutter und das Chaos in der Küche reichte Hallie aus, um trotz ihres guten Kleides zu behaupten, sie sei zum Helfen gekommen. Lilys Mutter erhob keine Einwände, genau genommen hielt sie nur so lange mit dem Zusammenmischen des Kuchenteigs inne, wie sie brauchte, um Hallie eine Schürze zu reichen. Hallie bestand darauf, dass sich Lily auf die hintere Veranda setzte und ihr Kleid fertig nähte. Unterdessen bat sie Ian, ihr dabei zu helfen, die Tische auf der hinteren Wiese in einer geselligeren Anordnung aufzustellen. Dann legte sie frische Tischdecken darauf und schmückte die Tische mit Blumen aus dem Beet mit den schönen Schnittblumen. Lily gelang es, sie auf einem ihrer vielen Gänge zur Küche kurz zur Seite zu ziehen und ihr die Sache mit Ian zu erklären. Hallie nahm die Information gelassen auf. Sie konnte genug für beide reden, sagte sie. Ob sie wohl noch mehr Teetassen hatten als jene, die bereits draußen waren? Sie schien überall zugleich zu sein: faltete Servietten zu Fächern, schaute nach dem Schwein, schnitt hart gekochte Eier für den Kartoffelsalat auf.

»Wo in aller Welt steckt eigentlich Oren?«, rief sie plötzlich.

»Er ist wohl noch oben beim neuen Haus«, antwortete Lily.

»Na, geh und hol ihn, um Himmels willen. Eure Gäste werden jede Minute eintreffen.«

»Vielleicht kann Ian ihn holen«, sagte Lily. »Ich habe hier noch alles Mögliche zu tun.« Sie dachte an ihr Lied und dass sie keine Minute Zeit zum Üben gehabt hatte.

Hallie wollte davon nichts hören. Ian musste ihr helfen, das Schwein vom Spieß zu nehmen – falls überhaupt daran zu denken war, es zu essen. »Jetzt renn schon los.«

Lily fand Oren in ihrem noch skelettartigen neuen Haus. Er führte gerade ihren ältesten Bruder und dessen Frau herum. Sie standen in der zweiten Etage und gingen über die schmalen Bretter hin und her. Oren zeigte ihnen, wo ihr Schlafzimmer sein würde, wo Lilys Nähzimmer geplant war und wo Ians Zimmer sein würde. Lily umarmte ihren Bruder und ihre Schwägerin zur Begrüßung. Sie sagte, sie unterbreche die Tour ja nur ungern, aber wenn sich Oren noch kurz waschen wolle, dann solle er wohl besser zusehen, dass er über die Straße komme.

Hallie hatte sich mit Ian an die Eingangstür gestellt, um die Gäste zu begrüßen. Sie lachte und plauderte mit allen, schickte die Frauen zur Rückseite, wo sie die Beilagen und Desserts, die sie für das Büffet mitgebracht hatten, abstellen konnten, und ließ Ian den Männern entweder ein Glas Punsch oder etwas Stärkeres aus dem

Spirituosenschrank von Lilys Vater einschenken. Sie küsste Oren zur Begrüßung auf die Wange und versicherte Lily, alles sei bestens. Sie beide sollten sich jetzt umziehen. Lily müsse wirklich unbedingt etwas mit ihren Haaren anstellen.

Lily saß in der Badewanne und schmollte. Es war kleinlich von ihr, es Hallie übel zu nehmen, dass sie ihre Party gerettet hatte. Schließlich hatte es Hallie für sie getan. Aber warum musste sie nur immer so verdammt perfekt sein? Keine konnte besser kochen, keine konnte einen Saum gerader nähen, keine konnte den Tisch schöner decken. Lily runzelte die Stirn. Nicht etwa, dass sie sich bei irgendeiner dieser Tätigkeiten hervortun wollte, sie wollte nur nicht dauernd daran erinnert werden, dass sie es nicht konnte. Sie spritzte sich Wasser über den Rücken und seufzte. In Wahrheit war sie auch über Hallies hemmungsloses Flirten verärgert. Menschenskind, Hallie war eine verheiratete Frau, die Ehefrau des Bankiers der Stadt, wie konnte sie sich das nur ungestraft erlauben? Ständig hakte sie sich bei Ian ein, stellte ihn Hinz und Kunz vor, flüsterte hinter seinem Rücken, dass er heute Geburtstag habe und dass es später einen Geburtstagskuchen geben würde; dass der Ärmste im Krieg seine Stimme verloren habe, als er dazu beigetragen hatte, die Welt vor dem »Kaiser« zu retten. Und Ian war ganz zufrieden, wie ein kleiner Hund hinter ihr her zu trotten.

Und das hier wird Ians Zimmer sein.

Das Barbecue war in vollem Gange, als sie schließlich auf die hintere Veranda trat. Die Frauen lachten und tratschten an Hallies elegant gedeckten Tischen. Die Männer warfen im Obstgarten Hufeisen und taten so, als tratschten sie nicht. Auf der untersten Stufe stand Oren. Er glänzte, so heftig hatte er sich geschrubbt, trug sein gutes Hemd und strahlte sie an. Und plötzlich war dieser vermurkste Tag für Lily gerettet. Sie erinnerte sich, weshalb sie da war: um ihre Verlobung mit diesem Mann zu feiern, diesem gut aussehenden, talentierten, intelligenten und wunderbaren Mann. Mit diesem Mann, der sie liebte, seit er neun Jahre alt gewesen war.

Er streckte seine Hand nach ihr aus. Sie nahm sie. Und gemeinsam gingen sie um die Tische, begrüßten die Gäste und nahmen die Glückwünsche entgegen. Lily hatte sich noch nie so erwachsen gefühlt. Alle mochten Oren. Orens Bruder war ein Kriegsheld. Sie waren ein hübsches Paar, sie beide. Sie sah schön aus in ihrem Kleid. Und sie waren ineinander verliebt.

An manchen Abenden sind die Leute in Partystimmung. Das kommt nicht allzu häufig vor, aber falls doch, ist es zauberhaft. Das Wetter muss richtig sein. Diejenigen, die aufkreuzen, werden einen anstrengenden Tag der Maisernte hinter sich haben. Und es hilft, wenn man einen oder zwei Züge aus dem Krug genommen und eine Runde beim Hufeisenwerfen gewonnen hat. Dann kann man Abstand von seinem Alltagsleben gewinnen und sich in der Gesellschaft anderer wohl fühlen – der Nachbarn, die alle mit dem gleichen Wetter zu kämpfen haben, die den gleichen Sonnenuntergang genießen, das gleiche perfekt gebratene Schwein, den gleichen Tratsch, die gleichen Glühwürmchen, den Kartoffelsalat und den Maisschnaps.

Lily vergnügte sich tatsächlich so sehr, dass ihre Mutter sie daran erinnern musste, den Kuchen zu holen. Sie schnappte Hallie und zog sie mit in die Küche. Gemeinsam zündeten sie die Kerzen an und kicherten erwartungsvoll. Lily nahm ihre Geige aus dem Kasten und stimmte sie. Hallie folgte ihr mit dem Kuchen zu dem Platz, an dem die Zwillinge saßen. Im Obstgarten wurde es still. Die Zwillinge schauten sich an und wandten dann ihre Aufmerksamkeit Lily zu. Sie holte tief Luft und begann zu spielen. Sie patzte ein- oder zweimal. Aber das merkte keiner, weil alle angefangen hatten mitzusingen. Oren standen die Tränen in den Augen. Ians Augen funkelten schalkhaft – er hatte Lilys Geheimnis wie versprochen gehütet. Beide Augenpaare sagten: Danke, liebe Lily, du hast unseren Traum wahr gemacht, Familie und Freunde, einen Ort zum Leben, einen Ort, an den man gehört, jemanden, den man liebt. Allmählich lernte Lily ihre Sprache.

Applaus und Gelächter. Blast die Kerzen aus, Jungs! Wünscht euch was!

Als Lily fertig gespielt hatte, sprang Oren auf und nahm sie in die Arme. »Ich dachte, du hättest sie in einen Schrank weggepackt«, sagte er.

»Ich kann es leider noch nicht sonderlich gut«, antwortete sie. »Ich war in letzter Zeit mit ein paar anderen Dingen beschäftigt.«

Er nahm ihr Gesicht in seine Hände. Er küsste sie, hier vor allen Leuten. Noch mehr Gelächter und Applaus und ein Toast auf sie beide. Plötzlich die ersten vollen Akkorde einer flotten Melodie. Lily und Oren drehten sich hastig um. Ian hatte ihre Geige genommen. Er fing an, einen Jig zu spielen, zuerst langsam, dann immer schneller, als die Leute um ihn herum zu klatschen und schließlich zu tanzen begannen. Ian sprang auf den Tisch. Die Menge brüllte vor Begeisterung. Nach dem Jig spielte er einen Walzer. Bald tanzten alle. Einer der Nachbarn, der sein Banjo mitgebracht hatte für den Fall, dass genau dies passieren sollte – bei einem Barbecue am schönsten Abend des Jahres war das gar nicht so unwahrscheinlich –, gesellte sich zwischen den schmutzigen Tellern und Kaffeetassen zu Ian. Ein Harmonikaspieler tauchte auf, dann einer mit einer Gitarre. Die Leute stellten sich für einen Reel im Viereck auf.

Lily wollte sich entschuldigen – Tische mussten abgeräumt und Geschirr gespült werden –, aber ihre Nachbarn wollten davon nichts hören. Sie und Oren wurden umringt und mitgerissen. Die ersten paar Tänze tanzten sie zusammen, dann wurden sie abgeklatscht. Das machte nichts. Lily tanzte gerne mit allen, wirbelte im Kreis und applaudierte, schwang mit dem Partner, der gerade am nächsten war, herum, lachte und lachte und verlor jedes Zeitgefühl.

Als sie innehielt, um Luft zu schöpfen, suchte sie in der Menge nach Oren. Er saß mit ihrem Vater zusammen, spielte eine Partie Schach und trank mit ihm einen Krug Löwenzahnwein. Sie suchte nach Ian, der schon ein paar Reels früher aufgehört hatte, um seine Finger auszuruhen. Hallie hatte ihn zum Tanz aufgefordert. Jetzt war er verschwunden. Lily suchte nach Hallie. Auch sie war nirgends zu entdecken. Sie atmete ein paar Mal tief durch. Ian hatte Hallie wahrscheinlich nach Hause begleitet. Das wurde von einem Gentleman erwartet. Egal, das ging sie nichts an. Sie schlenderte zielstrebig auf Oren und ihren Vater zu. Sie forderte ihren Verlobten zum Tanz auf. Nur allzu gerne willigte er ein.

Nachdem die letzten Gäste verabschiedet waren, gingen sie zum Wohnwagen. Der Weg war von Glühwürmchen und dem Mond erleuchtet. Es war inzwischen spät in der Nacht, und Fledermäuse schossen in der blauen Luft um sie herum. Sie gingen langsam, berauscht vom Tanzen und vom Löwenzahnwein. Lily kicherte, als sie über eine Wurzel stolperte. Oren hielt sie noch ein bisschen fester und flüsterte: Schsch, du weckst Ian noch auf.

Da wird Ians Zimmer sein.

Sie küssten sich lange an der rückwärtigen Tür des Wohnwagens. Schließlich löste sich Lily. Sie spürte, dass sie sich jedes Mal gegen Orens Oberschenkel presste, wenn er ihr durch das Kleid über die Brüste strich, sie spürte die Feuchtigkeit zwischen ihren Beinen und die unglaubliche Hitze. »Ich gehe lieber zurück«, seufzte sie.

»Nein, warte«, sagte Oren mit krächzender Stimme. »Ich kann bestimmt nicht schlafen. Könnten wir nicht ...?«

»Hier?«

»Warum nicht? Ian schläft wie ein Toter.«

Lily kicherte wieder. Oren legte ihr die Hand über den Mund. Sie biss ihm in den Daumen. Er schrie auf. Als er seinen Griff lockerte, sog sie seinen Daumen in den Mund. Sie fing an, das Salz abzulecken, da stöhnte er leise auf. Da nahm Lily noch seinen Zeigefinger dazu.

»Zieh deine Unterhose aus«, flüsterte Oren.

Oren nahm seine Finger aus Lilys Mund. Sie krempelte das Kleid hoch und ließ ihren Schlüpfer auf den Boden fallen. Gott sei Dank hatte sie keine Zeit gehabt, ein Korsett anzuziehen. Oren beugte sich vor und fummelte mit seinen feuchten Fingern zwischen dem Stoff und dem Petticoat herum, bis er die Hitze fand, nach der er suchte.

Lily sah Sterne. Ihre Beine gaben nach, aber Oren hielt sie fest. Er lehnte sie gegen die Balken der Hintertür. Dann steckte er sich die jetzt noch feuchteren Finger in den Mund. Schließlich in Lilys. Danach noch mehr Sterne – die ganze Milchstraße spähte durch die Kiefern, die über ihnen schwankten, und wusch einen Strom Nektar und Salz davon.

»Bleib über Nacht!«, flüsterte Oren, und sie küssten sich wieder. »Ich wecke dich vor dem Morgengrauen. Das merkt im Haus doch keiner.«

»Und was ist mit Ian?«, fragte sie.

»Dem macht es nichts aus.«

»Das ist absolut verrückt.«

»Ich will mit dir schlafen, Lily«, sagte Oren und küsste sie wieder.

»Gut, aber ich bleibe nur ein Weilchen«, gab Lily nach. »Bis du eingeschlafen bist.«

Oren führte sie ins Wageninnere, wo es völlig dunkel war. Lily fürchtete, sie könnte eine Säge oder einen Kessel von der Wand schubsen und Ian aufwecken. Aber Oren kannte jeden Zentimeter des Wohnwagens und führte sie ohne Zwischenfall zum Bett.

Darin schlief Ian. Sie konnte ihn atmen hören.

Sie hatte sich nie Gedanken über das Schlafarrangement der beiden gemacht. Und falls doch, dann hatte sie sich immer Ian oben in der Koje vorgestellt, wo die Zwillinge als Kinder geschlafen hatten. Aber natürlich konnte er nicht mehr da oben schlafen. Das wäre unmöglich, mit seinen Verbänden und genähten Wunden. Aber selbstverständlich schlief auch Oren nicht dort. Die Schranktüren waren nicht aufgeklappt. Und wieso sollte er? Es war beengt, nur Neunjährige fanden dort bequem Platz. Die Zwillinge hatten ihr ganzes Leben beieinander geschlafen …

»Nein«, sagte Lily. »Ich gehe zurück.«

»Sch«, machte Oren. »Es ist jede Menge Platz.«

»Das ist nicht der Punkt.«

»Da gibt es keinen Punkt, Lily.«

Lily konnte Oren in der Dunkelheit nicht sehen. Aber sie konnte ihn dort spüren, ganz in ihrer Nähe. Sie liebte ihn, und sie wusste, dass es Teile seiner Persönlichkeit und seines Charakters gab, wichtige Teile, die sie liebte, wenn sie sich sagte, sie liebe ihn, die sich außerhalb seines Körpers befanden. Ohne seinen Bruder würde er nie wirklich existieren. Er hatte bei der Führung durch ihr neues Haus auf Ians Zimmer hingewiesen. Natürlich würde Ian ein Zimmer bekommen, natürlich würde er nach ihrer Hochzeit bei ihnen wohnen. Orens »ich« würde immer mit seinem »wir« durcheinander geraten. Aber er liebte sie, das wusste sie. Er wollte sie heiraten. Und heute Nacht wollte er mit ihr schlafen.

»Du zuerst«, sagte sie. »Ich lege mich nicht in die Mitte.«

»Danke«, antwortete er und machte sich ans Ausziehen.

Und als sie so dalag und in den Schlaf driftete, sah Lily vor sich, wie es sein würde. Sie würde lange vor der Morgendämmerung aufwachen und sich ins Haus zurückschleichen. Sie würde ihre Schuhe draußen auf dem Rasen ausziehen und auf Zehenspitzen die Treppe zu ihrem Zimmer hinaufgehen und dabei die knarrenden Stufen auslassen. Und sie würde so tun, als erwache sie in ihrem eigenen Bett und begrüße den Tag als das wohlerzogene Mädchen, für das ihre Mutter sie hielt. Aber während sie da im Bett der Zwillinge zwischen Wachen und Schlafen lag, hatte sie einen Wachtraum über ihre Hochzeit. Sie konnte alles ganz deutlich vor sich sehen: Es würde getanzt werden. Sie würden ausgelassen um ein Freudenfeuer tanzen, Schatten und Licht würden auf nackter Haut, auf den umstehenden Hemlocktannen und den Schindelwänden des Wohnwagens flackern. Tanz zu flotter Geigenmusik und Gelächter, Tanz, um Regen herbeizubeschwören. Wie hätte sie sich die Feier auch anders vorstellen können? Sie hatte ihre Gebete gesprochen, sobald sie sich ausgezogen hatte und in dieses Bett gestiegen war.

4

Wandert weit

[1921]

In der frischen Luft des Märzabends konnte Lily an der Stelle, an der ihr Hallie am Nachmittag eine Ohrfeige verpasst hatte, noch immer ein Brennen spüren. Später würde noch Schnee fallen, das wusste sie. Zuckerschnee. Sie strich sich mit den Fingern über die Wange. Der eigentliche Schmerz hatte schon nach wenigen Augenblicken nachgelassen. Der Schlag war nicht fest genug gewesen, um Spuren zu hinterlassen, aber das Erstaunen darüber beschäftigte sie mehr als der Handabdruck – genau genommen bis jetzt, da sie von der Bücherei durch den Matsch nach Hause stapfte. Grau, ringsum alles grau. Die Kalmen des Winters. Der Frühling noch ein ferner Traum.

Sie hätte ihren Mund halten sollen über Hallies Ehemann. Hätte Erstaunen über die Nachricht von seinem plötzlichen Verschwinden vortäuschen sollen, dann würde ihr die Wange jetzt nicht brennen. Als Hallie in die Bücherei gestürmt kam und in Tränen ausbrach, hätte sie sie einfach für eine Tasse Tee ins Hinterzimmer schieben sollen. Hallie hatte bei Lily Trost gesucht – nicht die Wahrheit. Jedenfalls keine detaillierte Erklärung, *warum* ihr Mann das gemeinsame Bankkonto leer geräumt, seinen glänzenden neuen Ford mitten in der Nacht voll gepackt hatte und mit unbekanntem Ziel davongefahren war. Wie hätte man von Hallie auch erwarten können, einen Zusammenhang zwischen dem plötzlichen Verschwinden ihres Mannes und seinen wiederholt fehlgeschlagenen Versuchen zu erkennen, seinen geliebten Jagdbeagle dazu zu bringen, die reinrassige Hündin eines Nachbarn zu besteigen?

Bei dem Gedanken wurde Lily rot. *Du siehst mehr, als du glaubst.* Ihr Zusammentreffen mit Mme LeTourneau genau auf dieser Straße. Für Lily waren die Zeichen ringsum in der Natur: Manche sagten die Zukunft voraus, andere zeigten die Vergangenheit auf, und wieder andere erklärten die Gegenwart. Es war, als gehe man in die Bücherei, schlage ein Buch auf und lese, was darin geschrieben stand. Doch außer ihr schien niemand die Zeichen je zu entziffern – oder auch nur zu bemerken, dass sie da waren. Warum? Lilys Mutter hatte sie jedenfalls ihre ganze Kindheit hindurch für ihre dumme Phantasie getadelt. Sie hatte mit der Zeit gelernt, diese für sich zu behalten. Was hatte sie also *jetzt* plötzlich dazu gebracht, Hallie die Zeichen über ihren Ehemann zu erklären?

»Wie kannst du nur so etwas Schreckliches sagen?«, hatte Hallie gezischt. Dann hatte sie ausgeholt und Lily eine geknallt, direkt vor all den alten Männern. »Wag es nur nicht, solche gemeinen Gerüchte in der Stadt zu verbreiten, sonst sorge ich dafür, dass du es bedauerst, je geboren worden zu sein.«

Lily blieb stehen. Sie stand mitten auf der Peacham Farm Road und atmete ein paar Mal tief ein. Der metallische Geruch von Schnee, der bittere Geschmack von Matsch. Sie seufzte. Immerhin, zumindest war heute Freitag. Sie würde jetzt zwei ganze Tage lang nicht in die Bücherei zurückmüssen. Sie legte ein Gelübde ab. Von nun an würde sie ihren Mund halten. Sie würde ihre Meinungsäußerungen auf Dinge beschränken, die mit ihrem neuen Haus auf dem Hügel zu tun hatten, mit Mount Mansfield unter seiner Eiderdaunendecke und mit ihren Pferden, die aus dem Bach durch einen Spalt im Eis Wasser tranken.

Als sie am Koppelzaun ihres Grundstücks ankam, pfiff sie. Sie wartete, bis die Pferde hintereinander den Weg entlang angetrottet kamen und sie um Zuckerstückchen anbettelten. Inzwischen hatten sie vier Pferde, die sie alle vor dem Schlachthof gerettet hatte, und sie liebte jedes von ihnen heiß und innig. Sie hatte dank der offenkundigen Schönheitsmängel dieser Tiere so gut wie nichts dafür bezahlt. Die jüngere der beiden Stuten hatte einen Senkrücken; die ältere war so alt, dass sie keinen einzigen Zahn mehr hatte. Dan, der Belgier-Wallach, den sie vor dem Gewehr ihres Vaters gerettet hatte, würde für immer lahmen. Und der Hengst, der zwar bestens gewachsen war, schien kein Interesse daran zu haben, sich mit Stuten zu paaren. Das Gleiche wie bei diesem Beagle-Deckrüden. Das Gleiche wie bei Hallies Ehemann.

Was Lily an Hallies Ohrfeige am meisten beunruhigte, war das nagende Gefühl, dass diese selbst ein Zeichen war – eines für sie ganz persönlich, eines, das sie noch nicht interpretieren konnte. *Du machst es ja schon wieder!* Sparsam verteilte sie ihre Zuckerstückchen und schob den Gedanken beiseite. Sie war im Augenblick nicht in der Stimmung für Omen. Im Moment genoss sie das Leben, so wie es war: Sie liebte ihren Beruf, sie liebte ihren Mann, sie liebte ihr Haus, sie liebte ihre Pferde. Als ihre Taschen leer waren, schaute sie im Briefkasten nach und blieb dann stehen, um ihr Haus zu bewundern. Augenblicklich besserte sich ihre Stimmung.

Sie nannten es The Knoll. Es war zum Teil ein griechischer Tempel, zum Teil hatte es den New-England-Stil der Kolonialzeit, zum Teil wirkte es wie das Herrenhaus einer Südstaatenplantage – es entzog sich wirklich jeder Beschreibung. Selbstverständlich waren auch Anleihen von Mr. Pritchards Ausgabe von *Payne's Encyclopedia of Rural Residences* festzustellen. Lily erkannte Gestaltungselemente von The Kent, The Somerset und The Wellington. Aber hier endete schon die Ähnlichkeit. Das Ziel all dieser Musterhäuser bestand darin, sich von der Landschaft abzuheben, sie zu zähmen, sich ihr zu widersetzen. Orens Haus wollte dagegen mit seiner Umgebung spielen, so wie es sich auf dem Hügel ausbreitete, ihn umschloss, um die ungleichmäßigen Erhebungen und Senken des felsigen Grundes auszugleichen, und wie es an Stellen, an denen es eigentlich nicht möglich war, mit spektakulären Säulenveranden hervorsprang. Im Inneren waren viele der riesigen Zimmer durch kleine Treppen statt durch Korridore miteinander verbunden, weil sich nur wenige von ihnen auf gleicher Ebene befanden. Und fast jedes Zimmer konnte dank der außergewöhnlich großen Fenster, die die Umgebung hereinholten und das Innere herrlich mit Licht durchfluteten, mit einer atemberaubenden Aussicht aufwarten. Die ganze Einrichtung war handgefertigt, einfach und schlicht. Die Wände waren kahl. Oren hatte darauf bestanden, dass die Hauptdekoration des Hauses im großzügigen Raumangebot bestehen sollte. Lily fand es schön. Aber sie wusste, dass in der Stadt darüber getratscht wurde. Die Leute lebten und starben in Cabot Fields, weil sie würfelförmige Bauten und rechte Winkel bevorzugten.

Sie ging nun die Auffahrt hinauf, einen ordentlich freigeschippten Weg, für den man seine Zeit brauchte und mehrere Kurven hinter sich bringen musste, bis man an den Eingangsstufen anlangte. Sie hatten es noch nicht geschafft, einen Pferdestall zu bauen. Der Wohnwagen der Pritchards stand nie lange genug vor The Knoll, als dass sie einen Stall hätten hochziehen können. Das war wahrscheinlich gut so, es zeigte, dass der Zimmererbetrieb der Brüder hervorragend lief. Zum Glück schien den Pferden ihr unorthodoxes Leben nichts auszumachen – nachts drängten sie sich einfach unter den Hemlocktannen, ihrem behelfsmäßigen Unterstand, zusammen.

Etwas Köstliches brutzelte in der Pfanne für das Abendessen. Wohl eines von Orens berühmten Hähnchengerichten. Der Duft von Knoblauch und Rosmarin begrüßte sie an der Haustür – ebenso wie die drei Katzen. Lily rief, sie sei jetzt da, dann kniete sie sich nieder, um jede einzelne Katze hinter den Ohren zu kraulen. Selbst jetzt noch, ein Jahr nach ihrer Hochzeit, war es Lily unmöglich, die Brüder allein an ihrer Stimme auseinander zu halten. Lily hängte ihren Mantel an einen Haken neben der Tür und ging dann in den hinteren Teil des Hauses.

Oren stand am Herd und übergoss das Hähnchen mit Bratensaft. Ian saß am Küchentisch und schälte Kartoffeln. Eine offene Flasche Rotwein stand erwartungsvoll auf dem Hackklotz, daneben drei Weingläser. Immer war Wein im Haus. Lily wollte gar nicht daran denken, woher sie ihn bekamen, jetzt, da die Prohibition beschlossen war. Vorteile, wenn man nahe genug an der kanadischen Grenze wohnte, hoffte sie – insbesondere mit den Beziehungen herumziehender Zimmerleute. »Meine Helden!«, rief sie, küsste Ian auf den Kopf und dann Oren auf die Lippen. »Ich bin total am Verhungern.«

»Na ja, es dauert wohl noch eine gute Stunde, bis dieser zähe, alte Vogel durch ist«, sagte Oren. »Hilft dir ein Sandwich so lange über die Runden? Es ist noch etwas Roastbeef im Kühlschrank.«

Lily nahm sich eine Karotte von einem frisch gewaschenen Bund, der in einem Sieb trocknete. »Ach, das reicht mir«, sagte sie, »… und ein großes Glas Wein.«

»Schenk ihn ein, Lily«, forderte Ian sie auf. »Wir haben auf dich gewartet.«

Das tat Lily und reichte jedem ein Glas. Sie hob ihres zu einem Toast. Die beiden folgten ihrem Beispiel. Das war für Lily einer der schönsten Augenblicke des Tages: Das letzte Licht des Nachmittags schien durch das Fenster auf die Spüle, ein Kessel pfiff auf der hinteren Platte, Karotten in einem Sieb, die geschält werden mussten, und sie drei lächelten und lächelten.

»Hattest du einen anstrengenden Tag zwischen deinen Wälzern?«, fragte Oren, nachdem sie einen Schluck getrunken hatten.

»He, warum seid ihr zwei überhaupt so früh zu Hause?«, fragte Lily, die lieber das Thema wechseln wollte. Sie liebte diese Tageszeit – sie drei in der Küche, beim

Kochen, Weinschlürfen und Geschichtenerzählen – sie liebte sie zu sehr, um Hallie und ihre unerwartete Ohrfeige zum Essen einzuladen. Am nächsten Morgen würde die ganze Stadt sowieso über das plötzliche Verschwinden ihres Mannes tuscheln. Die Zwillinge würden das alles noch früh genug erfahren.

Ich werde dafür sorgen, dass du es bedauerst, je geboren worden zu sein.

Nein, Lily wollte viel lieber hören, wie der Tag für die Zwillinge gelaufen war. Sie fand es faszinierend, dass sie nach Musterbüchern Häuser bauten, allerdings war es ihnen noch nie gelungen, zwei zu bauen, die wirklich identisch waren. Die Leute hatten ganz genaue und sehr individuelle Vorstellungen, wie ein gemütliches Haus auszusehen hatte. Manche wünschten sich den Küchenbereich an der gegenüberliegenden Seite des Hauses, manche wollten ein Badezimmer im Haus, manche brauchten im oberen Stockwerk ebenso offene Kamine wie unten. Und je besser die Zwillinge eine Familie kannten, umso mehr machten sie sich daran, Veränderungen am Entwurf des Hauses vorzunehmen – nicht unbedingt, um dem nachzukommen, was die Familie an Wünschen äußerte, sondern vielmehr, um das zu realisieren, was die Leute in Wahrheit damit meinten.

»Wir waren schon vor Schulschluss wieder hier«, sagte Ian. »Reverend Higgins weiß hinten und vorn nicht, was er will. Er hat jetzt seine Meinung über die verdammte Kanzel dreimal geändert. Jetzt will er sie aus Ahorn haben, und wir haben keins.«

»Es war zu spät, noch zum Holzlager nach Danville zu fahren. Deshalb haben wir einfach alle Reparaturen an der Decke vorgenommen, die wir machen konnten«, erklärte Oren. »Aber beim Gipsen kommt man langsam voran, und man muss warten, bis ein Stuckabschnitt getrocknet ist, bevor man mit dem nächsten anfangen kann, sonst vermurkst man alles. Deshalb haben wir früh Feierabend gemacht.«

»Und was hatte der gute Reverend dazu zu sagen?«

»Nicht viel«, lachte Oren. »Er hat zu dieser Zeit im Pfarrhaus mit der alten Lady Blanchard Tee getrunken. Übrigens, er war ganz aus dem Häuschen wegen der neuen Kirchenbänke, die wir für ihn geschnitzt haben. Er behauptet, dass er die Kirchenältesten überreden wird, der neuen Turmspitze zuzustimmen. Also drück die Daumen.«

»Oder noch besser, sag ein Gebet auf«, schlug Ian vor.

Alle drei lachten. Die Zwillinge hatten in ihrem ganzen Leben noch nie an einem Gottesdienst teilgenommen – mit Ausnahme von Orens und Lilys Hochzeit –, obwohl sie im Laufe der Jahre zahllose Heilige und Kruzifixe geschnitzt hatten. Mr. Pritchard hatte, nachdem seine Frau bei der Geburt der Zwillinge gestorben war, jede Beziehung zu Gottvater, dem Sohn und dem Heiligen Geist abgebrochen.

Lily schlug vor, Ian könne ihr eine Geigenstunde geben, während sie auf das Abendessen warteten. Ian war gerne dazu bereit. Sie könnten das neue Stück üben, sagte er, dasjenige, das sie am Sugar-On-Snow-Tanz am nächsten Abend im Genossenschaftssaal zum ersten Mal spielen wollten. Oren versprach, sie zu holen, sobald das Essen auf dem Tisch stehe. Nichts hasste er mehr als trockenes Hühnchenfleisch. Lily knabberte an ihrer Karotte, während sie Ian ins Musikzimmer folgte. Die Katzen kamen hinterher, was Lily amüsierte, denn aus irgendeinem Grund schienen alle Tiere Ian zu lieben. Der Rattenfänger von Cabot Fields.

Ursprünglich hatte das Musikzimmer Lilys Nähzimmer werden sollen. Aber sie hasste das Nähen fast genauso wie das Kochen und tat beides so selten wie nur irgend möglich. Zugegeben, die Zwillinge beanspruchten ihre Arbeitskleidung sehr. Es verging kaum ein Tag, an dem nicht einer von ihnen einen Hemdenknopf verlor oder ein Loch in seine Arbeitshose riss. Aber sie hatten ihre Kleider ihr ganzes Leben lang selbst geflickt. Durch das Schnitzen von Schachfiguren waren ihre Finger so geschickt geworden, dass sie auch mit Nadel und Faden umgehen konnten. Lily hatte ihren Notenständer vor dem Erkerfenster aufgestellt, wo eigentlich ihre Nähmaschine von Singer hätte stehen sollen. Sie liebte ihre Geige. Und sie lernte weiterhin das Notenlesen aus dem längst überfälligen Buch aus der Bibliothek. Doch in Wahrheit hatte sie ihre musikalischen Fortschritte Ian zu verdanken, der ihr beibrachte, nach Gehör zu spielen.

Zur Zeit arbeiteten sie an einem Duett. Es war ein komplizierter Walzer, das schwierigste Stück, an das sich Lily je gewagt hatte. Inzwischen war sie schon recht geschickt darin, bei einigen der flotteren Jigs von Ian die Begleitung zu spielen. Aber das hier war etwas ganz anderes. Ian sollte eine Melodie in einer Dur-Tonart spielen, während sie eine andere in Moll spielte. Bei diesem Walzer folgte sie Ian nicht – sie spielte gegen ihn. Das Ergebnis war, wenn es klappte, eine dritte Melodie, traurig und doch hoffnungsvoll. Leider klappte es nur selten.

Während Lily spielte, drifteten ihre Gedanken mit den Noten davon. Die beiden Melodien klangen wie ein Zwiegespräch, zwei Stimmen – die eines Mannes und einer Frau – zwei Liebende, die sich streiten und dann wieder versöhnen. Stimmen. Ians Sprachfähigkeit hatte sich unglaublich verbessert. Bei seiner Rückkehr aus dem Krieg war nicht klar gewesen, ob er jemals wieder sprechen würde. Er hatte die Schweigebarriere jedoch an jenem Nachmittag beim Schwimmen durchbrochen. Aber danach hatte er nur langsam Fortschritte gemacht. Hier ein Wort, dort ein Satz. Die Pferde. Die Pferde hatten ihn irgendwie gewaltig vorangebracht. Ian hatte seine ersten richtigen Sätze an dem Tag gesprochen, an dem Dan im Zuggeschirr zu Boden gestürzt war. *Ich will mich um ihn kümmern.* Und das hatte er auch getan, hatte ihn gefüttert und gestriegelt, ihm die Mähne gebürstet und ihn jeden Nachmittag eine Stunde bewegt, um sein Bein insoweit zu stärken, dass er ihn satteln konnte. Es war Dan, an dem Ian zuerst seine Sprache wieder zu üben begann. Er war stundenlang auf dem Grundstück herumgeritten. Lily fragte sich, was er dem Belgier während dieser Ausritte alles sagte. Sie stellte sich vor, dass er ihm vom Krieg erzählte und sich endlich einige der Schrecken, die ihn sprachlos gemacht hatten, von der Seele redete. Wie auch immer, es funktionierte. Jedes Mal, wenn er von der Koppel zurückkam, konnte er sich ein bisschen besser ausdrücken. Ian erzählte Lily nie vom Krieg. Und wenn er mit Oren allein war, sprach er gar nicht.

Ian hielt mit dem Spielen inne und legte sich die Geige in den Schoß. Lilys Bogen kam auf dem Steg zum Halt. »Was ist los?«, fragte sie. Das Üben war ihr ausnahmsweise einmal mühelos vorgekommen. Sie glaubte, gut gespielt zu haben.

»Du gerätst ständig in meine Stimme«, sagte er.

»Was erzählst du da? Ich habe die ganze Zeit meine gespielt.«

»Nein, hast du nicht. Du warst in deiner eigenen Welt. Und hast angefangen, mir nachzuspielen. Lily, du bist noch nicht gut genug, um zu spielen, ohne dich zu konzentrieren. Du musst noch immer deine ganze Aufmerksamkeit darauf richten.«

»Ich hab dich mehr gemocht, als du mich noch nicht ausschimpfen konntest«, kicherte Lily.

»Na ja, willst du besser werden oder nicht?«, fragte Ian und grinste.

»Du musst mir diese schwierige Stelle im zweiten Abschnitt nochmal vorspielen«, sagte Lily. »Ich verspreche dir auch, meine ungeteilte Aufmerksamkeit darauf zu richten.«

Ian nahm die Geige von seinem Schoß. Lily setzte sich auf seine Knie und legte sich ihre eigene Geige unters Kinn. Lange, kräftige Finger mit kurz geschnittenen Nägeln und ein paar blonden Haaren auf den Fingerknöcheln. Sie fragte sich, ob Oren und Ian wohl die gleichen Fingerabdrücke hatten. Er führte sie durch den Satz, immer eine Phrase nach der anderen, spielte ihn für sie, dann führte er ihr die Hände, während sie ihn spielte. Nach einigen Versuchen gelang es ihr, ihre Stimme des Liedes allein zu spielen.

Die Aufmerksamkeit war nicht ungeteilt. Wieder hatte sie das warme Gefühl in der Magengrube, genau wie beim ersten Mal, als sie im Milchhaus auf seinem Schoß gesessen hatte. Damals, erinnerte sie sich, hatte sie gedacht, würde sie ihn einfach nur vom äußeren Eindruck her mit Oren verwechseln – seine Größe, seine Hände, seinem Geruch. Jetzt wunderte sie sich. Je näher sie ihn kennen gelernt hatte, umso klarer wurde ihr, wie ähnlich sie sich waren, sie und Ian, wie viel sie gemein hatten: ihre Liebe für das Geigenspiel und die Musik, ihre Liebe für Pferde und Kätzchen und überhaupt alle Tiere und ihre bedingungslose – fast blinde – Ergebenheit Oren gegenüber.

Wieder spielte sie Ians Stimme. »Verdammt!«, schrie sie. »Dieses Mal hatte ich es beinahe.« Sie blickte auf und sah Oren mit verschränkten Armen in der Tür stehen und sie beobachten. Sie lächelte. Er lächelte zurück. »Das Abendessen ist fertig«, sagte er.

»Gott sei Dank«, antwortete Ian. »Mir schlafen allmählich die Beine ein.«

Lily machte sich mit Begeisterung über ihr Essen und das Schachbrett her. Die drei hatten sich angewöhnt, während des Essens Dreiecksschach zu spielen. Oren hatte sich das Spiel ausgedacht, als Lily dagegen protestiert hatte, bei den Partien der Zwillinge immer außen vor gelassen zu werden. Er hatte ein ausgeklügeltes, mit schwarzen und weißen Marmordreiecken eingelegtes dreieckiges Brett geschnitzt, welches groß genug war, dass darauf drei Sätze Schachfiguren Platz fanden – goldener Ahorn für Lily, dunkles Kirschholz für Ian und helle Birke für Oren selbst. Das Ziel des Spiels war das Gleiche wie beim normalen Schach. Doch die Figuren machten jetzt wegen des dreieckigen Bretts etwas andere Züge. Einen Gegner Schachmatt zu setzen, konnte eine gemeinsame Bemühung der beiden anderen Spieler sein, und dabei wurden häufig mit atemberaubender Geschwindigkeit Allianzen geknüpft und wieder gelöst. Im Moment war Lily am Gewinnen. Aber nur um ein Haar. Oren und Ian schlossen sich zu einer ziemlich Besorgnis erregenden Offensive zusammen.

»Ich krieg euch schon noch«, rief sie aus und verrückte zum Schutz ihrer Königin den Turm.

»Wir machen lieber noch eine Flasche Wein auf«, murmelte Ian, während er sich einen der Bauern aus ihrer Verteidigungslinie schnappte.

»Sie hält kein weiteres Glas durch«, stellte Oren fest und stand auf. Damit erschreckte er das schwarzweiße Kätzchen, das auf seinen Schoß geklettert war, um seinen leeren Teller auszulecken. Oren ging zum Schrank, in dem der Wein versteckt war. Das Kätzchen sauste unter den Tisch. Im Laufe der nächsten Stunde erwies sich Orens Vorhersage als korrekt. Lily wurde von Ian schachmatt gesetzt. Aber die Anstrengung hatte seine Mannschaft ordentlich geschwächt. Danach hatte Oren leichtes Spiel mit ihm. Ian verlangte eine Revanche, aber Lily entschuldigte sich. Sie müsse am nächsten Morgen früh aufstehen, erklärte sie, und ihrer Mutter helfen, Kuchen für den Tanz zu backen. Sie und Oren wuschen das Geschirr ab, während Ian ihnen auf seiner Geige vorspielte. Alle beschlossen, früh ins Bett zu gehen.

»Ich komme gleich rauf«, sagte Lily und ging zur Vorderfront des Hauses. Leise öffnete sie die Haustür und schlich hinaus. In letzter Zeit hatte sie sich angewöhnt, vor dem Schlafengehen noch einmal Luft zu schnappen. Draußen auf der vorderen Veranda war es kalt. Zuckerschnee. Ihr ältester Bruder hatte ihn schon seit Wochen vorhergesagt. Der Ahornsaft musste bald anfangen zu fließen, sonst würde es mit seiner diesjährigen Ahornsirupproduktion eine Katastrophe werden. Sie atmete zehnmal tief durch und schlang die Arme um sich, um warm zu bleiben. Durch eine Lücke in den Bäumen konnte sie die Lichter von Cabot Fields unten im Tal sehen. Doch sobald sie ausatmete, verschwand der Ort in einer Wolke Atemdampf.

Als sie wieder drinnen war, verschloss sie die Tür. Sie hatte sich angewöhnt, nachts sowohl die vordere als auch die hintere Tür abzuschließen. Zwar hatte Ian seine Kriegsneurose mehr oder weniger überwunden, aber er neigte noch zum Schlafwandeln. Manchmal kam er mitten in der Nacht in ihr Zimmer gewandert und stand dann an ihrem Bett, als halte er dort Wache. Mehr als einmal waren Lily oder Oren am nächsten Morgen aufgewacht und hatten ihn draußen bei den Pferden gefunden. Es war jetzt zu kalt, als dass er nackt auf dem Gelände herumwandern konnte.

Lily wickelte sich den Schal noch etwas fester um den Hals. Obwohl es über Nacht heftig geschneit hatte, war der Morgen klar und die Luft des frühen Tages so frostig, dass sie ihr im Hals kratzte. Ein idealer Tag zum Sirupkochen – falls die Temperatur über den Gefrierpunkt stieg. Bis zum Nachmittag würde der Saft im Ahornhain ihres Bruders so gut fließen, dass die galvanisierten Eimer überlaufen würden. Das erste Mal in dieser Saison. Lily beeilte sich. Falls sie bei ihrer Mutter früh genug fertig sein würde, könnte sie bei der letzten Sammelrunde noch mitmachen. Jedes Frühjahr gab es nur ein paar wenige Tage, an denen die Bedingungen für das Sirupmachen richtig waren: ein Sturm und ein Frost, gefolgt von Tauwetter. Da gab es die erste Runde im März, dann vielleicht eine zweite im April. Wenn man Glück hatte, bekam man noch einen Froschdurchgang, der nach dem Laichen der Frösche im Sumpf benannt war. Mit Beginn der Baumblüte war dann alles vorbei, denn dann wurde der Saft zu bitter, obwohl ihn manche aus Verzweiflung dennoch zu kochen versuchten und dann die jungen Insekten, die von dem süßen Stamm angelockt wurden, wegschlugen – daher der Name Mottendurchgang. Doch dann war es bereits Frühling.

In der Küche ihrer Mutter war es zum Ersticken heiß. Der Backofen war seit dem Frühstück an. Ein halbes Dutzend Kuchen kühlte bereits auf dem Fach in der Sommerküche. Sie wischte sich mit dem Ärmel über die Stirn und ging wieder an ihre Arbeit. Würde das je ein Ende nehmen? Lily rollte frischen Teig aus, während ihre Mutter die Ränder zweier weiterer Apfelkuchen andrückte. Sie beobachtete, wie ihre Mutter das Zeichen der Familie Willard in die Deckschicht ritzte. Nichts wünschte sie sich sehnlicher, als mit den Zwillingen draußen im Freien zu sein. Aber das war aussichtslos, denn sie waren erst mit der Hälfte fertig. Sie machten ein paar Extrakuchen für die Männer, die mit der Herstellung des Ahornsirups beschäftigt waren. Es war immer gut, einen Kuchen zur Hand zu haben. Erstaunlich, wie viel Kuchen ein Farmer bei jeder Mahlzeit, auch schon beim Frühstück, essen konnte, vorausgesetzt, der Teig war gut und es gab dazu auch noch Kaffee. Sie zwang sich, auf das zu achten, was ihre Mutter gerade sagte.

Hallies Unglück. Der Stadtklatsch sagte, dass Hallies Mann eine Affäre mit irgendeiner geschiedenen Frau aus St. Johnsbury gehabt hatte. Seine Geliebte mochte das luxuriöse Leben, so wurde behauptet, jeden Abend auswärts essen zu gehen, schöne Kleider, Fahrten nach Burlington, um sich dort die Bühnenshows anzusehen. Im Laufe der Zeit hatte ihn das finanziell stark strapaziert, und er hatte angefangen, Geld aus der Kasse der Bank zu nehmen. Die Bank hätte das womöglich nie herausgefunden, denn er hatte immer vorgehabt, das Geld wieder zurückzuzahlen, aber die Farmer der Gegend hatten vor der bevorstehenden Ernte große Kredite beantragt. Es sollte laut Almanach ein gutes Jahr werden, deshalb kauften sie sich die neuen Maschinen, die sie brauchten, schon jetzt, und die Bank war plötzlich knapp bei Kasse gewesen. Hallies Mann war entlassen worden. Er hatte beschlossen, die Stadt zu verlassen, um der Schande zu entgehen, allen Leuten ins Gesicht schauen zu müssen. Offenbar war es für ihn ganz einfach gewesen, sich mitten in der Nacht davonzustehlen, da er und Hallie inzwischen in getrennten Zimmern schliefen. Es wurde gemunkelt, er sei zu der anderen Frau gezogen – doch Hallie behauptete, sie wisse nicht, wo er sich aufhalte. Jedenfalls hatte Hallie vor, in dem Haus wohnen zu bleiben. Aber sie würde auf jeden Fall die rechtliche Annullierung ihrer Ehe beantragen. Das war das einzig Vernünftige, was sie machen konnte …

Gab es denn nichts anderes, über das sie reden konnten?, fragte Lily.

Lilys Mutter lächelte verschwörerisch. Na ja, wenn du ein Geheimnis für dich behalten kannst, sagte sie. Die

Frau von Lilys ältestem Bruder hatte ihr gerade anvertraut, dass sie ihr erstes Baby erwartete. Sie war schon etwa im vierten Monat – war das nicht toll? Lilys Mutter plante, etwas Wolle zu bleichen und zur Taufe ein Paar Schühchen zu stricken. Natürlich könnte sie genauso gut zwei Paar stricken, falls Lily ihr ähnliche Neuigkeiten mitzuteilen hätte.

Lily wollte losschreien. Seit Wochen erging sich ihre Mutter in Andeutungen darüber, dass es an der Zeit sei, ein Baby zu bekommen. Sie wollte keines. Sie wollte, dass alles so blieb, wie es war. Sie wollte weiter in der Bücherei arbeiten, abends ein bisschen Wein trinken und Dreiecksschach spielen. Genau in diesem Moment wollte sie draußen sein, in diesem herrlichen Sonnenschein, in dem die eisige Luft ihr auf dem Gesicht brennen würde. Die Zeichen! Sie wollte auf ihre Mutter zugehen und ihr sagen, dass sie sich nicht die Mühe zu machen brauche, dieses Paar Schuhe zu stricken. Das Baby ihrer Schwägerin würde blau auf die Welt kommen, die Nabelschnur fest um den Hals gewickelt.

Schreie. Laken vollgesogen mit Schweiß und Blut. Lilys Mutter, wie sie zwischen gespreizten Beinen kauert, ihre Haare aus dem sonst immer ordentlich frisierten Knoten gerutscht. Wie sie ihre Schwiegertochter drängt, zu pressen, fest zu pressen. Lilys arme Schwägerin, wie sie schreit und stöhnt und grunzt, ein Baby aus ihrem Leib auf die Tagesdecke grunzt. Still, stranguliert, leblos. Ihre Schwägerin, wie sie flüstert, was es denn sei, ein Mädchen oder ein Junge? Lilys Mutter, die sich auf die Unterlippe beißt. Erstickend heiß in diesem Zimmer, so wie jetzt hier.

Lily hielt den Mund und rollte Kuchenteig aus. *Hallies*

Unglück. Ich werde dafür sorgen, dass du es bedauerst, je geboren worden zu sein. Halt den Mund, sei dankbar für das, was du hast. Du und deine Phantasievorstellungen, du und deine Phantasievorstellungen!

Lily fragte ihre Mutter, um wie viel Uhr sie zum Tanz in die Genossenschaftshalle hinübergehen wollten. Früh, antwortete ihre Mutter. Sie wollten sich dort nur kurz blicken lassen, da Lilys Vater ja der Verwalter der Genossenschaft war. Aber sie würden nicht lange bleiben, ihre Tage des Tanzvergnügens seien schließlich vorbei. Quatsch, sagte Lily, zum Tanzen ist man nie zu alt.

Lilys Mutter hielt mit dem Festdrücken des Kuchenteigs inne. Sie wischte sich die Hände an ihrer Schürze ab und schaute Lily in die Augen. »Es gibt eine Zeit, auf den Putz zu hauen«, sagte sie, »und es gibt eine Zeit, zur Seite zu treten und sich daran zu erfreuen, anderen dabei zuzusehen. Man muss erkennen, wann diese Zeit für einen gekommen ist.« Lily wurde rot und beugte sich wieder über ihr Nudelholz. Ihre Mutter hielt ihr jetzt, da sie erwachsen war, normalerweise keine so schroffen Predigten mehr. Na ja, sagte Lily, sie glaube kaum, dass es für ihre Mutter Zeit sei, zu Hause zu bleiben und mit den alten Leuten ›Mensch ärgere dich nicht‹ zu spielen. Und im Übrigen würden sie und Ian das neue Lied zum Besten geben, das sie eingeübt hatten.

Lilys Mutter spitzte den Mund. Sie nahm zwei der fertigen Kuchen und steckte sie in den Ofen. Sie rede nicht unbedingt von sich, sagte sie, als sie wieder zum Tisch zurückkam. Aber es sei langsam für Ian an der Zeit, sich eine Frau zu suchen.

Draußen im Hof schnappte Lily frische Luft. Warum tat sie das in letzter Zeit ständig? Sie kam sich vor, als habe die Schulglocke sie endlich vom Unterricht erlöst. Ja, sie liebte ihre Mutter – *wirklich* –, aber zwischen ihnen ging es immer nur um Arbeit. Um Lektionen, die gelernt werden mussten, Näharbeiten, die kritisiert und Aufgaben, die noch zusätzlich auf die Liste gesetzt werden mussten. Nie dieses lange, erfüllte Schweigen, das sie mit ihrem Vater verband. Plötzlich vermisste sie ihn. Es war ein Sehnen, das ihr ins Herz stach. Sie hatte das Bild vor Augen, wie sie auf seinen Schoß geklettert war, um von seinem Lieblingsschaukelstuhl auf der Veranda aus den Sonnenuntergang zu betrachten. Sie konnte seine starken Arme um sich spüren, seine großen Hände, die auf ihrem Schoß lagen, sein Kinn, das ihr auf das Schlüsselbein drückte. Sie konnte ihr tiefes Schweigen hören, das in Grillenzirpen und dem Knarren von Eiche auf Eiche getaucht und von Gemeinsamkeit voll gesogen war. Sie beide liebten das Einfache, sie und ihr Vater. Und sie dachte darüber nach, wie einfach sie eigentlich alles haben wollte und wie kompliziert es in der Praxis immer war.

Wahrscheinlich sollte sie jetzt nach Hause gehen und Socken stopfen oder sich an die Zubereitung des Abendessens machen. Aber sie wusste, dass sie das nicht tun würde. Sie war mit lauter Jungs aufgewachsen. Konnte sie etwas dafür, dass sie deren Welt lieber mochte?

Schließlich fand sie die Zwillinge. Sie waren mit dem Saftsammelschlitten am Nordende des Ahornhains. Ian gab den Arbeitspferden gerade Hafer, während Oren die Eimer von den Hähnen nahm und sie in die Wanne leerte, die auf die Schlittenkufen montiert war.

»Habt ihr mich vermisst?«, rief Lily.

»Das ist aber keine Arbeitskleidung!«, schrie Oren zurück.

Er hatte Recht. Sie trug einen langen Rock und eine ihrer ausgebleichten Baumwollblusen – die Uniform für die Küche ihrer Mutter. Aber sie hatte sich für die Möglichkeit eingerichtet, dass das Sirupkochen noch nicht vorüber war, wenn sie vom Kuchenbacken erlöst sein würde. Kuchenbacken: ein schlechter Geschmack auf ihrer Zunge, wie Rizinusöl – einer, der mit dem überwältigenden Aroma von kochendem Ahornsaft weggespült werden könnte. Sie krempelte ihren Rock hoch. Darunter trug sie ihre Arbeitsjeans, dazu ihre dicken Wollsocken und genagelte Stiefel.

»Genau, das ist mein Mädchen«, rief Oren freudig. »Schnapp dir einen Eimer. Wir kommen sowieso schon zu spät zur Zuckerhütte zurück. Dein Bruder wird uns skalpieren.«

Beide waren Indianer. Die Abenaki-Indianer waren die Ersten gewesen, die Ahornsirup hergestellt hatten, das besagte zumindest die Legende. Sie hatten den ersten französischen Siedlern beigebracht, wie man den Saft gewinnt und einkocht. Die Franzosen hatten den Indianern im Gegenzug die Religion, die katholische Kirche, gegeben. Und die Pocken.

Lily lehnte sich an den nächsten Ahornbaum und zog sich den Rock aus. Sie warf ihn über den Sitz des Schlittens, nachdem sie ein paar mehlige Äpfel aus den Rocktaschen geholt hatte, die sie aus der Küche ihrer Mutter geschmuggelt hatte, um sie Molly und Dan zu geben. Dem neuen Dan. Sämtliche Belgier der Willards hatten, schon vor Lilys Geburt, die Namen Molly oder Dan getragen. Arbeitstiere nannte man eben so. Man machte aus ihnen keine Haustiere. Wenn ein Dan starb, ersetzte man ihn durch einen jüngeren Dan. So musste man nie nachdenken, wenn man ihn rief. Aber wer, fragte sie sich, hatte dem ersten Dan und der ersten Molly diese Namen gegeben? Sie stapfte zu einem der Bäume hinüber, deren Eimer noch nicht geleert waren, und hob den Blechdeckel vom erstbesten Eimer. Ihre Vorhersage heute Morgen war richtig gewesen: Der Saft lief bestens, und der Eimer war randvoll. Das Aroma, das zu ihr aufstieg, war süß. Deshalb wollte sie den Finger hineinstecken und abschlecken. Aber sie wusste, dass sie praktisch nichts anderes schmecken würde als galvanisierten Stahl. Man brauchte mehr als vierzig Liter Saft, um einen einzigen Liter Sirup herzustellen. Die Süße kam erst mit dem Einkochen. Sie nahm den Eimer von dem eingekerbten Eisenhahn und ging in Richtung Schlitten.

Alle drei sammelten schweigend den Saft. Lilys Kopf wurde, wie immer bei schwerer körperlicher Arbeit, klar. Ein paar Minuten konzentrierte sie sich nur darauf, den Eimer abzuhängen, zur Wanne zu trotten, den Eimer auszuleeren, wieder zum Baum zurückzutrotten und den Eimer wieder hinzuhängen – und an gar nichts zu denken. Sie fing an, eine Melodie vor sich hin zu summen, eine aus ihrer Kindheit, eine, die ihr Vater gewöhnlich gesummt hatte, während sie auf der vorderen Veranda schaukelten. Dann sang sie auch den Text dazu:

Montagskind ist lieb und schön,
Dienstagskind ist reizend anzusehn,

Mittwochskind weiß stets Bescheid,
Donnerstagskind wandert weit

Sie wurde sich der Wälder um sie herum deutlich bewusst. Der Schneesturm vom vergangenen Abend hatte ringsum alles bedeckt. Auf der Lichtung war jeder Ast und jeder Zweig weiß überzogen. Die Sonne stand jetzt, ein paar Stunden, bevor sie untergehen würde, in diesem besonderen Winkel, in dem sie die Ränder aller Dinge in Gold tauchte. Es war ein Anblick, den sie schon so oft im Leben gesehen hatte – ein Wald nach einem Schneesturm –, aber es war einer, der ihr immer noch den Atem raubte, sie in dem, was auch immer sie gerade tat, innehalten und sich fragen ließ, ob es am Ende wirklich einen Gott gab.

Sie wandte sich den Zwillingen zu und stellte fest, dass auch sie stehen geblieben waren. Aber sie starrten nicht auf die Wälder, sie starrten sie an. »Was ist los?«, fragte sie. Sie konnte ihren Atem gefrieren und sinken sehen, bis er wieder verdunstete. »Ist etwas nicht in Ordnung?« Keiner der beiden antwortete. »Es ist schön hier, nicht war? So still.«

»Du hast gesungen«, sagte Oren.

»Na und?«

»Wir haben dich nicht mehr singen gehört, seit wir kleine Jungs waren.«

Konnte das denn wahr sein? Sie hatten ständig Musik um sich. Andauernd übten sie mit ihren Geigen. Gewiss hatte sie dieses Lied und ein Dutzend anderer gesummt. Aber je mehr sie darüber nachdachte, desto klarer wurde ihr, dass sie wirklich nicht allzu häufig sang. Ihre gemeinsame Musik war immer wortlos – es waren eher Melodien als Lieder.

»Kennt ihr denn gar keine Lieder?«, fragte sie.

»Nur das eine«, antwortete Oren. »Aber wir kennen nicht einmal den ganzen Text.«

Es gab so vieles, was sie nie mitbekommen hatten, so viele jener grundlegenden Dinge, mit denen Kinder normalerweise aufwuchsen: Mütter und Schulbildung, Kinderverse und Lieder, Spiele und Phantasiewelten. Es war absurd, wirklich. Sie waren auf das Alltagsleben so schlecht vorbereitet. Und dennoch fehlte ihnen nichts. Im Allgemeinen waren sie glücklicher als sonst irgendjemand, den sie kannte.

Sie wusste nicht, was sie antworten sollte. Deshalb kniete sie sich hin und formte einen Schneeball. Sie warf ihn auf Ian, und der Ball zerklatschte mitten auf seiner Brust. Er schaute verdutzt drein. Beide taten das. Sie lachte. Ian grinste unsicher. Aber dann bückte er sich und knetete ebenfalls einen Schneeball zusammen. Oren folgte seinem Beispiel. Die Schneeballschlacht war in vollem Gange. Sie rannten kreischend zwischen den Ahornbäumen herum und bewarfen einander mit Schneebällen. Molly und Dan schauten mit unverhohlener Neugierde zu. Am Ende schlossen sich die Zwillinge gegen Lily zusammen und fielen über sie her. Und als alle drei übereinander lagen und nach Luft rangen, wehten Schneeflocken von den Zweigen auf sie herab. Lily wollte, dass sie aufstanden, aber sie rührten sich nicht, und so bestand sie nicht weiter darauf. Sie fing wieder an, das Kinderlied zu singen. Diesmal sangen sie mit und prägten sich nach ein paar Runden die Worte ein.

Die Zeit verging.

»Engel«, flüsterte sie schließlich.

»Nein, du«, sagte Ian.

»Was?«

»Du bist einer.«

»Ich meinte im Schnee. Wir könnten welche machen.«

»Was meinst du damit?«, fragte Oren.

Sie hatten noch nie Engel im Schnee gemacht. Das war der Liste hinzuzufügen. »Steht auf«, sagte Lily. »Ich zeig es euch.« Sie fand eine Fläche, wo der Schnee noch unberührt war, und ließ sich mit weit ausgestreckten Armen auf den Rücken fallen. Dann fing sie an, die Arme auf und ab zu bewegen, als würde sie fliegen. Sie öffnete und schloss auch die Beine wie eine wildgewordene Pendeluhr. Jetzt waren es die Zwillinge, die fasziniert zusahen. Die Pferde hatten die Köpfe gesenkt, sich aneinander gedrückt, um sich warm zu halten, und dösten vor sich hin. »Hilf mir auf«, sagte Lily zu Oren, setzte sich auf und streckte die Hand aus. Er zog sie auf die Füße, und die drei begutachteten ihr Werk. »Seht ihr?«, fragte sie und deutete auf den Abdruck, den sie hinterlassen hatte. »Ein Schneeengel. Jetzt seid ihr an der Reihe.«

Sie machten sich an die Arbeit, den Ahornhain mit einer Unmenge von Engeln zu bevölkern.

Plötzlich bemerkte Lily, dass das Licht zwischen den Baumstämmen ganz blau geworden und so düster wie in einer Kirche war. Die Sonne war untergegangen. Es war beinahe dunkel, als der Schlitten endlich an der Zuckerhütte von Lilys Bruder ankam, die sich an den Hügel am gegenüberliegenden Ende des Waldes schmiegte. Rauch stieg in Kringeln aus dem Ofenrohr auf, Dampf trat in großen Schwaden aus der Kuppel aus. Jetzt, da die erste Runde tatsächlich im Gange war, würde Lilys Bruder Tag und Nacht Sirup kochen, bis das Tauwetter vorüber war. Wenn man damit Geld verdienen wollte, dann holte man den Schlaf eben später nach. Sie zogen den Schlitten die Rampe auf der Rückseite des Hauses hinauf, um die Wanne in den Tank bei der Hütte zu leeren. Ian drehte mit einem Schraubenschlüssel den Hahn auf und ließ den Saft in den Tank laufen. Das alles wurde mit großem Ernst getan. Oren gab den Pferden wieder Hafer und warf jedem eine Decke über den Rücken. Dann gingen die drei zur Vorderseite.

»Wo habt ihr denn gesteckt?«, wollte Lilys Bruder wissen, als sie zur Tür hereinkamen. »Ich war schon drauf und dran, die Hunde nach euch suchen zu lassen. Menschenskinder, ihr seid ja klatschnass – ihr alle. Was zum Teufel ist denn passiert?«

Lily konnte nicht gleich antworten, so überwältigt war sie von dem süßen heißen Dampf im Inneren. Sie konnte kaum atmen. Die Luft, die ihr in die Nase stieg, war klebrig wie Zucker. Sie würde noch lange, nachdem sie aus der Zuckerhütte gegangen war, in ihren Kleidern und Haaren kleben bleiben. Wenn sie am nächsten Morgen aufwachte, würde sie sie an ihrem Kissen riechen. Oren erklärte Lilys Bruder, sie hätten sich verlaufen, mitten im Wald sähe es ja in jeder Richtung gleich aus. Zum Glück sei Lily, ihr Schutzengel, gekommen und habe sie wieder auf den richtigen Weg geführt.

Ihr Bruder schnaubte verächtlich und reichte eine Flasche herum. Er wies Ian an, den Ofen zu schüren. Mit Eisen- und Eschenholz: Der Ofen musste weiß glühen. Gerade begann der Saft in den mittleren Bereichen einer riesigen viereckigen Wanne einzudicken, die in Kammern unterteilt war und wie ein schwankender, aufgewühlter Irrgarten wirkte. Ihr Bruder musste den Hahn des Vorratstanks aufdrehen und noch mehr Saft ins hintere Ende einlassen. Die unterschiedliche Hitze und Dichte würde den »eingedampften« Saft in die vorderen Abteilungen drücken, wo das Wasser dann weiter aus dem Saft verdampfte. Er sagte zu Lily und Oren, sie sollten sich jeder einen der Holzschieber nehmen. Sie könnten ihm helfen, den dicker werdenden Sirup zum vorderen Ende hinüberzuleiten, wo die Hitze größer sei.

Als Ian das Feuer angeheizt hatte, nahm Lilys Bruder ein Babyfläschchen und fing an, Sahne auf die heißen, inzwischen kochenden Stellen zu träufeln. Ein paar Tropfen konnten ein ganzes schäumendes Abteil beruhigen. Sie arbeiteten in kameradschaftlicher Stille nach den Anweisungen von Lilys Bruder. In einer Zuckerhütte konnte es nur einen Boss geben. Man machte, was immer der Chefkocher einem sagte. Jetzt zählte jede Sekunde. Der genaue Zeitpunkt, zu dem man den Sirup aus dem vorderen Bereich in bereitgestellte Dosen abfließen ließ, entschied darüber, ob der Sirup erstklassig oder nur zweit- oder gar drittklassig sein würde. Nur beim ersten Durchgang bekam man erstklassigen Sirup. Aber man bewahrte alles auf, selbst den verbrannten drittklassigen Sirup nahm man noch zum Kochen. Den Bodensatz verkaufte man in alten Milchkannen an Melassehändler, die ihn zur Aromatisierung von Pfeifentabak verwendeten. Lily verlor jegliches Zeitgefühl, während sie den Saft von Abteilung zu Abteilung schob.

In einer anderen Zuckerhütte zu einer anderen Zeit. Die Zwillinge sind jetzt streitsüchtige kleine Jungs. Mr. Pritchard dirigiert das Kochen und ermahnt sie, ruhig zu sein und sich auf das, was sie gerade tun, zu konzentrieren. Dann geht er zum Pissen hinaus. Oren befiehlt Ian, mehr Saft in die Wanne zu lassen. Ian sagt ihm, er solle es doch selbst machen. Oren besteht darauf, dass er die Verantwortung trage, weil er schließlich der Ältere sei. Ian schleudert seinen Holzschieber zur Seite und geht in Richtung Vorratstank. Als er bei seinem Bruder vorbeikommt, bleibt er stehen, dreht sich um, packt ihn im Genick und drückt sein Gesicht in die Wanne mit dem kochenden Saft ...

»Pass auf, was du machst!«, schrie Oren. »Du schwappst ja Sirup über den Rand.«

»Schlag mir gegenüber bloß nicht diesen Ton an, Oren Pritchard!«, schimpfte Lily.

Oren machte ein langes Gesicht. »Ich hab es doch nicht so gemeint«, sagte er. »Tut mir Leid, Lil.«

Ian rettete die Situation, indem er ein breites Grinsen aufsetzte. »Mach ihm die Hölle heiß, Lily«, forderte er sie auf. Die drei lachten los. Sie stritten sich so gut wie nie über irgendetwas.

Die Tür flog auf. Es war Lilys Schwägerin. »Ach«, sagte sie zu Lily, »ich hab gar nicht erwartet, dich hier zu sehen. Ich dachte, du wärst drüben mit Mutter auf der Farm beim Backen.«

»Das war ich auch«, antwortete Lily. »Aber beim Sirupkochen müssen doch alle Mann an Bord sein.«

»Das ist allerdings wahr«, stimmte ihr die Schwägerin zu. »Ich hab was zum Essen für die Männer dabei. Aber es ist jede Menge da.« Sie balancierte zwei aufeinander gestapelte Backbleche in der einen und eine Bratpfanne mit Würsten in der anderen Hand. Sie stellte die Bratpfanne oben auf den Ofen neben die ständig warm gehaltene Kaffeekanne. Dann deckte sie die Backbleche auf, und frisch gebackene Donuts kamen zum Vorschein. Einen nach dem anderen tunkte sie in den kochenden Saft. Danach zauberte sie aus ihren Schürzentaschen ein knappes Dutzend Eier hervor. Die schlug sie am Rand der Wanne auf und pochierte sie zusammen mit den Donuts. Als die Würste in der Pfanne schließlich brutzelten, bat sie Lily, Teller vom Regal zu holen. Sie nahm einen Schaumlöffel von seinem Haken an den Dachsparren und fischte zuerst die karamellisierten Eier und dann die Donuts heraus und legte ein paar davon zusammen mit mehreren Würsten auf einen Teller. »Abendessen ist fertig!«, rief sie ihrem Mann zu. Alle aßen schweigend und tunkten das Eigelb mit Donutstücken auf. So wie das Farmleute eben tun, wenn viel Arbeit auf sie wartet. Selbstverständlich war das Ganze unglaublich süß, aber sie aßen alles bis auf den letzten Bissen auf, und lutschten danach saure Gurken. Lily fragte sich, ob sie noch glücklicher sein könnte.

Zum Glück erschien Hallie nicht beim Sugar-On-Snow-Tanz. Lily konnte sich Hallies heftigen Ausbruch in der Bücherei noch immer nicht ganz erklären. Und der Klatsch über ihren Mann nahm allmählich gemeine Formen an. Alle behaupteten, hinter dieser Geschichte stecke mehr, als es zunächst den Anschein gehabt habe. Die Frau, die bei Hallie putzte, wusste definitiv, dass sie und ihr Mann schon immer in getrennten Zimmern geschlafen hatten. Laut Aussage des Bankangestellten hatte dieser gut aussehende junge Kassierer aus Marshfield – derjenige, der hübscher war als viele Mädchen – etwa eine Woche nach dem Verschwinden von Hallies Mann urplötzlich gekündigt. Es war allgemein bekannt, dass Hallies Mann, sobald er nach einer Jagd erst einmal ein paar Bier intus hatte, die Arme um seine Kumpel schlang und ihnen Gutenachtküsse gab. Bis jetzt hatte sich niemand viel dabei gedacht. *Man weiß ja, wie Männer sind, wenn sie getrunken haben.*

Einer der Jungs von der Band bot Lily den Krug an. Sie nahm einen Schluck. Von dem Selbstgebrannten, der einem die Nasennebenhöhlen durchputzt. Es schauderte sie. Inzwischen brannte jeder Farmer seinen eigenen Kornschnaps, ob er eine Begabung dafür hatte oder nicht. Sie nahm noch einen Schluck. Sie musste ihre Nerven beruhigen, sonst würde sie nie in der Lage sein, das neue Stück zu spielen. Ein paar Minuten später nahm sie noch einen. Und noch einen. Sie aß am Büffet bei weitem nicht genug, um den Schnaps zu kompensieren. Nach all dem Kuchenbacken konnte sie den Gedanken an Essen gar nicht ertragen. Und sie hatte die Sugar-On-Snow-Bonbons noch nie gemocht, die die alten Damen herstellten, indem sie kochend heißen Sirup auf Tabletts voll Schnee gossen und dann die schnörkeligen Toffeestücke mit einer Gabel herausbrachen. Die klebten einem an den Backenzähnen. Und deshalb war Lily zu der Zeit, als sich der Genossenschaftssaal füllte, schon ziemlich beschwipst. Die Band hob zu ihren ernsten Squaredances an. Sie spielte überhaupt nicht gut, aber das machte eigentlich nichts aus. Der wahre Publikumsmagnet war Ian.

Sie begleitete ihn nur. Die zweite Geige. Außerdem war jeder gekommen, um sich zu amüsieren. Hatte ein Stück Rhythmus, dann tanzten sie dazu. Hatte es eine Melodie, dann sangen sie mit. Und je mehr die Menge stampfte und klatschte, umso besser spielte die Band. Je besser sie spielte, umso durstiger wurde sie. Noch einen Schluck aus dem Krug.

Hin und wieder lockte Oren Lily für einen Tanz von der Bühne. Dann drehten sie sich gemeinsam durch den Saal und lachten darüber, wie wenig sie größenmäßig zusammenpassten. Nach Orens geröteten Wangen zu urteilen, hatte auch er am Kornschnaps genippt. Er sagte Lily, dass er nicht wisse, was in ihn gefahren sei – eigentlich hasste er große gesellschaftliche Ereignisse –, aber hier amüsiere er sich heute richtig. Er hatte es sich zum Ziel gemacht, jede ledige Frau und jede Witwe von Cabot Fields zum Tanz aufzufordern. Er hatte sogar Lilys Mutter dazu gebracht, mit ihm einen Reel zu tanzen. Lily versuchte, Blickkontakt zu ihrer Mutter aufzunehmen. Als es ihr gelang, war sie überrascht, wie steinern und missbilligend ihr Blick erwidert wurde. Hatte ihre Mutter sie erwischt, wie sie am Krug genippt hatte? Kurze Zeit später zog sich ihre Mutter den Mantel an und zerrte ihren Vater, der hinter ihr her stolperte, an seinem Mantelärmel aus der Tür. Lily weigerte sich, da etwas hineinzuinterpretieren. Ihre Mutter hatte ihr ja bereits gesagt, dass sie nur eine Stunde oder zwei bleiben würden.

Lilys Duett mit Ian klappte gut. Sie spielten es, während die anderen Mitglieder der Band eine Pause einlegten. Alle hielten inne, um zuzuhören. Der Applaus war mehr als nur höflich. Die Männer klopften Ian auf die

Schultern, die Frauen fielen Lily um den Hals und sagten ihr, wie stolz sie auf sie seien. Mit rotem Kopf nahm Lily ihre Lobeshymnen und ein Glas Punsch entgegen.

Sie hatte sich selbst immer für ein schüchternes Mädchen gehalten. Dennoch hatte sie sich nie stärker gefühlt als bei ihrem Auftritt. Ihr Herz öffnete sich, und ihr wahres Ich kam herausgepurzelt. Ihr wahres Ich wusste, dass sie anders war als alle anderen, und es wusste, dass diese Andersartigkeit ihr Schönheit verlieh, wenn auch eine unkonventionelle. Ihr wahres Ich schreckte vor ihrer Andersartigkeit nicht etwa zurück, sondern suchte sie. Ihr wahres Ich genoss die Aufmerksamkeit.

Es war also ihr wahres Ich, das mit beiden Zwillingen zugleich Walzer tanzte.

Später würde sie behaupten, dass sie von der Musik dazu verführt worden sei, im Eifer des Gefechts, von zu vielen Schlucken aus diversen Krügen. Aber so war es in Wahrheit nicht gewesen. Es hatte nichts von einer Mutprobe oder einer Angeberei oder einer Gelegenheit, die Nachbarn zu schockieren. In Wahrheit hatte sie nicht eine Sekunde nachgedacht – nicht, bis es schon zu spät war. Ian hatte sie einfach zum Tanz aufgefordert, als die Band wieder zu spielen begann. Es war keines jener Stücke, bei welchen seine Geige die Melodie vorgeben musste. Einen Tanz mit seinem Schwager anzunehmen, war die natürlichste Sache der Welt. Er sah ihrem Ehemann ja so ähnlich, dass wahrscheinlich niemand es überhaupt gemerkt hätte. Aber dann war Oren plötzlich hinter ihr aufgetaucht und hatte sie in den Nacken geküsst. Er hatte sie umfasst und seine Hände über die ihren gelegt. Er war ihrer, er war Ians Führung gefolgt. Das war wirklich das einzig Ungewöhnliche daran: In den meisten Fällen war es ja Ian, der Oren folgte. Alle drei drehten sich auf der Tanzfläche. Sie lachten jedes Mal, wenn sie übereinander stolperten. Aber sie fanden schnell wieder in den Takt und machten weiter. Sie amüsierten sich so sehr, dass sie den Eindruck hatten, die Musik höre auf, bevor das Lied zu Ende sei. Lily drehte sich um und klatschte nach mehr.

Sie waren die einzigen Tänzer. Alle anderen, einschließlich der Band, beobachteten sie. Und außer ihnen lachte niemand im Saal.

Zwei Wochen später erhielt Lily einen Brief vom Stadtrat von Cabot Fields. Man brauche ihre Dienste als Bibliothekarin nicht mehr. Allem Anschein nach seien die Öffnungszeiten der Bücherei einen Großteil der letzten beiden Jahre über – gelinde ausgedrückt – unregelmäßig gewesen. Von städtischen Angestellten werde angesichts der Tatsache, dass sie für die Jugend der Stadt und die Bürger allgemein in vielerlei Hinsicht als Vorbilder dienten, erwartet, dass sie sich höchst professionell verhielten. Bei nächster Gelegenheit solle Lily ihre Schlüssel beim Gemeindeverwaltungsbeamten abgeben. Der Stadtrat wünsche ihr für ihre Zukunft alles Gute.

»Aber niemand kümmerte es, dass die Bücherei ein paar zusätzliche Stunden am Nachmittag geschlossen war«, schluchzte sie Oren vor. »Und überhaupt ist das Monate her. Warum haben sie mir nicht früher was gesagt? Ich hätte sie natürlich offen gelassen.«

»Darum geht es doch gar nicht«, sagte Oren.

»Und, was soll ich jetzt machen?«

»Nichts. Bleib zu Hause und leg einen Garten an, sobald der Schnee schmilzt«, sagte er und nahm sie in die Arme. »Kümmere dich um deine Pferde. Es war sowieso kein großartiges Gehalt. Wir kommen auch mit dem, was der Zimmererbetrieb einbringt, gut über die Runden.«

So machte sich Lily also in diesem Frühling an den längst überfälligen Großputz. Sie übte Geige, las wieder mehr und legte einen Küchengarten an. Oren und Ian kamen jeden Tag zum Mittagessen nach Hause. Zum einen, um ihr Gesellschaft zu leisten. Zum anderen, weil sie anfangen wollten, einen Pferdestall zu bauen. Orens Entwurf war ganz einfach – um sicherzugehen, dass die Pferde im Herbst auch tatsächlich ein Dach über dem Kopf haben würden. Allerdings sollte der Stall so groß werden, dass sechs Boxen darin Platz hatten. Im nächsten Frühjahr könnte es ja ein oder zwei Fohlen geben.

Eines Morgens war Lily gerade dabei, zwischen den Radieschen Unkraut zu jäten, als sie einen eigenartigen Gegenstand ausgrub. Es war ein Speckstein von der Größe eines Silberdollars, fast ganz rund und in der Mitte mit einem Loch versehen. Von diesem Loch gingen konzentrische Rillen aus, und dazwischen waren fein säuberlich Figuren und Schraffierungen eingeritzt – eine Sprache, die sie nicht beherrschte. Indianisches Geld, nahm sie an, das wohl einer der hiesigen Stämme für den Handel genutzt hatte. Aber je länger sie die Kreise entlangfuhr und die Botschaften betrachtete, desto sicherer wurde sie, dass der Stein von einer weit älteren Kultur stammen musste. Was wäre, wenn die Rillen selbst irgendwann einmal Informationen beinhaltet hatten, eine Mitteilung pro Rille, eine Idee pro Tag? Was wäre, wenn darin Wissen bewahrt würde, Wissen, das erworben worden und verloren gegangen war, dann wieder erworben wurde und erneut verloren ging? Sie fuhr mit dem Daumennagel die äußere Rille entlang. Montagskind ist lieb und schön, flüsterte sie und setzte fürs Erste Worte ein, die sie kannte. Die Montagslektion. Sie steckte sich den Speckstein in die Schürzentasche und machte sich wieder an die Arbeit.

Ihre Gedanken drifteten zu all den vergessenen Büchern in ihrer kleinen Bibliothek, den Bänden, die sie brav einmal pro Woche abgestaubt hatte, weil niemand sie je herausnahm. Auch sie enthielten ganze Alphabete an Ideen, Gedanken, die einmal für wichtig genug erachtet worden waren, um sie zu entziffern. Wahrheiten änderten sich und wurden ersetzt. Und was war mit all den Wahrheiten, die sich nicht einmal in der Bibliothek fanden, in Büchern, die sie von den reisenden Buchhändlern nicht hatte kaufen dürfen? Cabot Fields hatte einen ziemlich einseitigen Geschmack, wenn es um die Wahrheit ging. Mathematik, Pferdehaltung, Quilts, protestantische Religion und Forellenfang. Die beliebtesten Romane in ihrer Bücherei waren Cowboy-Fortsetzungsgeschichten, dann Schauerromane. Sentimentale viktorianische Liebesgeschichten wurden missbilligt – es sei denn, sie galten als Klassiker. Diese wurden widerwillig erlaubt, ebenso die griechischen Tragödien und ein paar französische Romane, falls die Möglichkeit bestand, dass sie in der Schule gelesen werden mussten. Sie zog eine Grimasse. *Ihre Bücherei.*

Hier in ihrem Gemüsegarten wurde ihr klar, dass ihre Entlassung aus der Bücherei das Werk einiger weniger gemeiner Männer gewesen war. Es war wirklich einfach, ihren verletzten Stolz durch Selbstgerechtigkeit zu lindern. Aber dieser kleine Trost verflüchtigte sich, sobald sie ihren eigenen Grund und Boden verließ. In Cabot Fields bekam sie die Missbilligung der Stadt deutlich zu spüren. Der Tadel war in jedem Hallo zu hören, das sie auf der Straße wechselte, bei jedem Einkauf, den sie machte, jeder notwendigen Besorgung.

Sie richtete sich auf und suchte den Horizont nach Regenwolken ab. Sie begutachtete ihr morgendliches Werk und seufzte. Jetzt war es Zeit, ein paar dieser Besorgungen zu erledigen. Mit schweren Schritten ging sie zum Geräteschuppen und verstaute ihre Hacke, wusch sich an der Spüle in der Küche die Hände und das Gesicht und setzte sich den Strohhut auf. Sie musste diese Bußgänge die Peacham Farm Road hinunter nicht auf sich nehmen, dachte sie. Die Zwillinge konnten auf dem Heimweg von der Arbeit mitbringen, was immer sie benötigte. Aber sich zu verstecken oder Angst zu zeigen, das wäre einem Schuldeingeständnis gleichgekommen. Zuerst hatte Oren sie ausgeschimpft, sie würde sich eine solche Verurteilung und Missbilligung nur einbilden – bis zum nächsten Tanz in der Genossenschaftshalle. Urplötzlich erkrankten zwei der Bandmitglieder an Grippe. Es stellte sich heraus, dass zu wenige Stadtbewohner gekommen waren, um richtige Squaredance-Gruppen zu bilden. Der Tanz war zwei Stunden zu früh zu Ende gegangen.

Lily steuerte als Erstes den Gemischtwarenladen an. Sie brauchte für das Abendessen ein paar Lebensmittel – Oren hatte ihr eine Liste dagelassen. Jeder Gang, in den sie einbog, war eigenartig leer, obwohl sie um sich herum das Geplapper vertrauter Stimmen hören konnte. Jede Gruppe von Nachbarn, der sie sich näherte, hatte gerade die Unterhaltung beendet und driftete auseinander. Keiner von ihnen war unhöflich. Alle lächelten sie an, nickten ihr zu, fragten, wie es ihrer Familie gehe. Aber alle entschuldigten sich, sie seien sehr in Eile, und hasteten davon. Keine Fragen nach ihrem Wohlergehen, keine Plauderei über das Wetter, kein Stadttratsch.

An der Fleischtheke fragte Lily den Metzger nach einem Brathähnchen. Er behauptete, gerade vor zehn Minuten das letzte verkauft zu haben. Sie sagte ihm, ein Truthahn würde es auch tun. Davon hätten sie schon die ganze Woche keine hereinbekommen. Wie wäre es dann mit ein paar mageren Schweinekoteletts? Er meinte, sie solle es beim Metzger drüben in Danville versuchen. Hier sei es montags immer schlecht. Lily blickte auf ihre Einkaufsliste, um ihre Tränen zurückzuhalten. Dann würde sie eben die Würste nehmen, sagte sie – diejenigen, die da vorn in der Theke lagen.

Sie knallte die Tür des Ladens hinter sich zu und umklammerte ihren Korb mit beiden Armen. Wie konnten sie es wagen, sie zu verurteilen! Es war doch nur eine beschwipste Runde über die Tanzfläche gewesen! Sie stapfte in Richtung Bank davon, hielt den Kopf gesenkt und mied die Blicke der anderen. Sie bemerkte Hallie erst, als es schon zu spät war.

Lily erkannte ihre Schuhe – schickes Lackleder mit modischen Schuhbändern. Als sie aufsah, trafen sich ihre Blicke. Hallies Gesichtsausdruck überraschte sie – weder Ärger noch Selbstgefälligkeit, sondern Verwirrung, als würde ihr endlich etwas Offenkundiges klar werden, das schon die ganze Zeit direkt vor ihrer Nase gewesen war. Keine von beiden sagte etwas, aber Hallie schenkte ihr ein schwaches Lächeln. Lily lächelte unsicher zurück, bevor sie, zwei Stufen auf einmal nehmend, in die Bank ging.

Zur Erntezeit wussten sie, dass etwas unternommen werden musste. Oren rückte beim Abendessen mit der Nachricht heraus: Reverend Higgins wollte die neue Turmspitze nun doch nicht von den Zwillingen gebaut haben. Die Kirchenältesten waren zwar mit der Decke sehr zufrieden – von den schönen neuen Kirchenbänken ganz zu schweigen –, aber da sie inzwischen von der indianischen Abstammung der Pritchards erfahren hatten, waren sie nun der Meinung, es könnte unangebracht sein, wenn sie in einem Gotteshaus arbeiteten. Die Kirchenältesten hatten stattdessen beschlossen, den Auftrag einer Firma aus Marshfield zu erteilen. Lily verging der Appetit auf das Essen vor ihr auf dem Teller. »Aber das können sie doch nicht machen«, sagte sie. »Sie haben euch den Auftrag doch bereits versprochen. Ihr könntet sie verklagen.«

»Wir haben nichts Schriftliches«, antwortete Oren. »Wir haben noch nie mit schriftlichen Verträgen gearbeitet. Wir werden uns einfach einen anderen Job suchen müssen.«

»Das wird hier in der Gegend aber schwierig sein«, stellte Ian fest. »Wenn sich nicht verdammt schnell etwas ändert, müssen wir bald wieder mit dem Wohnwagen losziehen.«

Alle drei stocherten schweigend in ihrem Essen herum.

»Ich lasse es nicht zu, dass man mich wegen eines dummen Tänzchens aus meinem Haus vertreibt!«, rief Lily aus und knallte die Gabel auf den Tisch. »Die geben uns nicht einmal die Chance, die Sache richtig zu stellen. Was wollen die überhaupt? Öffentliches Auspeitschen?«

»Geh und frag deine Mutter, was zu tun ist«, sagte Ian leise. »Sie wird es wissen.«

»Sei nicht albern«, wandte Oren ein.

Ihre Mutter: Eine stille Frau, die sich niemals hervorgetan hatte. Keine besondere Schönheit, keine schreckliche Klatschtante, keine außergewöhnlich gute Bäckerin, keine modebewusste Frau, kein Sitz in irgendeinem Kirchenkomitee. Eine Frau, die mehr durch das, was sie nicht war, beschrieben wurde, als durch das, was sie war.

»Nein, er hat Recht«, sagte Lily nach einer Weile. »Sie wird es wissen.«

In dieser Nacht schlief Lily schlecht. Sie hatte mit ihren Eltern seit Beginn ihrer Schwierigkeiten kaum geredet. Abgesehen von Farmangelegenheiten und dem gelegentlichen Hin- und Herschicken irgendwelcher Erzeugnisse waren sie weitgehend für sich geblieben. Aber Lily erinnerte sich an die Unterhaltung, die sie mit ihrer Mutter beim Kuchenbacken geführt hatte. Ihre Mutter gab selten unaufgefordert ihre Meinung zum Besten. Aber wenn sie sie fragte, das wusste Lily, dann würde sie zum Thema ihres Verhaltens jede Menge zu sagen haben. Lily wälzte sich hin und her und stellte sich vor, was das wohl sein würde. Im Morgengrauen war sie noch immer wach. Sie stand auf, zog sich an, überquerte die Peacham Farm Road und ging schnurstracks in die Küche ihrer Mutter.

Selbstverständlich war ihre Mutter schon auf. Lily gesellte sich zu ihr an den Herd, wo sie gerade Speck anbriet. »Schenk dir eine Tasse Kaffee ein«, forderte ihre

Mutter sie auf. »Ich habe gerade frischen gemacht.« Lily goss sich Kaffee ein und setzte sich an den Küchentisch. Es war alles so vertraut: die getrockneten Kräuter über dem Herd, die weißen Chintzvorhänge, das glänzende Linoleum auf dem Boden, die alte Aufziehuhr, die an der Wand tickte, und ihre Mutter, die Speck anbriet.

»Wir haben uns gar nichts dabei gedacht«, sagte Lily nach einer Weile.

»Das geht mich nichts an«, antwortete ihre Mutter.

»Und wieso meinen dann alle anderen, es ginge sie etwas an?«

Lilys Mutter drehte sich um, von ihrer Gabel tropfte Fett auf das Linoleum. »Du warst diejenige, die es zu einer Angelegenheit für alle gemacht hat, junge Dame.«

»Es war doch nur ein kleiner Tanz«, wandte Lily ein. »Um Himmels willen, wir leben im zwanzigsten Jahrhundert. Inzwischen haben Frauen das Wahlrecht.«

»Stell dich nicht so dumm«, sagte Lilys Mutter. Sie deutete hinter sich, in Richtung The Knoll, und die Gabel glitzerte im Schein der Lampe. »Was ihr drei da oben auf dem Hügel macht, ist eure Angelegenheit. Du kannst so modern sein, wie du willst – in dieser Frage kann nur Gott dein Richter sein. Aber wenn ihr vor aller Augen zeigt, was ihr treibt, das geht dann alle etwas an. Und du kannst dein Leben drauf verwetten, dass die Stadt liebend gern über euch zu Gericht sitzen wird.«

Lily begann zu weinen. Ihre Mutter nahm die Pfanne vom Feuer und wischte sich die Hände an der Schürze ab. Sie füllte sich ihre Kaffeetasse nach und setzte sich Lily gegenüber auf einen Stuhl. »Und, was soll ich jetzt machen?«, schniefte Lily.

Gedankenverloren nahm ihre Mutter einen Schluck Kaffee. »Wenn du nicht willst, dass sie etwas Bestimmtes denken«, sagte sie, »dann musst du ihnen zeigen, was sie stattdessen denken sollen.«

Die Uhr tickte.

»Und, was glaubst du und Daddy genau?«

»Ich hab dir schon gesagt, dass mich das nichts angeht«, antwortete sie.

Lily war unglücklich. Unglücklich, weil sie wusste, dass ihre Mutter Recht hatte. Sie hatte ihr ganzes Leben in Cabot Fields verbracht. Sie kannte die Regeln. Es gab nicht viele, aber diese waren klar. Sie erhob sich. Dann setzte sie sich wieder hin. Sie schluckte ihren Stolz hinunter. Und sie bat ihre Mutter um Hilfe. Ihre Mutter tätschelte ihr die Hand. Sie würde sehen, was sie tun könne, sagte sie. Die Frauen hatten am heutigen Nachmittag ein Quilttreffen. Der Quilt sollte beim Weihnachtsbasar im Genossenschaftssaal verlost werden. Wieder erhob sich Lily. Ihre Mutter drängte sie, zum Frühstück zu bleiben, sie hätten genügend da. Nein, sagte Lily, es sei Zeit, zurückzugehen. Sie habe selbst Speck anzubraten.

Im Hof lief sie ihrem Vater über den Weg. Er kam gerade vom Melken. Er fragte sie, was sie so früh über die Straße geführt habe. Sie erzählte ihm, dass sie eine lange und gute Unterhaltung mit ihrer Mutter gehabt habe. Ihr habt alles geklärt?, fragte er, nahm ihre Hand und drückte sie. Lily nickte. Braves Mädchen, sagte er. Das ist gut. Er wollte wissen, wann sie alle mal wieder zum Abendessen herüberkommen würden. Er hatte sie schon eine Weile nicht mehr gesehen, hatte keine gute Partie Schach mehr gespielt, na ja, er konnte sich gar nicht mehr erinnern, seit wann. Lily umarmte ihren Vater – sie wusste, dass ihr verziehen war – und versprach, vor Ende der Woche einen Topf Bohnen in Tomatensoße herüberzubringen. Das ist gut, sagte er. Mach das. Lily wischte sich über die Augen und sagte ihm, dass sie sich jetzt lieber sputen sollte. Er versicherte ihr, alles würde gut werden. Die Willards seien schließlich zäher als gekochte Eulen, sagte er.

Am nächsten Abend klopfte jemand unerwartet an die Tür. Die drei saßen gerade im Wohnzimmer um den Kamin versammelt. Es war der erste kalte Abend des Jahres, ein richtiger Anflug von Herbst lag in der Luft. Oren und Ian schnitzten Schachfiguren, Lily übte auf ihrer Geige. Sie schauten einander an, als sie das dreimalige laute Klopfen hörten. Ian ging zur Tür. Einen Augenblick später kam er mit Hallie zurück.

Meine Güte, sagte sie, was ist es draußen mit einem Mal kalt geworden. Lily und Oren murmelten ihre Begrüßung. Lily forderte Hallie auf, Platz zu nehmen, und bot ihr ein Glas Wein an. Hallie lehnte ab. Sie saß auf der Kante von Lilys Sofa und hielt ihre Hände in Richtung Feuer, um sie zu wärmen. Sie könne nur ganz kurz bleiben, erklärte sie. Sie sei am gestrigen Nachmittag beim Quilttreffen Lilys Mutter über den Weg gelaufen. Es sei ein so netter Besuch gewesen. Und er habe Hallie klar gemacht, dass sie Lily schon eine Ewigkeit nicht mehr gesehen habe.

Ja, sagte Lily. Das stimmt. Lily fragte sich, wie lange Hallie wohl brauchen würde, bis sie zur Sache kam. Sie war sich aber nicht ganz sicher, wie sie ihr die Würmer aus der Nase ziehen konnte. Da sie nicht wusste, was sie sonst tun sollte, nahm sie ihre Geige und fing wieder zu spielen an. »Mein Gott, ist das nicht gemütlich?,« fragte Hallie nach einer Weile. Es sei eine so schöne Abwechslung im Vergleich zu ihrem großen, alten, leeren Haus. Lily hielt mit dem Spielen inne. Hallie sei immer willkommen, sagte sie. Sie könne jederzeit vorbeischauen.

Hallie lächelte und lehnte sich auf dem Sofa zurück. Sie alle wüssten doch, dass ihre Ehe inzwischen aufgelöst sei? Die Annullierung sei auf Grund der besonderen Umstände schnell über die Bühne gegangen. Na ja, was geschehen sei, sei nun einmal geschehen. Es sei höchste Zeit, den ganzen Mist zu vergessen und nach vorn zu schauen. Sie jedenfalls wäre glücklich, wenn in Cabot Fields das Leben wieder in ganz normalen Bahnen verlaufen würde.

Alle nickten.

»Welcher von euch ist Ian?«, fragte Hallie. »Ich schwöre dir, Lily, ich kann sie einfach nicht auseinander halten.«

Lily schaute zu den Zwillingen hinüber. Es stimmte, jetzt glichen sie sich wieder wie ein Ei dem anderen. Ian hatte im letzten Jahr das ganze Gewicht, das er verloren hatte, wieder zugelegt. Beide waren von ihrer Arbeit draußen in der Sonne braun gebrannt. Sie trugen die gleichen Kleider, aus dem gleichen Schrank. Einmal im Monat verpasste ihnen Lily mit ihrer Nähschere den gleichen Haarschnitt. Doch irgendwie konnte Lily sie jetzt auseinander halten. Sie brauchte nicht mehr auf ihr Handgelenk zu schielen und nachzusehen, ob das Armband weiß oder schwarz war. Jetzt kannte sie die winzigen Unterschiede in ihrer Persönlichkeit und wie sich diese auf ihren Gesichtern, in ihren Bewegungen zeigten. Für sie sah Oren um zehn Jahre älter aus, nicht um dreizehn Minuten. Er war verantwortungsbewusster, beschützender, streberhafter, herrschsüchtiger. Ian kam ihr körperlich größer vor. Überlebensgroß – ein Kriegsheld – auf Grund all seiner Abenteuer schneidig. Eher zu Späßen bereit. Er flirtete gern, war sorglos und kreativ.

Aber jeder andere, dachte sie, musste, um sie auseinander halten zu können, über die Armbänder Bescheid wissen. Oder die Narben.

»Ich bin Ian«, sagte Ian.

Oder die Schusswunden.

»Nun, das letzte Mal, als ich dich gesehen habe, war bei Lilys Hochzeit. Damals hast du kaum mehr als hundert Pfund gewogen. Ich bin froh, dass du deine Stimme wiederhast. Nun, Ian, ich habe mich gefragt, ob ich dich dazu bewegen kann, mich nach Hause zu begleiten? Wenn es draußen hell ist, macht es mir nichts aus. Aber bei Dunkelheit werde ich ein bisschen nervös. Man hört ständig Geschichten, am Straßenrand würden Wölfe lauern.«

Ian schaute zu seinem Bruder hinüber, dann zu Lily. Hallie hatte eindeutig keine Probleme gehabt, im Dunkeln hierher zu laufen. Lily blickte auf die Geige in ihrem Schoß hinunter. Jetzt verstand sie. Mit einem Schlag wusste sie, welche Absicht sich hinter Hallies Besuch verbarg. Ihre Mutter hatte dafür gesorgt. Sie verstand jetzt, was sie der Stadt Neues zu denken geben sollte. Oh, diese Raffiniertheit der Frauen! Sie hasste sie. Und sie hasste sich für das, was sie jetzt gleich tun würde.

Sie räusperte sich. »Ich finde, das ist eine gute Idee«, sagte sie. Sie zwang sich, aufzublicken und erst die Zwillinge und dann Hallie anzulächeln. »Aber, Hallie, ich bestehe darauf, dass du morgen Abend zu einem richtigen Besuch kommst. Ich werde etwas Gutes kochen. Und dann können wir dich vielleicht überreden, danach noch auf eine Runde Karten zu bleiben.« Wieder schaute sie zu Oren hinüber. Sie hielt seinem Blick stand, bis er kapiert hatte, dass dies sein Einsatz war.

»Eine Ablehnung akzeptieren wir nicht«, sagte Oren. »Nicht wahr, Ian?«

»Ja«, erwiderte Ian. »Ich meine, nein. Ich hole nur schnell meinen Mantel.«

Dass Ians Aussage genauso wenig überzeugend war wie die seines Bruders, schien Hallie nichts auszumachen. Sie erhob sich strahlend. »Ich nehme nur Ian zuliebe an«, sagte sie. »Ich weiß, wie unangenehm es sein kann, sich als fünftes Rad am Wagen zu fühlen.«

»Dann ist das also abgemacht«, sagte Lily und stand ebenfalls auf.

»Um wie viel Uhr soll ich kommen?«, fragte Hallie und machte ein paar Schritte in Richtung Flur.

»Um sieben«, antwortete Lily. »Ian wird dich kurz vor sieben mit dem Laster abholen.«

5

Will Liebe geben

[1922–1923]

Lily hatte seit ihrer Hochzeit vor zweieinhalb Jahren keinen Fuß mehr in die First Congregational Church von Cabot Fields gesetzt. Doch irgendetwas an dem Geruch – Staub, vermischt mit Kerzenwachs, angeschimmelte Gesangbuchblätter, der übermäßig süße Duft von Osterglocken – erfüllte sie mit dem verwirrenden Gefühl, die Zeit wiederhole sich. Sie kam sich vor, als würde sie in diesem Kleid ersticken, das so blau war wie die Eier von Wanderdrosseln. Schweiß brannte ihr unter dem gleichfarbigen Tüllschleier in den Augen. Es war ein heißer Mai, seit Menschengedenken einer der allerheißesten, wie die Leute behaupteten. Sie hatte Angst, in Ohnmacht zu fallen, bevor der weitschweifige Reverend Higgins Ian und Hallie zu Mann und Frau erklärt hatte.

Das Band der Ehe knüpfen. Lily dachte an die Seilschaukel beim Badeteich, diejenige, die von der alten Sumpfweide baumelte. Sie war seit Ewigkeiten nicht mehr beim Schwimmen gewesen, wahrscheinlich seit damals, als sie und Oren Ian nach seiner Rückkehr aus dem Krieg dorthin mitgenommen hatten. Am Ende des Seils befanden sich mehrere dicke Knoten. Je nachdem, wie viel Mut man aufbrachte, stellte man sich auf einen dieser

Knoten, um darauf über den See hinauszuschwingen – je höher man stand, desto gefährlicher war der Sprung. Eine Geigensaite. Man machte am Ende einen Knoten und fädelte den Rest durch den Saitenhalter. Dann legte man die Saite über den Steg, zog sie durch einen Wirbel am Geigenhals und drehte diesen, bis die Saite gespannt war. Es war so lange her, dass sie und Ian zusammen gespielt hatten. In den letzten Monaten hatte er die meisten Abende mit Hallie verbracht, hatte sie in die Oper nach Danville ausgeführt, sie an Samstagnachmittagen zu langen Ausritten mitgenommen. Ein Galgenstrick.

Lily hatte jeden Abschnitt der jungen Liebe befürwortet. Sie und Oren waren mit Ian und Hallie zum Weihnachtsbasar in den Genossenschaftssaal gegangen. Sie waren an Silvester als Quartett bei ihren Eltern erschienen. Ebenso beim Ostereiersuchen der Kinder im Stadtpark. Mittagessen um Mittagessen hatten sie in Hallies Küche zuerst die Hochzeitszeremonie und dann das anschließende Frühstück geplant. Stunde um Stunde hatten sie in Hallies Nähzimmer verbracht und ihr Hochzeitskleid genäht. Hallie hatte trotz allem zunächst auf Weiß bestanden, aber schließlich zugestimmt, cremefarbenen Satin zu nehmen. Ein nagelneues Kleid. Stundenlang hatte sie in Hallies überladenem Wohnzimmer an dem bodenlangen Schleier herumgefummelt. Hallie hatte von ihren Flitterwochen geschwärmt, die sie in Montreal verbringen wollten, von der Zahl der Kinder, die sie bekommen würden, welche Namen sie ihnen geben wollten und was Ian am Ende aus sich machen würde, nun, da er Hallie an seiner Seite hatte, um ihn zu führen, und welch wunderbaren Zeiten sie und Lily jetzt als Schwägerinnen gemeinsam entgegensahen. Und nach all diesen Monaten zahlloser Stunden stand Lily endlich in der drückenden Hitze dieser scheußlichen Kirche und klammerte sich an eben diesen Schleier, bei dessen Herstellung sie Hallie geholfen hatte, um dafür Sorge zu tragen, dass ihre beste Freundin nicht darauf trat oder damit gar an einem Dielennagel hängen blieb.

Alles wiederholte sich. Die gleiche Hochzeit am Morgen wie bei ihrer eigenen, vor zweieinhalb Jahren. Ein maßgeschneidertes Satinkleid mit einem langen Spitzenschleier, eine kirchliche Trauung, an der die meisten Bewohner des Städtchens teilnahmen, ein Hochzeitsfrühstück bei der Brautmutter. Verhalten, steif, förmlich. Lilys Hochzeit war auch Hallies gewesen – von ihr anhand ihrer eigenen ersten mit dem Banker geplant. In Wahrheit waren das alles Hallies Hochzeiten.

Lily umklammerte das Bouquet, das Hallie für sie bestellt hatte, und kniff die Augen zusammen. Aber in diesem Moment konnte sie allem Anschein nach keine Zeichen lesen oder sich davon treiben lassen, um in die Räume der Zukunft zu spähen. Sie steckte aus irgendeinem eigenartigen Grund hier fest, im Hier und Jetzt – unwissend –, während Reverend Higgins immer weiterleierte, dass sie von nun an zusammenhalten müssten, sich lieben und ehren, in guten wie in schlechten Zeiten, in Reichtum und Armut, in gesunden wie in kranken Tagen, bis dass der Tod sie scheide. Nicht wissend, wie das Leben verlaufen würde, nachdem das Band erst einmal geknüpft worden war.

Das wurde es dann schließlich auch. Endlich steckte Ian den Ring an Hallies Finger. Endlich hob die Orgel zum Hochzeitsmarsch an. Endlich zogen sie durch den Kirchengang nach draußen, Lily klammerte sich noch immer an Hallies Schleppe und brauchte dringend frische Luft.

Oren gesellte sich beim Empfang zu ihr. Sie saß allein auf einer Schaukel unter einem alten Ahornbaum hinten im Hof und passte auf die Kinder auf, während die Erwachsenen tanzten, sie schaukelte und fächelte sich mit einem Taschentuch Luft zu. Ian und die Band waren im Haus und spielten, sie konnte Fetzen von *»The Gentleman's Waltz«* hören. Hallie hatte Lily geraten, ihre eigene Geige lieber nicht mitzubringen. Es wäre nicht damenhaft, eine verheiratete Brautführerin in einem Satinkleid, die auf der Geige herumsägt. Oren beugte sich herunter und gab ihr einen Kuss auf die Stirn. Sie konnte an seinem Atem riechen, dass er Whisky getrunken hatte. »Setz dich einen Augenblick«, sagte sie und klopfte auf den freien Platz neben sich. »Und gib mir einen Schluck von dem, was da in deiner Jackentasche gluckert.« Er ließ sich auf die Schaukel fallen und reichte ihr eine kleine Flasche. Sie schraubte den Deckel ab und nahm einen kräftigen Schluck.

»Pass auf!«, sagte Oren grinsend. »Ich will dich nicht auf der Schulter nach Hause tragen müssen.«

»Genau das würde mir aber gefallen«, erwiderte Lily und gab ihm die Flasche zurück.

Sie saßen einen Augenblick nur so da, Mann und Frau. Er war ein guter Mann. So stark wie ihr Vater, aber viel sanfter. Er arbeitete hart, war aber enorm begabt mit seinen Händen. So gut aussehend wie kein anderer. Manchmal machte sie sich Sorgen, dass sie es ihm zu leicht gemacht hatte. Schließlich hatte er seine Absicht, sie zu heiraten, bereits verkündet, als er neun Jahre alt war. Zehn Jahre später war er aufgekreuzt, um seinen Anspruch auf sie zu erheben. Sie hatte sich nie von einem anderen den Hof machen lassen, weil sie – wie sie jetzt wusste – auf ihn gewartet hatte. Und dennoch war ihre Ehe in Wahrheit nicht so einfach. Weil sie einander nicht alles waren. Stets war da die Sache mit Ian. Sie beide wussten, wie es Oren ohne seinen Zwillingsbruder ging. Irgendwie fehlte ihm dann etwas, er war weniger er selbst. Daran dachten sie beide, als sie so schaukelten, nämlich, dass sie im Begriff waren, Ian zu verlieren. Ians Hochzeit mit Hallie konnte nicht mit seinem Fortgehen in den Krieg verglichen werden – zwar würde er nach den Flitterwochen zurückkommen, aber mit dem heutigen Tag würden sie ohne ihn leben müssen.

Oren nahm ihre Hand. Seine war so viel größer als ihre, schwielig und vernarbt, mit abgebrochenen Nägeln, braun wie Stiefelleder. Er fuhr mit den Fingerspitzen, so rau wie Sandpapier, die feinen Adern an ihrem Handgelenk entlang. Lange, kräftige Finger mit kurz geschnittenen, rosafarbenen Nägeln. Es kitzelte, und Lily kicherte. Er hob ihre Hand an seine Lippen und küsste ihre Fingerknöchel, biss sanft hinein. Plötzlich glühte sie, der Whisky und ihr Verlangen wärmten sie von innen. Er ließ ihre Hände auf seinen Schoß sinken. Sie konnte seine Erregung durch den guten Anzug spüren, die harten Muskeln seiner Oberschenkel. Sie lehnte sich an ihn, und sie schaukelten so eine Weile, während sie, verborgen durch seine große Hand, an ihm herumspielte.

»Komm, wir verschwinden von hier«, sagte er.

»Es ist zu früh, um uns zu verabschieden«, entgegnete sie. »Jeder wird das als Signal verstehen, dass die Party vorbei ist.«

»Dann gehen wir eben einfach so.«

»Oren, sei nicht albern ...« Aber er küsste sie und erstickte ihre Einwände. Sie spürte, wie sich seine Zunge zwischen ihre Lippen zwängte und ihre Zähne entlang fuhr. Sie öffnete den Mund. Whisky und sein anderer, vertrauterer Geschmack: gemähtes Heu und Süßholz, grüne Äpfel, Honig. »Ich gehe und hole rasch meine Handschuhe vom Tisch im Flur«, sagte sie. »Ich treffe dich dann vorn.«

Sie liebten sich den ganzen Nachmittag und bis in den Abend. Es war anders als jemals zuvor. Kein Anfang, kein Mittendrin und kein Ende. Sie hörten auf zu reden, sie schliefen nicht und aßen auch nichts. Und sie besorgten es einander – das war neu. In bestimmten Augenblicken war es Oren, der sie nahm, während sie sich in seinen vernarbten Hintern krallte, Oren, der sich anstrengte, mit ihr zu verschmelzen, und der versuchte, ihren Körper zu vereinnahmen, um sich nicht mehr so entsetzlich einsam zu fühlen. Aber dann wiederum war es eindeutig sie, die ihn nahm und die zurückgelassene Leere füllte, sie mit ihrer Zunge, ihren Fingern, ihrem Geschlecht füllte. Und während Lily ihn nahm, hatte sie – zum allerersten, vielleicht zum letzten Mal – das Gefühl, *sie*, und nicht Ian, sei Orens Zwilling.

Irgendwann nach Mitternacht ließ sie ihn zwischen den zerwühlten, feuchten Laken schlafend zurück. Sie war zu sehr mit neuen Gedanken beschäftigt. Sie wanderte nackt durch ihr Haus, verschloss Türen, zog Vorhänge zu, rückte Möbel gerade, klopfte Sofakissen auf und spürte, wie wunderbar unterschiedlich sich ein Flickenteppich und gebohnertes Holz, kalter Schiefer und rauer Backstein unter ihren Füßen anfühlten. Schließlich ertappte sie sich, wie sie in der Tür zu Ian und Hallies neuem Zimmer stand. Die Zwillinge hatten an der gegenüberliegenden Seite des Hauses einen Vorbau mit Brettern zugenagelt. Und hatten den Raum mit Hallies Schlafzimmermöbeln und ihren rüschenverzierten Sachen vollgestellt, damit sie sich hier wohl fühlen würde.

Ian hatte sich strikt geweigert, in Hallies Haus in der Stadt einzuziehen. Sie hatte damit gedroht, die Verlobung platzen zu lassen, aber er war standhaft geblieben. Ein paar Wochen waren vergangen, dann hatte Hallie ihr Haus zum Verkauf ausgeschrieben. Ian wolle einfach nicht in einem Haus leben, das ihr Exmann gekauft und bezahlt habe, hatte Hallie ihrem Kirchennähkreis anvertraut. Er wolle unbedingt in einem Haus leben, das er selbst gebaut hatte. Es dauerte nicht lange, da kannte die ganze Stadt diese Geschichte. Und Ian stieg dadurch im Ansehen der Bewohner. Das sei eben der Preis, den man zu zahlen hatte, wenn man einen willensstarken Mann heiratete, hatten die meisten gemeint. Inzwischen wurde heftig darüber spekuliert, ob Lily und Oren ihnen wohl ein Stück Land verkaufen und die jungen Männer anfangen würden, ein weiteres Haus zu bauen, sobald Hallie ein Baby erwartete.

Lily dachte darüber und über viele andere Dinge nach. Sie schloss die Tür. Das Zimmer hatte ihr keinerlei Zeichen gegeben, wie das Leben sein würde, sobald die Neuvermählten erst einmal aus Montreal zurückkehrten. Sie holte sich in der Küche ein Glas Wasser und ging zu Oren zurück. Manchmal verstand sie Ian – besonders, wenn sie zusammen musizierten oder sich um die Pferde kümmerten –, aber manchmal kam er ihr wie ein absolut Fremder vor. Deshalb würde sie einfach abwarten müssen, genau wie alle anderen auch. Das würde sie, wie sie wusste, nicht davon abhalten, die Nacht größtenteils wach zu liegen und sich Sorgen zu machen.

Unmittelbar nach dem Unabhängigkeitstag verbannte Hallie sämtliche Katzen in den Pferdestall. Eine von ihnen war auf den Tisch gesprungen, um an der Butter zu lecken. Katzen seien keine Tiere, die man im Haus halte, behauptete sie. Sie könnten sich selbst ernähren. Das war auch der letzte Abend, an dem sie in der Küche aßen. Was für einen Zweck habe es, ein schönes, großes Esszimmer zu besitzen, schimpfte Hallie, wenn sie es nicht nutzten? Außerdem bestand sie darauf, das Abendessen ab sofort »Dinner« und nicht »Supper« zu nennen – sie hielt das für zivilisierter. »Dinner« war auch nicht das Mittagessen, das hieß nämlich »Lunch«. Sie brauchten schließlich nicht wie die Farmer daherzureden, bloß weil sie in einer bäuerlichen Gemeinde lebten. Oren war bereits bei ihrer Rückkehr aus Montreal von jeglicher Verpflichtung zu kochen entbunden worden. Hallie hielt es für skandalös, von einem Mann zu erwarten, dass er sowohl kochte als auch das Geld verdiente. Leider hielt sie es nicht für angebracht, dass sie alle um den Küchentisch saßen und plauderten, während sie etwas hackte, schnipselte und brutzelte. Erst beim Dinner, nicht davor, sollten sie sich mit dem beschäftigen, was sie die Kunst der Unterhaltung nannte. Selbstverständlich wurden alle Brettspiele bis zum Kaffee verbannt. Kaffee wurde jetzt im Wohnzimmer getrunken. Und wenn der Kongress der Vereinigten Staaten es für geboten hielt, das Weintrinken beim Dinner – und generell auch bei jeder anderen Gelegenheit – zu untersagen, nun, dann setzte sich Hallie gewiss nicht über die Gesetze hinweg, und das sollte gefälligst auch keiner der anderen tun. Alle noch vorhandenen Weinflaschen wurden in den Keller verbannt.

Lily empfand die Kunst der Unterhaltung als Tortur – genau wie einst die Teegesellschaften mit Puppen. Vor Hallies Erscheinen hatte es ihnen in der Küche nie an Gesprächsthemen gemangelt. Die Zwillinge hatten, wenn Lily Anekdoten über die verschrobenen Alten in der Bücherei erzählte, ihre eigenen Geschichten über die bizarren Dinge zum Besten gegeben, die sie bauten, damit die Häuser ihrer Kunden auch »gemütlich« wurden. Zumindest hatten sie immer den neuesten Klatsch – wie eine Abendzeitung – aus der Stadt mit nach Hause gebracht. Aber Hallie erklärte, diese Themen seien zu gewöhnlich. Sie zog es vor, über die Aufführung in der Oper zu reden, zu der sie Ian kürzlich mitgeschleppt hatte, über das Buch, das sie gerade las, oder ein Unglück, das über jemanden in der Stadt hereingebrochen war – das Gegenteil von Glück war in ihren Augen kein Klatsch –, und wie es hätte vermieden werden können, falls die Betroffenen nur … Lily versuchte ihr Bestes, sich interessiert zu geben. Oren aß schweigend, aber er aß seinen Teller immer leer. Man konnte nicht bestreiten, dass Hallie eine gute Köchin war. Ian schaute Hallie schweigend und allem Anschein nach mit einer Mischung aus Stolz auf ihre Bildung und der Befürchtung an, er könne aufgefordert werden, auf eine ihrer Fragen zu antworten. Zum Glück waren ihre Fragen meistens rhetorischer Art. Die Kunst der Unterhaltung verwandelte sich, wann immer Hallie mit von der Partie war, zumeist in einen Monolog.

Das Kaffeetrinken im Wohnzimmer gestaltete sich in der Regel weniger anstrengend. Hallie gestattete ihnen ihre Partie Dreiecksschach – sie selbst hatte nicht viel für Brettspiele übrig – und zog es unterdessen vor, Zierdeckchen zu häkeln oder Kissenbezüge mit ihren neuen Initialen, H B P, zu besticken. Es war bei einer dieser Schachpartien – Lily war gerade im Begriff, sich über die Züge klar zu werden, die sie noch brauchte, um Oren schachmatt zu setzen –, als sich Hallie räusperte. »Ich war heute Nachmittag in der Stadt«, sagte sie und hob ihr halb fertiges Zierdeckchen gegen die Lampe, um es auf Fehler zu prüfen. Für Lily wirkte es wie ein riesiges, zerrissenes Spinnennetz. »Und wem laufe ich da über den Weg? Reverend Higgins. Wir haben ein wenig geplaudert, und er hat mir erzählt, dass er für die Pfarrhausbibliothek dringend ein paar neue Bücherregale braucht. Er sagte, am allerliebsten würde er die Gebrüder Pritchard damit beauftragen – eure Arbeiten seien so gut, sagte er …«

»Ich dachte, der brave Reverend vergibt keine Aufträge an Heiden«, warf Oren ein.

»Das war alles ein großes Missverständnis«, erklärte Hallie. »Sein einziges ernstes Problem sei euer Preis, sagte er, und wie er diesen den Kirchenältesten gegenüber rechtfertigen soll.«

»Wie die Bezahlung, so die Arbeit«, stellte Oren fest.

Lily konnte an seinem Tonfall erkennen, dass ihm nicht gefiel, worauf Hallie hinaus wollte.

»Genau das habe ich dem Reverend auch gesagt«, rief Hallie aus. »Ich habe ihm gesagt, dass da sicher was zu machen ist, damit das Pfarrhaus Bücherregale von den Pritchards bekommt und die Kosten trotzdem niedrig gehalten werden. Dann, mit einem Schlag, ist mir die Lösung eingefallen: Ian könnte sie ganz allein machen, wenn ihr beide gerade wenig Aufträge habt, und ein bisschen weniger verlangen.«

»Ich hoffe, du hast ihm das nicht etwa vorgeschlagen«, sagte Oren.

»Doch, natürlich habe ich das«, antwortete Hallie. »Und er hat es für einen wunderbaren Kompromiss gehalten. Er hat es nicht eilig, und …«

»Aber wir arbeiten zusammen«, flüsterte Ian. »Wir sind ein Team.«

»Aber versteht ihr denn nicht? Wenn du an einem Auftrag arbeitest, während Oren mit einem anderen beschäftigt ist, dann könntet ihr beide euer Einkommen praktisch verdoppeln.«

»Und an welchem anderen Auftrag soll ich dann arbeiten?«, fragte Oren.

»Na ja, ich weiß nicht, du wirst dir halt einen suchen müssen«, antwortete Hallie. »Schau, wie einfach es für mich war, diesen an Land zu ziehen.«

»Niemand hat dich gebeten, irgendwas an Land zu ziehen, Hallie«, stellte Oren fest.

»Wirklich, Oren, mir gefällt dein Tonfall nicht. Ich wollte doch nur behilflich sein. Jedenfalls ist es so gut wie abgemacht. Ich habe Reverend Higgins gesagt, dass ich

Ian gleich morgen früh ins Pfarrhaus schicke.« Oren stand abrupt auf und warf dabei ein paar der Schachfiguren um. Sein Stuhl quietschte über die Bodendielen, und er stapfte aus dem Zimmer. In der darauf folgenden Stille warf Ian Lily einen panikerfüllten Blick zu. Lily starrte auf ihren Schoß hinunter. Sie war zu verblüfft, um irgendwelchen Trost bieten zu können. »Lily«, sagte Hallie, »du siehst doch sicher ein, welchen Sinn …«

»Entschuldigt mich«, sagte Lily. Sie floh aus dem Wohnzimmer in die gleiche Richtung wie ihr Mann. Sie fand Oren auf dem Bettrand sitzend. Er hatte sich sein Hemd bereits ausgezogen, das nun zerknüllt auf dem Boden lag. Lily erkannte an der Art und Weise, wie er an seiner Socke zerrte, dass er wütend war. Sie konnte sich nicht erinnern, wann sie ihn das letzte Mal verärgert gesehen hatte – falls überhaupt jemals. Das machte ihr ein bisschen Angst. »Kann ich mich hier mit dir verkriechen«, fragte sie, »oder musst du allein sein?« Sie wartete, bis er seinen Fuß von der Socke befreit und sie durch das Zimmer geschleudert hatte. Sie beobachtete, wie er mit den Zehen wackelte und seufzte. Schöne Füße. Er blickte auf und lächelte, dann klopfte er neben sich auf die Tagesdecke, eine Aufforderung, sich hinzusetzen. Nachdem sie das getan hatte, legte er den Arm um sie. Einen Augenblick später ließ er seinen Kopf auf ihre Schulter sinken.

»Ich hasse sie«, sagte er. »Ich habe sie schon immer gehasst.«

»Sch«, machte Lily. »Sie meint es nur gut.«

»Ich weiß. Aber ich kann ums Verrecken nicht verstehen, was Ian an ihr findet.« Er zog Lily nach hinten, sodass sie nun in seinem Arm lag. Gemeinsam starrten sie zur Decke hinauf.

»Sie redet so viel, dass es für zwei reicht«, warf Lily ein.

Beide schmunzelten.

»Das Schlimmste daran ist, dass sie Recht hat«, sagte Oren. »Wenn wir nur die Hälfte der in Aussicht stehenden Aufträge kriegen, *müssen* wir zwei Mannschaften bilden. Wir werden womöglich auch deine beiden jüngeren Brüder für den Rest des Sommers anstellen müssen. Ich kann es nur nicht ertragen, wenn Hallie sich einmischt. Der Betrieb geht nur mich und meinen Bruder etwas an.«

Lily erkannte am gleichmäßigen Heben und Senken seiner Brust, dass er inzwischen nicht mehr wütend war. Sie hielt ihn ganz fest – weil sie seine Verbitterung verstand. Es war eine komplizierte Sache. Seit Ians Hochzeit mit Hallie waren die Gebrüder Pritchard gefragter denn je. Jede Woche erhielten sie jetzt Anfragen für neue Aufträge, und das nicht nur von Leuten aus der Stadt. Die Angebote kamen von Marshfield und Plainfield, aus dem ganzen Bezirk. Das konnte kein Zufall sein. Hallie tat ihrem Geschäft gut. Seltsam. Der Erfolg schien sie drei dennoch nicht glücklicher zu machen.

Ian stattete Reverend Higgins am nächsten Tag einen Besuch ab. Es stellte sich heraus, dass er wirklich nicht viele Regale brauchte – die Bibliothek im Pfarrhaus war ein winziger Raum neben der Küche. Ian konnte sie an einem oder zwei Nachmittagen bauen, allerdings zum normalen Preis der Gebrüder Pritchard. Hallie erklärte, dass also niemandem geschadet worden sei. Trotzdem weigerte sich Oren an diesem und dem nächsten Abend, am Esstisch Platz zu nehmen. Nach der Arbeit machte er sich im

Wohnwagen ein paar Sandwiches. Und als er nach Hause kam, ging er direkt in sein Zimmer. Am dritten Abend gab Hallie schließlich nach und entschuldigte sich dafür, dass sie sich eingemischt hatte. Erst dann war Oren bereit, das Kriegsbeil zu begraben.

Daraufhin kehrte in The Knoll mehr oder weniger das normale Leben wieder ein, mit Ausnahme der Tatsache, dass sich die Kunst der Unterhaltung beim Dinner auf ein Dankeschön für einen Nachschlag und die Bitte, die Butter rüberzureichen, beschränkte. Und die Partien Dreiecksschach wurden ganz aufgegeben. Oren zog sich gleich nach dem Essen ins Schlafzimmer zurück. Ian und Lily spielten noch etwa eine Stunde Geige, nur um in Übung zu bleiben, aber dann gesellte sich Lily lieber zu Oren und überließ Hallie und Ian sich selbst. Meist fand Lily ihn dann mit einem Kissen im Rücken auf dem Bett sitzend und in ein ledergebundenes Büchlein kritzelnd – entweder übte er sich im Schreiben oder er aktualisierte seine Buchhaltung.

In diesem Herbst wurde ihr Alltagstrott nur ein einziges Mal unterbrochen. Lily wachte durch ein Geräusch mitten in der Nacht auf. In ihrem Zimmer war es sehr dunkel, aber sie konnte spüren, dass jemand da war. Sie lauschte, während sich ihre Augen an die Dunkelheit gewöhnten. Es war Ian, der nackt am Fuß ihres Bettes stand. »Ian«, flüsterte sie. »Was ist los? Was ist denn passiert?« Er antwortete nicht. Natürlich schlief er tief und fest. Schlafwandelnd. Sie überlegte, ob sie ihn – oder Oren – wecken sollte oder nicht. Aber bevor sie einen Entschluss fassen konnte, drehte sich Ian um und ging aus dem Zimmer. Sie horchte, wie er die Treppen hinunterging, durch die Küche und in sein eigenes Schlafzimmer zurück. In seines und Hallies.

Eines Abends im November knallte Hallie plötzlich die Gabel auf ihren Teller. Alle fuhren zusammen. »Was ist los?«, fragte Lily erschrocken.

»Mir ist so langweilig!«, rief Hallie aus. »Ist euch nicht auch langweilig? Menschenskinder, nie sehen wir irgendjemand anderen als nur uns.«

»Ich sehe den ganzen Tag andere Leute«, sagte Oren sanft. »Zu viele, wenn du mich fragst.«

»Was ist mit dir, Lily? Würdest du nicht gern ein bisschen Gesellschaft haben?«

Lily zuckte die Achseln. Sie vermisste wirklich niemanden. Abgesehen von Hallie hatte sie nie andere Freundschaften gepflegt. Sie hatte immer die Gesellschaft ihrer Familie vorgezogen. Die glitzernde Seifenblase ihres begrenzten Daseins. Sie runzelte die Stirn. Manchmal allerdings verspürte sie eine Sehnsucht nach der Vergangenheit – nach der Art und Weise, wie es gewesen war, als sie noch ein kleines Mädchen war.

»Ich hab's!«, sagte Hallie. »Wir geben eine Party bei der Aufstellung des Weihnachtsbaums. Wir laden all unsere Freunde aus der Stadt ein. Es war ja so gut wie keiner bisher hier draußen in The Knoll. Das ist dann die Gelegenheit, das Haus auch mal richtig vorzuführen.« Keine Antwort. »Und?«, forderte Hallie die anderen auf.

»Wir feiern Weihnachten nicht richtig«, stellte Oren fest.

»Ja, wieso *sollten* Junggesellen auch?«, lachte Hallie. »Aber jetzt sind wir eine Familie. Familien feiern die Festtage nun einmal.« Sie legte ihre Hand auf Ians und drückte sie. »Hab ich nicht Recht, Darling?«

Lily erwartete, dass Ian zu Oren hinüberschauen, ihm seine Verwirrung kundtun und auf Hinweise warten würde, wie er zu reagieren habe. Aber das tat er nicht. Er lächelte Hallie sanft an und nickte.

»Dann ist das also abgemacht«, stellte Hallie fest, zog ihre Hand zurück und nahm die Gabel von ihrem Teller. »Zum Nachtisch habe ich aus dem Fallobst vom Garten deiner Mutter einen Apfelauflauf gemacht, Lily – aus den Äpfeln, die nicht zu wurmstichig waren.«

Aber nach Lilys Meinung war längst nicht alles abgemacht, keineswegs. Sie wartete bis nach dem Dessert und erhob dann ihre Einwände, während sie und Hallie allein in der Küche waren und das Geschirr spülten. »Ich bin mir nicht so sicher, ob es eine gute Idee ist, hier eine Party zu veranstalten«, fing sie an.

»Quatsch.«

»Aber was ist, wenn keiner kommt? Erinnere dich an den letzten Tanz im Genossenschaftssaal …«

»Das ist vergessen und begraben.«

»Vielleicht begraben …«

Hallie drehte sich hastig um, sodass das Seifenwasser von ihren Händen spritzte, und schaute Lily in die Augen. »Ich hab gesagt, dass sie kommen werden. Sie sind alle neugierig und wollen sehen, was sich hier oben abspielt. Und wir werden es ihnen zeigen. Sie werden hier einen wunderschönen Nachmittag verbringen, und dann werden sie alle ein bisschen enttäuscht nach Hause gehen müssen.«

»Was soll das heißen?«

»Nichts ist uninteressanter als die Normalität.«

Lily machte sich wieder daran, die Teller abzutrocknen.

Und so wurden folgende Einladungen verschickt: Am Samstagnachmittag vor Weihnachten findet in The Knoll eine Baumschmückparty statt. Nur Erwachsene, bitte schön. Alle Erfrischungen werden bereitgestellt. Die Gäste werden höflich gebeten, pro Paar einen Baumschmuck mitzubringen. Bei Absagen wird um eine kurze Mitteilung gebeten.

Nicht eine einzige Absage wurde ihnen zugesandt.

Am Tag der Party verbrachten Lily und Hallie den ganzen Vormittag mit Kochen und Putzen. Die Zwillinge wurden in den Wald geschickt, um eine schöne Blautanne für das Wohnzimmer zu holen. Keinesfalls eine schnöde Kiefer, wie Hallie forderte. Keine Balsamtanne, keine Föhre. Kommt mit einer Blautanne zurück – oder gar nicht. Sie hatten auch genaue Anweisungen hinsichtlich der Größe, des Wuchses und der Buschigkeit des gewünschten Baums erhalten. Oren schlug vor, Lily solle mitkommen und beim Aussuchen helfen. Sie hatte zumindest eine Ahnung davon, wie ein Weihnachtsbaum auszusehen hatte. Hallie legte Einspruch gegen diesen Plan ein. Lily wurde in der Küche gebraucht. Und den Baum zu fällen, war schließlich Männerarbeit.

Die Zwillinge kamen mit einer herrlichen Blautanne nach Hause. Ihre oberste Spitze reichte bis zur Deckenverkleidung des großen Wohnzimmererkers. Hallie stieg mit Ian auf den Speicher und die beiden kamen mit mehreren großen Kartons zurück. Einige davon enthielten Rosmarin- und Salbeizweige, im Ganzen getrocknet und zur Aufbewahrung in Zedernrinde eingeschlagen. Unter Hallies Aufsicht hängten Lily und die Zwillinge diese wie Eiszapfen an die Zweige. In den anderen Schachteln befanden sich getrocknete, mit Gewürznelken gespickte Orangen, Kiefernzapfen, gefüllt mit Lavendelsamen, und mit roten Bändern zusammengehaltene Zimtstangen. Jedes dieser Bänder wurde mit einer großen Nähnadel durchstochen und an einem langen roten Faden an die Zweige gehängt. Als die Schachteln leer waren, traten sie alle zurück und bewunderten ihr Werk. Der Baum hatte sich in dem Zimmer allmählich erwärmt und dabei angefangen, einen berauschenden Duft zu verströmen.

»Was bist du doch für ein kluges Mädchen!«, sagte Lily zu Hallie.

Hallie verzog das Gesicht zu einem Lächeln. »Das merkst du erst jetzt?«

Die ersten Gäste trafen pünktlich um drei Uhr ein. Auf dem Land gab es für die Mode, zu spät zu kommen, keine Veranlassung. Nicht, wenn einen am nächsten Tag schon im Morgengrauen Pflichten erwarteten. Hallie, strahlend in einem neuen grünen Kleid, begrüßte sie in der Diele und nahm ihnen die Mäntel ab. Während weiterhin Leute in ihren Kutschen und Automobilen vorfuhren, schickte sie die Gäste ins Wohnzimmer weiter, wo Lily Position bezogen hatte, um ihnen Eierflip oder Punsch anzubieten, und sie sodann aufforderte, ihren mitgebrachten Baumschmuck aufzuhängen. Oren schnitt Schinken und Truthahn für die Sandwiches des Büfetts auf, das im Esszimmer aufgebaut worden war. Ian pendelte zwischen den beiden Zimmern hin und her und spielte auf seiner Geige leise sämtliche Weihnachtslieder, die er kannte.

Das Wohnzimmer war voller lachender, plaudernder Leute aus der Stadt. Bald strahlte der Baum mit gedrehten Glaskugeln, Engeln aus gehämmertem Blech, Messinghörnern, Zuckerstangen, Lebkuchenmännern und winzigen Strohkörbchen, die mit Stechpalmenbeeren und Misteln gefüllt waren. Lilys Familie war gekommen – ihre Eltern und ihre Brüder mit ihren Frauen – ebenso Reverend Higgins, der ganze Stadtrat und der neue Bankdirektor.

Irgendwann floh Lily unter dem Vorwand, das Büfett aufzufüllen, in die Küche, wo sie ihren Mund von dem gezwungenen Lächeln ein wenig entspannen konnte. Auf dem Weg dorthin nahm sie ein halbes Dutzend Komplimente entgegen, wie schön die Party doch sei. War sie das? Zum Glück war niemand in der Küche. Sie dachte kurz daran, auf die hintere Veranda hinauszutreten, um nachzusehen, ob die Männer dort einen Krug herumgehen ließen. Sie überlegte es sich aber anders, als sie an das letzte Mal dachte. Stattdessen steckte sie sich eine herausgerutschte Locke hinter das Ohr und wollte in die kühle Vorratskammer gehen, um noch einen Laib Brot zu holen. Sie blieb jedoch wie angewurzelt stehen, als sie bemerkte, dass sich in dem unbeleuchteten Raum ein Paar befand. An ihren Silhouetten erkannte sie, dass sie nahe beieinander standen und die Köpfe zusammensteckten und entweder in eine heimliche Umarmung oder einen diskreten Streit vertieft waren. Sie lauschte dem leisen Gemurmel einer Männerstimme. Sie versuchte, seine geflüsterten Worte zu verstehen, obwohl sie wusste, dass sich das nicht gehörte. Er schien Fragen zu stellen und sie sich gleich selbst zu beantworten:

– Hat sie danach gefragt?
– Nichts macht sie glücklich.
– Nicht jeder ist gut im Teilen.
– Einfach abwarten?
– Wir gehen lieber zurück.

Bevor Lily Zeit hatte, sich ans andere Ende der Küche zurückzuziehen, tauchte der Mann aus der Dunkelheit auf – Oren.

»Oren«, sagte sie. »Ich hab gerade nach dir gesucht.«

»So?«, fragte er, offensichtlich verlegen. Er nahm sie in die Arme und gab ihr einen Kuss auf die Stirn. Sie konnte in seinem Atem Kornschnaps riechen. Der Krug hatte also tatsächlich die Runde gemacht. »Ich hab mich versteckt«, sagte er. »Ich hab eine Minute für mich gebraucht. Was möchtest du?«

»Noch ein Brot«, antwortete sie. »Ist noch welches drin?«

»Nein«, erklärte er. »Die Kammer ist völlig leer geräumt.«

Sie standen da, schauten einander an und wussten nicht, was sie als Nächstes sagen sollten.

Plötzlich tauchte Ian aus der Dunkelheit auf, einen Laib Brot in der Hand.

Oren schnappte ihn sich. »Ich schaue besser mal nach, was noch an Schinken übrig ist«, murmelte er und ging in Richtung Esszimmer davon.

Ian grinste. Lily erkannte an seinem glasigen Blick, dass auch er ein paar Schlückchen getrunken hatte. Eine Woge der Erleichterung überkam sie. Sie missgönnte den Zwillingen ihre Augenblicke zu zweit nicht, vor allem dann nicht, wenn Ian sich über Hallie zu beklagen hatte.

Sie hatten einen so großen Teil ihres Lebens miteinander verbracht – hatten zusammen Laufen, Sprechen und Arbeiten gelernt, hatten Seite an Seite gearbeitet, nachts nebeneinander im Bett gelegen, und inzwischen blieben ihnen nur noch wenige Augenblicke zu zweit.

»Was hast du in deiner Tasche?«, fragte Lily und deutete auf die Ausbeulung vorn in seiner guten Hose.

Ian zog einen Baumschmuck heraus, einen Weidenkorb, gefüllt mit Misteln. Er hob ihn über Lilys Kopf und beugte sich hinunter, um ihr einen Kuss zu geben. Aber bevor seine Lippen die ihren berührten, hörten beide das Quietschen der Küchentür. Lilys Vater kam in den Raum gestolpert.

»Daddy!«, rief Lily. »Du hast ja auch vom Krug getrunken! Ich habe Ian gerade ausgeschimpft, weil er hinter dem Rücken seiner frisch Angetrauten daran genippt hat.«

Lilys Vater grinste verlegen und kratzte sich hinter dem Ohr.

»Ich hab nach euch beiden gesucht«, sagte er. »Wo zum Teufel bleibt die Geigenmusik?«

»Die hab ich wohl glatt vergessen«, antwortete Ian.

»Ich rede nicht von den Kirchenliedern, die du vorhin gespielt hast«, sagte ihr Vater. »Ich rede von einem Reel oder zwei, bevor ich vor lauter Höflichkeit noch einschlafe.«

»Ich geh und hole meine Sachen«, sagte Lily, froh über diesen Vorwand zur Flucht. Aber ein Gedanke schoss ihr noch durch den Kopf, als sie ihre Geige holte: Was, wenn es nicht Ian gewesen war, der sich über Hallie beklagt hatte? Was, wenn gar nicht Ian geredet hatte – sondern

Oren? Wenn man mit den beiden nicht im gleichen Zimmer war, konnte man ihre Stimmen kaum auseinander halten.

Aber es sollte keinen Tanz geben, jedenfalls nicht bei dieser Party. Sobald ein paar Männer im Wohnzimmer die Möbel zurückschoben und anfingen, den Teppich aufzurollen, trat Hallie vor und sagte, sie hätte ja selbst nichts gegen ein Tänzchen, aber es sei inzwischen doch recht spät geworden. Die Frauen nickten alle zustimmend und schnappten sich ihre Männer. Man musste an die Abendpflichten im Stall denken, an das Melken am Morgen. Mäntel wurden geholt, Kutschen fuhren vor. Niemand konnte sich daran erinnern, seit langem eine schönere Zusammenkunft erlebt zu haben. Warum trafen sie sich denn nicht öfter? Bevor es Lily richtig begriff, war die Party auch schon vorüber.

Um Neujahr herum erhielt Lily einen Brief vom Stadtrat. Lilys Ersatz in der Bücherei hatte sich als weniger geeignet erwiesen als gedacht. Die Herren vom Rat waren, wenn man es genauer betrachtete, in der Beurteilung von Lilys Leistung wohl etwas voreilig gewesen – moderne Zeiten verlangten zweifelsohne auch eine moderne Handhabung der Öffnungszeiten. Ob Lily es möglicherweise in Betracht ziehen würde, sich noch einmal für ihre alte Stelle zu bewerben? Ein paar Wochen lang tat Lily so, als schwanke sie noch, dann nahm sie an. Sie vermisste ihre Arbeit. Rund ums Haus gab es für sie und Hallie nicht genug zu tun. Hallies ständige Aufzählungen all der Arbeiten, die sie zu erledigen hatte, der Kleider, die sie sich nähen würde, ihre Schwärmerei von dem Haus, das ihr

Ehemann ihr bauen würde, sobald er endlich einmal ein bisschen Zeit hätte, gingen Lily allmählich auf die Nerven. Warum hatte sie sich nicht schon früher, bevor sie verheiratet war und jeden Tag bei Hallie zu Mittag gegessen hatte, über diese endlosen Monologe aufgeregt? Lily fand die Aussicht, nicht den ganzen Tag mit Hallie verbringen zu müssen, unglaublich verlockend.

Im darauf folgenden Sommer, gleich nach dem ersten Heuschnitt, erlitt Hallies Mutter einen Schlaganfall. Sie hatte gerade draußen die Wäsche auf die Leine gehängt und war urplötzlich mit den Laken auf dem frischen Klee zusammengebrochen. Hallies Vater hatte sie erst gefunden, als er zum Mittagessen von den Feldern zurückkehrte. Der alte Doc Perry sagte, dass er da nicht viel tun könne. Das Leben der Bauern sei hart, und solche Dinge passierten nun einmal. Er war sich auch nicht sicher, ob ihr rechter Arm und die rechte Gesichtshälfte dauerhaft gelähmt bleiben würden. Das würde sich erst mit der Zeit herausstellen. Hallies Mutter würde jedoch das Bett hüten müssen, bis sie wieder zu Kräften kam. Hallie, ein Einzelkind, blieb nichts anderes übrig, als wieder zu ihren Eltern zu ziehen, um sich um sie zu kümmern.

Bevor sie The Knoll verließ, briet sie sowohl einen Schinken als auch einen Truthahn für die Sandwiches und backte vier Laib Brot sowie drei Kuchen. Sie wolle nicht, dass ihre Männer vom Fleisch fielen, wenn sie fort sei, sagte sie. Sie koche ihnen im Haus ihrer Eltern sehr gerne das Abendessen. Sie konnte ja Schmorbraten und Hähnchenpastete zubereiten, Tellergerichte, die später aufgewärmt werden konnten. Ian brauche nur auf dem Heimweg von der Arbeit kurz vorbeizuschauen. Ian sagte Hallie, dass sie mit ihrer Mutter schon genug Sorgen habe. Er habe zwanzig Jahre mit Orens Kochkunst überlebt, das könne er sicher auch noch ein paar Wochen länger.

Lily bemühte sich, nicht beleidigt zu sein. Keiner von ihnen hatte auch nur in Erwägung gezogen, dass sie das Kochen übernehmen könnte. Selbstverständlich konnte sie kochen, ihre Mutter hatte ihr sämtliche Grundkenntnisse beigebracht. Was sollte es also, wenn sie nicht so *gerne* kochte wie manche anderen Frauen? Aber sie hielt den Mund – bis zum Morgen von Hallies Abschied, das heißt, als Hallie versprach, pro Woche einmal morgens in The Knoll vorbeizukommen, um das Haus *ordentlich* zu putzen. In dem Augenblick, als Ians Auto vom Hof fuhr, brach Lily in Tränen aus. Oren lachte, als sie ihm den Grund eingestand. Er nahm sie in die Arme, hob sie an und drehte sie auf der vorderen Veranda herum. Das sei ein geringer Preis, meinte er, dass Hallie nur einmal pro Woche zur Kontrolle kam, wenn es sie doch für einen guten Monat fern hielt. Da lachten beide und tanzten ein wenig herum. Oren schlug vor, noch eine Kanne Kaffee aufzubrühen. Lily folgte ihm in die Küche und fühlte sich schon besser. Es war tatsächlich ein sehr geringer Preis.

Etwa eine Stunde später kehrte Ian zurück. »Und, was machen wir heute?«, fragte er grinsend.

»Wir machen, dass wir mit dem Rest dieser Veranda vom alten Morgan fertig werden«, antwortete Oren. »Und wir sollten zusehen, dass wir uns allmählich in Bewegung setzen. Er wird sich schon fragen, wo wir bleiben.«

»Nie im Leben!«, protestierte Ian. »Es ist ein so schöner Tag! Den werden wir doch nicht damit verbringen, uns ständig von diesem alten Morgan, der einen so ekligen Mundgeruch hat, antreiben zu lassen. Und Lily wird sich heute nicht in dieser staubigen, alten Bücherei einschließen. Heute machen wir uns einen schönen Tag, verdammt.«

Lily war natürlich anderer Meinung. Sie hatte schon genug Schwierigkeiten mit dem Stadtrat gehabt, weil sie außerplanmäßig zugeschlossen hatte. Aber man musste ihr mildernde Umstände zubilligen: Weil es Hallies Mutter so schlecht ging, *musste* die Familie doch enger zusammenrücken. Das würde jeder verstehen – ganz gewiss. Und außerdem waren Ian und Oren so guter Stimmung, es war so lange her, dass sie drei zusammen Spaß gehabt hatten, es war so ein schöner Tag.

Lily packte ein Picknick zusammen, richtete mit Hallies Schinken Sandwiches her. Sie kochte Eier und machte Kartoffelsalat. Außerdem legte sie ein paar reife Tomaten in den Korb. Sie machte sich nicht die Mühe, eine Pastete einzupacken. Unterdessen sattelten die Zwillinge die Pferde. Oren schnallte den Picknickkorb, eine alte Decke, das Dreiecksschach und die beiden Geigenkästen hinter die Sättel. Ian ging in den Keller und tauchte triumphierend mit zwei staubbedeckten Flaschen Claret wieder auf. Jeder trank auf der Veranda noch eine Tasse Kaffee. Dann brachen sie zu einem schönen, langen Ritt auf.

»Wohin soll's denn gehen?«, fragte Ian. »Führt mich irgendwohin, wo ich noch nie war.«

»Ich weiß einen Ort«, sagte Oren. »Folgt mir.«

Oren führte sie über die Peacham Farm Road und hinauf in den Wald, der die Willard Farm begrenzte. Lily entspannte sich beim Reiten. Oren nahm den alten Viehpfad, der parallel zur Straße verlief, und vermied es damit, in die Nähe der Stadt zu kommen. Lily ließ ihre Gedanken schweifen. Das Zinnoberrot des Färberbaums, das Schwefelgelb des Wassers im Tümpel, der scharfe Geruch des Pferdeschweißes, das Gezänk der Krähen, das Zischen des Kiefernsafts auf dem Waldboden. Ihre deutlichsten Erinnerungen hatte sie stets an den Sommer. Sie hatte die Zwillinge im Sommer kennen gelernt. Die Kindheit war für sie in diesen drei Monaten eingeschlossen – wie sie beobachtet, wie Buster Oren über den Zaun der Koppel wirft, wie sie im Obstgarten ihrer Eltern ein Baumhaus bauen, wie sie die Zwillinge auf diesem Pfad, nur in die andere Richtung, zum Badeweiher führt. Warum hatte sie sich nicht die Mühe gemacht, Erinnerungen an die Winter ihrer Kindheit zu speichern? Sie konnte sich an keinen einzigen Geburtstag, kein Thanksgiving oder Weihnachten erinnern.

Ihr wurde klar, wohin Oren sie führte: zum verlassenen Friedhof. Als sie abstiegen und abluden, erzählte Oren Ian die Geschichte. Das war geheiligter Indianergrund. Früher lag Cabot Fields gleich jenseits des Hügels. Die Abenaki brannten es immer wieder nieder, bis die Bewohner ihre Stadt schließlich verlegten. Sie konnten ihre Decke hier auf dem Moos ausbreiten, sagte er, und auf den Gräbern ihrer Vorfahren, sowohl der roten wie der weißen, Picknick machen. Er erklärte ihm die Sache mit den Glöckchen, die noch immer zwischen den Grabsteinen bimmelten. Er erinnerte sich an alles. Kein einziges Detail ließ er aus – mit Ausnahme der Tatsache, dass er Lily hier seinen Heiratsantrag gemacht hatte.

Sie entkorkten eine Weinflasche und fingen eine Partie Dreiecksschach an. Sie tranken und spielten. Die erste Partie schien endlos zu dauern. Sie waren alle außer Übung. Als die Flasche geleert war, legten sie sich auf den Rücken und lauschten, ob irgendwo Glöckchen bimmelten. Es ging kein Windhauch. Genau genommen war es in den Wäldern um sie herum viel zu still, kein einziges Tier war zu hören. Lily spähte durch die Birken nach oben. Gewitterwolken brauten sich allmählich in dem Dunst zusammen. Kurze Zeit später fingen die Blätter über ihnen zu rascheln an. Dann begannen die Zweige, sich zu wiegen. Sie setzte sich auf und streckte die Hand aus. Sie spürte einen Regentropfen, dann einen zweiten. Das Picknick sei beendet, erklärte sie. Oren beharrte darauf, dass es nur Kiefernsaft sei, der da herunterkam, aber die Pferde hatten angefangen, mit den Hufen zu stampfen und die Augen zu rollen. Das ferne Donnergrollen. Alle rappelten sich auf und packten eilig zusammen. Lily verstaute den Rest ihres Picknicks in dem Korb, Oren zerlegte das Schachbrett, Ian rollte die beiden Geigenkästen in die Decke. Die ersten Blitze sahen sie, als sie gerade aufgesessen waren. Lily schlug vor, die Straße zu nehmen. So würden sie doppelt so schnell zu Hause sein. Zwar fürchtete sie den Klatsch, den das hervorrufen konnte, aber sie wollte nicht, dass die Geigen Schaden nahmen.

Die Himmelsschleusen öffneten sich, als sie gerade den Stadtrand erreicht hatten. Oren, der auf der jüngeren Stute ritt, trieb sie mit der Gerte zum leichten Galopp an. Ians ältere Stute und Lilys Hengst stoben unaufgefordert hinter Oren her. Lily war es furchtbar peinlich, als sie durch die Hauptstraße jagten. Zum Glück schien Cabot Fields völlig verlassen zu sein. Die Bewohner waren so vernünftig gewesen, sich vor dem Unwetter in Sicherheit zu bringen. Der Regen prasselte auf Lily herab und brannte ihr in den Augen. Ringsherum schienen Blitze aufzuleuchten. Ein besonders naher Donnerschlag erschreckte ihren Hengst, sodass er in vollen Galopp ausbrach. Er überholte Orens Stute und bedeckte Ians Pferd mit Schlammspritzern. Erst als der Hengst in ihren Hof einbog, wurde Lily klar, dass sie lachte. Sie hatte den ganzen wilden Ritt nach Hause wie eine Verrückte gelacht.

Die Zwillinge waren ebenso ausgelassen, als sie einen Augenblick später auf der Koppel auftauchten. Inzwischen war das Gewitter weitergezogen, aber sie waren alle nass bis auf die Haut und schmutzbespritzt. Lily fing wieder zu lachen an. Die Zwillinge stimmten fröstelnd und tropfend ein. Sie sattelten die Pferde ab und ließen sie laufen. Dann gingen sie kichernd ins Haus. Oren zündete im Wohnzimmer den Kamin an, sie zogen sich alle bis auf die Unterwäsche aus und hängten ihre nassen Kleider über Lampenschirme und Stuhllehnen, einfach über alles, was sich gerade anbot. Ian untersuchte die Geigen – sie waren unversehrt –, während Lily eine trockene Decke vor dem Kamin ausbreitete. Oren entkorkte die zweite Flasche Wein, und sie setzten ihr Picknick ungefähr an dem Punkt fort, an dem sie es abgebrochen hatten, und debattierten, wo welche Schachfiguren standen, als das Gewitter sie aufgeschreckt hatte. Es war herrlich verrückt, dieses knisternde Feuer mitten in der Sommerhitze, während alle Fenster weit aufgerissen waren. Die Sonne ging unter, und Lily zündete Kerzen an. Bald klebten

Motten an den Fensterscheiben, Dutzende grüner, vom Licht angelockter Nachtfalter. Sie waren unheimlich und schön vor dem rosa- und orangegefärbten Himmel im Hintergrund. Sie erinnerten sie an irgendetwas. Nach einer weiteren Flasche Wein aus dem Keller wurde Lily schläfrig. In einer Minute hatte sie noch Ian zugehört, wie er Walzer spielte, und die Motten betrachtet, in der nächsten träumte sie schon.

Januar. Bitterkalt. Sie erwacht aus einem unruhigen Schlaf. Die weiß getünchten Wände ihres Schlafzimmers leuchten in einem unheimlichen Rosa, das Zimmer glüht wie das Innere eines Ohres. Gefahr. Gefährlich beißender Geruch von Rauch. Sie springt aus dem Bett. Rosa Spitzenvorhänge flattern. Sie geht in Richtung Fenster. Flammen. Flammen, die wie Diamanten in den eisbedeckten Scheiben gefangen sind. Nein, echte Flammen. Das Dach des Pferdestalls sprüht Millionen von Funken, Funken, die herumwirbeln und sich mit den eisigen Sternen oben am Himmel vermischen.

Lily schreckte aus ihrem Traum hoch. Hallie, mit zerzausten Haaren und tropfnass, hob sich in der Wohnzimmertür gegen das Licht ab. »Was geht hier vor?«, schrie Hallie, die Hände in die Hüften gestemmt. Lily blinzelte. Sie schaute sich um und versuchte, sich in ihrer Umgebung wenigstens insoweit zu orientieren, um Hallie antworten zu können. Inzwischen war es im Wohnzimmer dunkel geworden. Das Feuer war erloschen, die Kerzen heruntergebrannt. Schachfiguren und schmutzige Teller, leere Weingläser und feuchte Kleider säumten den Rand der Decke. Wein, Musik und Gesang. Zu viel Wein. Sie waren auf der Decke eingeschlafen. Oren hatte sich hinter ihr zusammengerollt, Ian hinter Oren. In tiefem, zufriedenem Schlaf.

»Was machst du denn so früh schon wieder hier?«, fragte Lily. Schlagartig wurde ihr klar, dass das weder die richtige Antwort noch die richtige Frage war.

Hallie machte auf dem Absatz kehrt, sodass sie Wassertropfen von sich schleuderte wie Funken. Sie konnten hören, wie sie durch die Diele stapfte und die Haustür zuknallte.

»Scheiße«, sagte Ian.

»Wir haben geschlafen«, erklärte Lily und kam endlich auf die richtige Antwort. Aber es war zu spät. Oren und Ian brauchten keine Erklärung.

Hallie hatte sie nicht durch die Stadt galoppieren sehen. Sie war bei der Bücherei vorbeigegangen, um ein Buch auszuleihen, das sie ihrer Mutter vorlesen könnte. Aber die Bücherei war fest verschlossen gewesen. Die alten Männer, die auf den Stufen warteten, hatten die Köpfe geschüttelt und gesagt, jetzt tue Lily es schon wieder. Da hatte sich Hallie Sorgen gemacht – dass oben in The Knoll etwas passiert sein könnte. Sie hatte darauf gewartet, dass Ian auf seinem Heimweg von der Arbeit vorbeikäme. Das hatte er nicht getan. Da hatte sie eine Nachbarin gebeten, nach ihrer Mutter zu sehen. Sie war gleich herausgekommen, zu Fuß, in diesem Regen.

Lily trank zusammen mit den Zwillingen am Küchentisch Kaffee, während Ian all dies erzählte. Er hatte, sobald er sich angezogen hatte und zu Hallie hinübergefahren war, versucht, ihr alles zu erklären. Hallie hatte von seinen Entschuldigungen nichts hören wollen. Ihre Augen seien durchaus in Ordnung, hatte sie gesagt. Sie hatte ihn nach Hause geschickt und sich geweigert, wieder zurückzukommen. Und sie würde überhaupt nicht mehr zurückkommen, solange nicht ein paar Dinge zwischen ihnen klargestellt seien.

»Was will sie?«, fragte Oren.

»Sie will ein eigenes Haus«, antwortete Ian.

»Wir sind den ganzen Herbst mit Aufträgen ausgebucht«, sagte Oren. »Jobs, durch die Geld hereinkommt. Wir können das nicht alles liegen lassen, nur um ihr ein Haus zu bauen.«

»Das habe ich ihr auch gesagt«, erklärte Ian. »Bis dahin will sie, dass wir dieses hier aufteilen. Eine kleine Küche für uns beide in unserer Hälfte bauen und die Zwischentüren verriegeln.«

»Sag ihr, sie soll sich zum Teufel scheren«, zischte Oren. »Das machen wir nicht.«

Lily fühlte sich schwach. Sie stand auf. Sie brauchte Luft. Sie schwankte aus der Küche. Oren rief ihr nach. Sie konnte nicht reden. Sie musste einfach hinaus. Sie stolperte im Dunkeln die Auffahrt hinunter. Sie wusste nicht, wohin sie ging, einfach nur weg. Sie überquerte die Peacham Farm Road und lief auf das Haus ihrer Eltern zu. Sie überlegte, ob sie ihre Mutter wecken, sie um Rat fragen sollte. Aber sie brachte es nicht über sich, noch einmal die Antworten auf ihre Fragen zu hören. *Wenn ihr vor aller Augen zeigt, was ihr treibt, das geht alle etwas an, und du kannst deinen Kopf darauf verwetten, dass die Stadt mit Vergnügen über euch zu Gericht sitzen wird.* Sie ging am Haus vorbei und gelangte schließlich in den Obstgarten dahinter. Beim Gehen verstauchte sie sich den Knöchel. Sie blieb unter dem Holzapfelbaum stehen, wo sie und die Zwillinge einst ein Baumhaus gebaut hatten. Davon war nur noch sehr wenig übrig: eine vermoderte Plattform, der Rahmen einer Wand mit einem Fenstersims und ein ausgefranstes Seil, das eine Schaukel sein sollte.

Sie hatte sich selbst immer so gesehen, als wünsche sie sich im Leben nur die einfachen Dinge. Als kleines Mädchen war es ihr eigenes Zimmer gewesen. Als ledige junge Frau war es ein Beruf gewesen, der nicht tagein, tagaus aus Kochen, Putzen und Nähen bestand. Aber je mehr sie sich bemühte, ein einfaches Leben zu führen, umso mehr verkomplizierte sie alles – sie hatte einen Heimatlosen geheiratet, hatte einen Zwilling geheiratet und seinen Zwillingsbruder mit der besten Freundin verkuppelt. Und warum machte sie das Ganze vor den Augen aller ständig noch komplizierter? Warum tanzte sie nackt um ein imaginäres Feuer herum, warum tanzte sie mit ihrem Mann und dessen Bruder gleichzeitig Walzer, warum schlief sie mit ihrem Mann und dessen Bruder? Wollte sie denn gar nicht glücklich sein?

Sie blickte auf. Die Wolken lichteten sich. Sie konnte die Sterne sehen. Sie wusste nicht, ob sie es noch einmal aushalten würde, wenn sich die Stadt wieder gegen sie wendete. Die kalten Schultern, die abgewandten Blicke. Sie hatte nie woanders gelebt. Sie war praktisch nie irgendwo anders gewesen, nur einmal in Boston, damals, als sie Ian vom Militärkrankenhaus abgeholt hatten. Sie machte kehrt, um nach Hause zu gehen, und beschloss, in Zukunft nur noch Dinge zu tun, die sie glücklich machen würden.

Oren wartete im Bett auf sie, schrieb in sein Büchlein.

»Wo warst du denn?«, fragte er. »Ich bin beinahe verrückt geworden vor Sorge.«

»Hab nachgedacht«, sagte Lily und fing an, sich auszuziehen. Sie war müde, sehr, sehr müde.

»Ich auch«, sagte er. »Ich hab die Nase gründlich voll davon, dass Hallie uns dauernd herumkommandiert, uns sagt, was wir zu tun haben, ständig ihren Willen durchsetzen muss. Das ist unser Haus, nicht ihres und …«

»Aber ich will es auch.«

»Was?«

»Ich will, dass wir wie normale Leute leben.«

»Was meinst du denn damit?«

»Teilt das Haus auf, zumindest, bis ihr Zeit habt, ihnen ein eigenes zu bauen. Verriegelt sämtliche Türen. Wir werden den Vordereingang benutzen, sie können den Hintereingang nehmen. Und sie können im Wohnwagen kochen, bis ihr ihnen eine Küche eingebaut habt.«

»Ich kann das Haus nicht einfach aufteilen. Dafür ist es nicht gebaut.«

»Bitte, Oren«, sagte Lily. »Wenn du mich liebst, wenn du mich noch ein bisschen liebst, dann mach es einfach, ohne herumzudiskutieren.«

Dann drehte sie sich in ihrem einfachen Baumwollnachthemd zu ihm. Sie zwang sich, ihm direkt in die Augen zu sehen. Sie schaute ihn an, bis sie ein leichtes Flackern in seinen Pupillen bemerkte. Er verstaute sein Buch im Nachttischchen und löschte das Licht. Sie kroch neben ihn in das Bett. Er hatte ihr den Rücken zugekehrt. Sie hielt ihn im Dunkeln fest. Es war ihres Wissens das erste Mal, dass sie diejenige war, die ihn festhielt.

Die Türen wurden also verriegelt, die hintere Treppe zugemacht, der Wohnwagen wurde aus der Stadt geholt und auf Hallies und Ians Seite des Hauses abgestellt. Oren weigerte sich, mit Lily zu sprechen. Wochenlang wechselten sie kein Wort miteinander. Hallie kümmerte sich weiter im Haus ihrer Eltern um ihre Mutter. Sie redete allerdings eine Menge und zerstreute sämtliche Zweifel über den wilden Ritt durch die Stadt. Laut ihrer Aussage hatten die drei sie bei ihrer Mutter besucht. Lily war plötzlich eingefallen, dass sie einen Kochtopf auf dem Herd und diesen angelassen hatte. Sie waren in Panik in Richtung The Knoll aufgebrochen. Die Küche sei tatsächlich in Brand geraten, aber Gott sei Dank habe der Regen verhindert, dass sich das Feuer ausbreitete, bevor sie ankamen und es löschen konnten. Es sei insgesamt kein großer Schaden entstanden – man konnte es von draußen nicht einmal sehen –, und die Zwillinge würden, bis sie wieder nach Hause käme, alles repariert haben.

Aber Hallie stellte noch eine weitere Forderung, bevor sie bereit war, wieder in das aufgeteilte Haus zurückzukehren: Dass sie in Zukunft zu viert am Sonntag in die Messe gingen. Sie wünschte sich eine Gelegenheit, mit den Nachbarn über das neue Haus zu reden, das Ian ihr in Erwartung des Klapperstorchs, der ihnen im nächsten Jahr sicher einen Besuch abstattete, bauen würde.

Und so saß Lily Woche für Woche in der vordersten Bankreihe der First Congregational Church von Cabot Fields. Die ganze Stunde über spürte sie zwei Riesenhände, die sie am Hals packten und würgten. Die Hand Gottes, würde Lilys Mutter behaupten, ein sicheres Zeichen, dass Lily ihr Gewissen erforschen und sich ändern müsse.

Als Kind hatte Lily oft versucht, dem Beispiel ihrer Mutter zu folgen, den Kopf zu senken, die Augen zuzukneifen und ihre vielen schlechten Angewohnheiten aufzuzählen: Schwindeleien, Herrschsucht, Faulheit bei ihren Pflichten – ihre Phantasievorstellungen. Aber ihre Gedanken waren dann immer von der Gewissenserforschung hin zu der Frage gewandert, was sie wohl zu ihrem nächsten Geburtstag kriegen würde. Sie hatte den vernünftigeren Weg gewählt, nämlich Orte zu meiden, an denen sie IHM begegnen konnte.

Jetzt bemühte sie sich, Hallie eine Freude zu machen.

Hallie bestand darauf, links neben Lily zu sitzen – der Inbegriff von sich wohl gesonnenen Schwägerinnen –, den Arm in Ians eingehängt, sich an seinen Ärmel klammernd. Lily überwand die aufkommenden Wogen der Übelkeit, indem sie den Kopf senkte und die Augen schloss, als bete sie. Aber sie betete nicht. Sie zählte. Zählte die Tage zurück, wünschte, sie würden zu irgendeinem Abend führen, an dem Oren und sie sich geliebt hatten, während Ian und Hallie in die Oper ausgegangen waren. Aber das Zählen brachte sie häufig zu einem verrückten Nachmittag zurück, dem Nachmittag des Gewitters und des Feuers und der Nachtfalter. Denn Lily war sich inzwischen ziemlich sicher: Der Klapperstorch würde The Knoll tatsächlich im kommenden Jahr einen Besuch abstatten. Aber nicht auf Hallies Seite des Hauses.

6

Hat's schwer im Leben

[1927–1928]

Lily lag wach und wartete auf Faith. Schon wieder hatte sie geträumt, dass der Stall abbrennt, und so schnell würde sie wohl nicht wieder einschlafen können. Sie lauschte auf die Schritte ihrer Tochter. In der Regel kam Faith im ersten Morgengrauen durch die Diele getapst, um zu ihr ins Bett zu kriechen und zu kuscheln. Lily drehte sich um und seufzte. Sie wünschte sich, Faith wäre noch ein Baby und schliefe zwischen ihr und Oren. Aber Faith war inzwischen ein Mädchen von drei Jahren und hatte ihr eigenes Zimmer. Oren hatte ihr als Teil ihrer Abmachungen, um sie zum Umzug in Ians ehemaliges Zimmer zu bewegen, ein Bett in Form eines Elefanten gezimmert.

Lily lauschte den Geräuschen eines frühen Morgens im Frühling: dem Trällern der Wanderdrosseln, dem Quaken der Frösche, dem Schlagen der Zedernäste gegen das Fenster. Sie beobachtete, wie sich Orens Schultern hoben und senkten. Sie überlegte, ob sie ihn aufwecken und ihm von dem Traum erzählen sollte. Das könnte ihr helfen, ihn als Nichtigkeit abzutun, statt als Zeichen zu verstehen. Eigentlich konnte sie es nicht glauben, dass sie mit achtundzwanzig immer noch nach Zeichen und deren Folgen in der Natur suchte. Aber sie langte nicht zu ihm hinüber.

Sie wollte Trost, und sein waches Schweigen würde ihr auch nicht weiterhelfen.

Oren hatte seit Jahren nicht mehr mit ihr – oder mit Ian oder Hallie – gesprochen, nicht mehr, seit sie das Haus geteilt hatten. In letzter Zeit redete er überhaupt selten, mit Ausnahme von Gesprächen mit seinen Kunden oder Angestellten. Genau genommen war Faith die einzige Person, mit der er sich regelmäßig unterhielt. Mit ihrer Hilfe machte er Lily die meisten seiner Bedürfnisse klar. Faith teilte ihr beispielsweise mit, wenn Oren die Nägel für drei Penny ausgegangen waren, wenn einer seiner Arbeitsoveralls geflickt werden musste, wenn sie zu ihren Eltern zum Abendessen eingeladen waren.

Zunächst hatte Lily ihn angefleht, mit ihr zu reden. Dann hatte sie versucht, Feuer mit Feuer zu bekämpfen, und so hatten sie einen großen Teil von Lilys Schwangerschaft in absoluter Stille verbracht. Aber dann war Faith geboren worden, und Oren hatte die kleine Hand seiner Tochter gehalten und ihr in das winzige Ohr geflüstert, dass er sie über alles liebe. Und Lily hatte schließlich verstanden: Es lag nicht daran, dass Oren nicht mit ihr sprechen wollte, er konnte es einfach nicht – ähnlich wie bei Ians Kriegsneurose. Er konnte nicht sprechen, weil er vielleicht fürchtete, dass er nicht mehr würde aufhören können, dass all seine aufgestaute Wut heraussprudeln und er das aussprechen würde, was sie beide dachten: Nämlich dass Lily dadurch, dass sie Hallie gegenüber klein beigegeben hatte, ihr Leben zerstört hatte. Mit dieser Erkenntnis kam die Akzeptanz. Lily gestattete Oren zu schweigen. Sie fingen wieder an, Schach zu spielen – ganz gewöhnliches Schach. Hin und wieder liebten sie sich. Er war ihr gegenüber nie ausfallend, nie unaufmerksam. Sie verbrachten viel Zeit zu dritt miteinander, wahrscheinlich mehr als die meisten anderen Familien. Er redete halt nicht. Es war nie unangenehm – nur eben sehr, sehr still. Kurz gesagt, sie waren nicht unglücklich. Aber das war, wie sie wusste, nicht das Gleiche wie glücklich zu sein.

Die Tür ging quietschend auf, und Faith kam endlich auf Zehenspitzen herein. Sie umklammerte den alten gefleckten Kater, den Oren ihr als Baby geschenkt hatte. Der Kater war ein kampferprobtes, vernarbtes Tier, etwa halb so groß wie das Kind, aber er liebte es. Faith warf ihn auf das Bett. Lily hob die Decke, und beide, sowohl das kleine Mädchen als auch der Kater, krabbelten darunter.

»Sch«, flüsterte Faith dem Kater zu, der ganz laut schnurrte. »Du weckst Daddy noch auf.«

Lily kitzelte ihre Tochter am Bauch, bis sie sich wand und kicherte. Oren brachte sie beide zum Schweigen, indem er sich umdrehte und seinen langen Arm um sie legte. Der Kater schnurrte unter der Decke weiter. Lily spürte Orens zunehmende Erektion gegen ihren Hintern. Sie schmunzelte und schloss die Augen. Vielleicht würde sie jetzt schlafen können, und sei es nur für eine Stunde …

Als sie wieder aufwachte, war sie allein im Bett. Sie konnte riechen, dass Kaffee gemacht wurde. Es musste schon spät sein. Sie streckte sich genüsslich und fuhr mit den Zehen an Stellen herum, an denen die Laken kühl waren. Es war Ewigkeiten her, dass Oren sich selbst das Frühstück gemacht hatte – genau genommen seit Faiths Geburt nicht mehr. Ein Blick auf den Wecker sagte ihr, dass sie tatsächlich sehr spät dran war. Die alten Männer würden vor der Bücherei schon Schlange stehen und murren, wenn sie sich nicht beeilte. In letzter Zeit war sie stolz auf ihre Pünktlichkeit. Sie warf den Quilt zurück und sprang aus dem Bett. Doch statt Panik zu verspüren, fühlte sie sich so freudig erregt, als habe sie eben Sex gehabt. Sie sollte öfters ausschlafen.

»Morgen, du Schlafmütze«, begrüßte Faith sie in der Küche. »Daddy hat mir meinen Porridge gemacht.«

»Habt ihr mir was übrig gelassen?«, fragte Lily und gab ihr einen Kuss auf die Stirn.

»Daddy wollte mit dir zusammen essen«, erklärte Faith. »Ich geh und zieh mich allein an, weil ich jetzt schon ein großes Mädchen bin.«

»Das bist du wirklich«, sagte Lily. »Was ziehst du denn an?« Sie wusste nicht, ob sie enttäuscht sein sollte, weil sie dieses Morgenritual verpasste, oder erfreut darüber, allein mit ihrem Mann frühstücken zu können.

»Du wirst schon sehen«, sagte Faith. »Vielleicht überrasche ich dich.« Damit stolzierte sie aus der Küche und kletterte die Treppe hinauf.

Oren stellte zwei Schalen mit dampfendem Porridge auf den Tisch. Er goss Lily eine Tasse Kaffee ein und schenkte sich selbst nach. Sie aßen wie gewöhnlich schweigend, aber die Stille war warm und verschlafen, nicht kalt und hellwach. Lily nippte an ihrem Kaffee und lauschte den Geräuschen nebenan. Normalerweise war sie so damit beschäftigt, Eier zu verrühren und Faith anzuziehen, dass sie Ian und Hallie gar nicht hörte. Häufig vergaß sie einfach, dass auch die beiden aufstanden, frühstückten und ihr Leben auf der anderen Seite der Wand lebten.

Die Beziehungen zu ihnen waren so gut wie abgebrochen – insbesondere, nachdem Ian die Firma Pritchard verlassen hatte. Er hatte beschlossen, stattdessen eine Stallung aufzumachen, falls Oren ihm erlauben würde, mit seinem Geschäftsanteil die Pferde und den Stall zu kaufen. Oren hatte keine Einwände dagegen erhoben, und Ian verdiente sich inzwischen mit den Pferden seinen Lebensunterhalt: Er gab Reitstunden, verlieh den Deckhengst, verkaufte Sattel- und Zaumzeug und nahm von Nachbarn, die sich nicht selbst um ihre Tiere kümmern konnten, Pferde in Pflege. Hallie pflanzte ihren eigenen Gemüsegarten und Rosenbüsche an. Lily zog ihr eigenes Gemüse und spannte ihre eigene Wäscheleine. Inzwischen mähte Ian den Rasen hinten, und Oren stutzte die Hecken vorn. Ian strich den Stall, Oren das Haus. Im Laufe der Zeit hatten die beiden Paare so sehr den Wunsch entwickelt, sich aus dem Weg zu gehen, dass sie einander selten sahen und ihr Alltagsleben in synkopischem Rhythmus führten.

Mit Ausnahme des Kirchgangs am Sonntag. Noch immer wahrten sie den äußeren Schein.

Auf der anderen Seite der Wand war plötzlich ein Aufschrei, dann Gelächter zu hören. Herumgestampfe, als führten Knechte einen Tanz auf. Lily zog über ihrem Kaffeebecher eine Augenbraue hoch. Oren zuckte desinteressiert mit den Achseln. Just in diesem Moment zog Faith, die in der ersten Aufmachung ihrer Karriere als großes Mädchen in die Küche kam, die Aufmerksamkeit der beiden auf sich: Latzhose, eine rosa Bluse und ein verdrehtes rotes Band im Haar. »Und, was sagst du dazu?«, fragte sie und stemmte die Hände in die Hüften, so wie es Lily häufig tat.

»Du siehst wunderschön aus«, sagte Lily. Und sie meinte es ehrlich.

Bald war es für Oren Zeit, zur Arbeit zu gehen. Lily packte ihm ein Vesperbrot ein und schob ihn zur Tür hinaus. Noch selten hatte er so viel zu tun gehabt, auch ohne Ian. Inzwischen waren Lilys jüngere Brüder bei ihm fest angestellt. Die neuen Gebrüder Pritchard. Sie arbeiteten noch immer in zwei Mannschaften, sie waren nicht unglücklich. Bald war es für sie und Faith Zeit, die kurvenreiche Auffahrt zur Peacham Farm Road hinunterzugehen. An der Haustür fand Lily einen unadressierten Umschlag. Hallie. Es musste irgendetwas an den Wasserrohren kaputt oder ein Loch im Dach sein – eine Reparatur, die nicht getrennt vorgenommen werden konnte. War das der Grund für den ganzen Krach vorhin gewesen? Sie steckte sich den Umschlag in die Manteltasche. Der Morgen war zu schön, um ihn sich mit einer von Hallies knappen Mitteilungen zu verderben. Fliederduft in der Luft. Sie blieben wie jeden Morgen stehen, um Ians Pferden Zuckerstückchen zu geben. Als sie schließlich am Briefkasten ankamen, beugte sich Lily hinunter und nahm ihre Tochter in die Arme.

»Sag Großmama, dass ich heute ein bisschen später komme«, sagte sie. »Ich muss im Laden noch ein paar Lebensmittel einkaufen.«

»Sei brav«, sagte Faith.

»Nein, sei du brav«, antwortete Lily. Sie tat so, als ginge sie nach rechts in Richtung Stadt. Aber sie blieb nach ein paar Schritten stehen, um zu beobachten, wie Faith die Straße überquerte und die Kieselauffahrt zum Haus ihrer Großmutter hinaufhüpfte. Wie ein ganz normales kleines Mädchen, dachte Lily, das den Tag bei seiner Großmutter verbringt, während die Mutter in der städtischen Bücherei arbeitet. Jeder würde denken, es käme aus einer absolut normalen Familie. Und dennoch. Und dennoch wechselten die Eltern von Faith in ihrer Anwesenheit nie auch nur ein einziges Wort miteinander. Und dennoch hatte sie bisher immer nur die eine Hälfte ihres Hauses von innen gesehen, eines Hauses voller verschlossener Türen zu geheimnisvollen Zimmern, die von Fremden bewohnt wurden. Und dennoch fütterte sie jeden Morgen die Pferde ihres Onkels, saß in der Kirche auf dem Schoß ihrer Tante. Lily fürchtete sich vor dem Tag, an dem Faith in die Schule kommen würde. Mit einem Schlag würde ihr die Wahrheit bewusst werden: Nämlich dass in ihrem Leben eigentlich sehr wenig normal war.

Lily schloss die Bücherei auf und zog die Jalousien hoch. Sie legte im Hinterzimmer ihr Vesperbrot auf den Tisch und füllte den Wasserkessel für eine Tasse Tee. Dann fing sie an, die Bücher, die nach der Schließung durch den Türschlitz eingeworfen worden waren, wieder in die Regale zu stellen. Sie hatte ihren Beruf früher immer geliebt. Inzwischen kam ihr jeder Tag in der Bibliothek, in dem beengten Irrgarten aus Bücherregalen, endlos vor. Bücher einsortieren, Mahnungen abschicken, den alten Männern helfen, noch mehr Titel über Bürgerkriegsschlachten ausfindig zu machen, im Stadtpark ein Sandwich essen, Kindern bei ihren Buchbeschreibungen helfen, gelegentlich für einen Farmer, der weder lesen noch schreiben konnte, einen Brief verfassen. Sie hasste es, so viele Stunden von Faith getrennt zu sein. Und sie machte sich zwanghaft Sorgen, welches Weltbild ihrer Tochter wohl von ihrer Großmutter eingetrichtert werden würde: Was kleine Mädchen zu tun hatten und was nicht. Sie hatte den Stadtrat kurz nach der Geburt von Faith gebeten, sich nach einer anderen Bibliothekarin umzusehen. In fast vier Jahren hatte es keine einzige Kandidatin geschafft, zu einem Vorstellungsgespräch eingeladen zu werden. Die Stadt wolle nicht irgendeine x-beliebige mit dieser Position betrauen, wurde ihr mitgeteilt, wann immer sie sich danach erkundigte. Man denke nur an das letzte Mal. Die Stadt wollte, dass alles so bliebe, wie es war.

Eine halbe Stunde vor Schließung fiel Lily plötzlich Hallies Brief ein. Sie zog den Umschlag aus ihrer Tasche und riss ihn auf. Das geschwungene Bild von Hallies Handschrift ließ sie sogleich erschaudern. Sie überflog die Notiz, las sie dann nochmal und ließ den Text auf sich wirken.

> Wir ziehen aus. Dein Bruder verkauft uns ein kleines Stück Land auf der anderen Straßenseite. Wir haben uns aus dem Katalog von Sears, Roebuck & Co. ein hübsches kleines Haus bestellt. Es müsste Ende des Monats per Eisenbahn geliefert werden. Wir haben natürlich vor, den Stall weiterzuführen. Gebt uns Bescheid, falls das ein Problem sein sollte.
> H. B. P.

Lily steckte den Brief wieder in ihre Manteltasche. Luft. Würde sie die letzten zwanzig Minuten bis zur Schließung durchhalten ohne loszuschreien? Sie musste sich unbedingt ablenken. Sie ging ins Magazin, um für Oren eine neues Buch herauszusuchen. Konzentriere dich darauf. Oren hatte sich in seinem Schweigen zu einem besessenen Leser entwickelt, blieb abends bis spät auf und verschlang im Schein der Lampe ein Buch nach dem anderen. Er mochte eigentlich alles, aber für klassische Architektur, den Nordstaatenstil und die Baukunst im Allgemeinen interessierte er sich ganz besonders. Er hatte schon sämtliche Bücher gelesen, die Lilys Bibliothek über diese Themen besaß. Sie wartete auf eine Sonderbestellung von der Bücherei in Montpelier. Langsam kroch der Minutenzeiger auf zwölf. Endlich war es fünf Uhr. Sie wählte zwei Biographien aus, eine über Bullfinch, die andere über Palladio. Die steckte sie in ihre Tasche und verkündete laut, dass die Bücherei jetzt geschlossen würde. Sie komplimentierte die alten Männer hinaus, knipste das Licht aus, schloss die Tür ab und machte sich auf den Weg zum Haus ihrer Mutter.

Gewöhnlich spielte Faith im Hof vor dem Haus ihrer Eltern zusammen mit der Tochter von Lilys Bruder. Diese war trotz Lilys eigenartiger Vision der Strangulierung ein Jahr vor Faith kerngesund auf die Welt gekommen, und die beiden waren inzwischen eng miteinander befreundet. Doch heute Abend war der Hof leer. Ein Hämmern lockte Lily in den Obstgarten hinter dem Haus. Eigentlich erwartete sie, dort ihren Vater beim Bau eines Bienenhauses anzutreffen. Sie war nicht darauf vorbereitet, Oren und Faith oben im alten Holzapfelbaum zu entdecken, die gerade dabei waren, die verwitterten Bodenbretter des einst nicht fertig gestellten Baumhauses zu entfernen.

Das Herz klopfte Lily bis zum Hals. An diesem Baum war etwas, etwas aus ihrer Kindheit, an das sie sich nicht mehr richtig erinnern konnte. Nicht etwa, dass das jetzt eine Rolle spielte. Jedenfalls sollte eine Dreijährige keine wackeligen Leitern hinaufsteigen.

Lily stellte ihre Einkaufstasche neben den Bienenstöcken ihres Vaters ab. Einen Augenblick war sie verwirrt – das Gesumme all der Insekten, ganze Schwärme waren da drin –, aber sie musste Faith unbedingt sagen, dass sie vorsichtig sein sollte. Sie legte die Hände als Trichter an den Mund. Doch bevor sie etwas rufen konnte, hörte sie ein Singen. Sie ließ die Hände sinken und lauschte. Orens Stimme, es war das erste Mal seit Ewigkeiten, dass sie sie hörte. Er brachte Faith den Text jenes alten Kinderliedes bei, das sie den Zwillingen einst vorgesungen hatte, als sie neun waren, und dann wieder an jenem Nachmittag der Schneeengel:

Mittwochskind weiß stets Bescheid,
Donnerstagskind wandert weit,
Freitagskind will Liebe geben,
Samstagskind hat's schwer im Leben

Lily ging näher heran. Dort, unter dem Baum, stand Orens Kinderwerkzeugkiste neben seiner richtigen. Faith schwang einen Miniaturhammer, es war derselbe, den Orens Vater ihm einst gemacht hatte. Sie war nicht in Gefahr. Sie war sicher und zweifelsohne wahnsinnig glücklich. Sie hatte das Baumhaus Anfang des Frühlings entdeckt und Oren beim Frühstück danach ausgefragt. Er hatte ihr erzählt, wie sie als Kinder zusammen angefangen hatten, es zu bauen. Faith fand es ungeheuerlich, dass sie ein solches Projekt einfach aufgegeben hatten, ohne es fertig zu stellen. Seitdem hatte sie ihm in den Ohren gelegen, er solle ihr helfen, es zu reparieren. Oren hatte sie vertröstet, ihr versprochen, es irgendwann zu machen, irgendwann, sobald er einmal weniger zu tun hätte. Offenkundig war heute irgendwann.

Faith erblickte Lily und winkte.

Lily winkte zurück. »Es ist bald Zeit, Feierabend zu machen, nicht wahr?«, sagte sie. »Ich weiß nicht, wie es euch geht, aber ich hab einen Bärenhunger.«

»Ich auch!«, rief Faith. »Ich hab schrecklich viel gearbeitet, stimmt's, Daddy?«

Oren schaute auf Lily hinunter und zwinkerte.

»Nun ja, dann frage ich mich, was Daddy wohl für uns kocht«, sagte Lily.

Wann sollte sie Oren von dem Brief in ihrer Tasche erzählen? Er hatte ein Recht, es zu erfahren. Sein Bruder zog aus. Sie hatte keine Ahnung, ob ihn das glücklich oder traurig oder wütend machen würde. Aber sie würde ihm den Brief nicht heute Abend zeigen. Oren würde für sie kochen, das wusste sie. Er hatte seit Jahren nicht mehr gekocht, nicht mehr, seit Hallie in The Knoll eingezogen war. Er würde eines seiner Hähnchengerichte zubereiten, obwohl es draußen warm war und sie beim Essen in der Küche vor Hitze schier umkommen würden. Vielleicht würde Oren auch eine Weinflasche entkorken, wieder etwas, was er seit Ewigkeiten nicht mehr getan hatte. Die Flasche würde mit Spinnweben bedeckt aus dem Keller kommen. Aber Wein verdirbt nicht. Es wäre ein gutes Gefühl, als habe er seine Kriegsneurose überwunden.

Falls nicht, dann würde es zumindest so sein wie in alten Zeiten. Heute war irgendwann. Da konnte der Brief ebenso gut bis morgen warten.

Auch am nächsten Tag zeigte Lily ihm den Brief nicht. Und am übernächsten auch nicht. Und dann war es bereits Sonntag. Sie würden wie üblich mit Hallie und Ian in die Kirche gehen müssen. Sicher würde man sich im Auto darüber unterhalten. Nach dem Frühstück ging sie also zu Oren hinüber, während er in seinen guten Anzug schlüpfte. Sie dachte sich, sie riskiere wenig, es hatte sich ja ohnehin bereits eine dunkle Wolke über seine gute Stimmung gelegt.

Es war das Äußerste, was jeder von ihnen ertragen konnte – diese wöchentliche Heuchelei, wenn sie neben Ian und Hallie vorn in der ersten Bankreihe saßen. Die vorbildliche Familie. Hallies Auftritt war besonders widerlich. Sie setzte einen Gesichtsausdruck frommer Gelassenheit auf, während sie Faith auf ihren Schoß lockte. Dann drückte sie Faith fest an sich, während sie mit einem inbrünstigen Flüstern ihre Gebete aufsagte, strich dem kleinen Mädchen gedankenverloren über das Haar, während sie der Predigt von Reverend Higgins lauschte, und küsste das Kind auf den Hinterkopf, sobald es Zeit war, Amen zu murmeln.

»Das solltest du lesen«, sagte Lily und drückte Oren den Brief in die Hand. Er erkannte die Handschrift und setzte sich auf die Bettkante nieder. Einen Augenblick später gab er den Brief zurück. Er machte sich daran, die Krawatte zu binden, allerdings standen ihm Tränen in den Augen. »Und, was machen wir?«, fragte Lily und hoffte, er würde eine Antwort parat haben. Oren zuckte mit den Achseln und ging aus dem Zimmer.

Ian war mit dem Auto bereits vorgefahren, als Lily, Oren und Faith auf die Vorderveranda traten. Hallie machte ihre Tür auf, und Faith hüpfte hinüber, um ihrer Tante auf den Schoß zu klettern. Hallie hatte angefangen, sie mit Pennys zu bestechen – einen Penny für die Hinfahrt, einen Penny dafür, dass sie während der Messe still auf ihrem Schoß saß, und einen Penny für die Rückfahrt. Faith hatte in ihrem Zimmer ein Glas stehen, das sich zusehends füllte. Sie plante, sich irgendwann ein eigenes Pony zu kaufen. Lily und Oren stiegen hinten ein. Aber erst, als sie beinahe in der Stadt waren, räusperte sich Hallie und fragte: »Ich nehme an, ihr habt meine Nachricht bekommen?«

»Haben wir«, antwortete Lily.

»Es ist Zeit.«

»Kein Grund zur Eile«, sagte Lily. Ihr fiel gerade nichts anderes ein.

»Es ist Zeit«, wiederholte Hallie. »Wir werden das Fertighaus in Gemeinschaftsarbeit aufstellen. Man muss sämtliche Teile zusammenfügen – das Haus wird ja in Einzelteilen geliefert. Wahrscheinlich werdet ihr auch kommen wollen. Um den Schein zu wahren.«

»Es ist ein schönes kleines Haus«, warf Ian ein. »Ich lass den Katalog auf der Veranda liegen, dann könnt ihr es euch anschauen.«

Einen Augenblick Schweigen.

»Wir können also beim Aufbau mit euch rechnen?«, wollte Hallie wissen.

»Ja, wir kommen«, antwortete Lily.

»Dann ist das also geregelt«, stellte Hallie fest.

Lily war sich nicht sicher, was geregelt war. Aber jeder Gedanke weiterzusprechen war aus ihrem Kopf wie weggeblasen, sobald sie vor der Kirche geparkt hatten und Hallie sich aus dem Auto hievte. Sie trug ein Umstandskleid.

Lily saß wie benommen in der Kirchenbank. Sie konnte nicht zu Hallie hinübersehen, aus Angst, ihre Blicke könnten sich treffen. Sie konnte nicht zu Oren hinübersehen, aus Angst, welche Gefühlsregungen sie auf seinem Gesicht entdecken würde. Stattdessen versuchte sie, sich dieses fertig gekaufte, teure Kleid zu erklären. Hallie wurde also im Gegensatz zur allgemein verbreiteten Meinung nicht etwa dick, weil sie ein so träges Leben führte. Sie war bereits im vierten oder fünften Monat. Dass sie von ihrem ersten Mann nie schwanger geworden war, war verständlich. Aber die Tatsache, dass sie jetzt schon mehrere Jahre mit Ian verheiratet war, ohne Kinder zu bekommen, hatte Lily – wie alle anderen auch – zu der Annahme verleitet, Hallie sei unfruchtbar.

Am Ende des Gottesdienstes, als es Zeit war, Freunde und Nachbarn wie üblich mit Handschlag zu begrüßen, wandte sich Hallie wie gewöhnlich Lily zu, um sie auf die Wange zu küssen. Lily musste zugeben, dass sie blendend aussah. Sie nahm Hallies Hand und murmelte Glückwünsche. Das hatte sie nicht geplant, es war eine spontane Regung. Hallie beugte sich vor und kam mit ihren Lippen ganz nah an Lilys Ohr heran. »Fahr zur Hölle!«, zischte sie. Dann drehte sie sich den Nachbarn in der Bankreihe hinter ihnen zu.

Danach blieb Lily hart. Sie zwang Faith, im Auto neben ihr und Oren auf dem Rücksitz Platz zu nehmen, da konnte das Kind noch so sehr heulen und betteln. Lily mochte gezwungen sein, jeden Sonntag zuzusehen, wie Hallies Bauch dicker und dicker und ihr Busen immer üppiger wurde. Sie mochte Hallies Selbstgefälligkeit und die falschen Küsse ertragen müssen. Aber jetzt zog sie, was ihre Tochter anbelangte, eine klare Grenze. Es würde keine weiteren Pennys mehr geben.

Ein paar Wochen später lag erneut ein Brief auf der Veranda. Das neue Haus von Hallie und Ian war am Bahnhof angekommen. Der Aufbau war auf den nächsten Samstag festgesetzt. Der Nachricht war ein Katalog von Sears, Roebuck & Co, *Honor-Bilt Modern Homes*, beigelegt. Lily blätterte ihn durch, während sie für Oren und Faith das Frühstück zubereitete. Er brüstete sich mit mehr als hundert Fertighäusern, Cottages und Garagen im »Bungalowstil«. Die Namen der Bausatzhäuser klangen alle ähnlich: Sumner, Savoy und Belmont; Hampton, Somerset und Wellington … Namen wie aus Mr. Pritchards vergilbter und abgenutzter Ausgabe von *Payne's Encyclopedia of Rural Residences*. Doch diese so genannten Bungalows hatten absolut keine Ähnlichkeit mit Paynes eleganten klassischen Entwürfen und ihrer symmetrischen Raumaufteilung.

Seite 37 war mit einem Eselsohr und einem großen roten Stern versehen: The Sheridan, Modell Nr. 3334. Eine niedrige zweistöckige Hütte mit übergroßen Dachvorsprüngen, winzigen Fenstern, einer großen Vorderveranda und keinerlei sonstiger Verzierung. Natürlich hatte Ian The Sheridan aus all den anderen ausgesucht, trotz seiner kleinen, kastenförmigen Zimmer und seines ungünstigen Grundrisses. Lily fragte sich, ob Ian Hallie wohl den wahren Grund eingestanden hatte. Sie lächelte grimmig. Wieder ein Geheimnis, das sie drei miteinander verband. Sie lehnte den Katalog gegen Orens Glas mit Orangensaft. Dann setzte sie sich auf seinen Stuhl und starrte darauf, sie vermisste Ian, sie vermisste das Zusammensein zu dritt, sie vermisste ihr Zuhause.

Lily, Oren und Faith waren unter den Ersten, die am Samstagmorgen am Bauplatz ankamen. Das war ihre Pflicht. Und ganz wie Lily es erwartet hatte, trudelten schon bald darauf die Bewohner der Stadt nacheinander ein. Das ganze Jahr war in Cabot Fields kein neues Haus gebaut worden. Und niemand hatte hier je von einem Haus gehört, das in Teilen auf Zugwaggons geliefert wurde. Die Männer brachten jeweils ihre Hämmer und Sägen mit, denn jeder wusste, welches sein bestes Werkzeug war, und hatte vor, es auch zu benutzen und gleichzeitig damit anzugeben. Die Frauen brachten für das Picknick zur Mittagszeit ihren besten Kartoffelsalat, ihren besten Eintopf oder Kuchen. Zunächst gab es nicht viel zu sehen oder zu tun. Jeder ging um das Fundament herum, das Ian nach der Anleitung des Ersten von Sears geschickten Handbuchs aus Beton gegossen hatte. Weil es sonst nichts zu tun gab, machten alle Komplimente über das Grundstück, das Lilys Bruder Ian verkauft hatte. Es sei ein schöner Bauplatz für ein Haus – nahe an der Straße, nahe am Fluss, mit Blick nach Osten. Das entsprach nicht der Wahrheit. Hallie und Ian würden im Sommer unter Unmengen Staub zu leiden haben, im Frühjahr von Stechmücken geplagt werden und im Winter ganz erbärmlich frieren. Die Komplimente wurden Hallie zuliebe gemacht, die in einem weiteren fertig gekauften Umstandskleid zwischen ihnen herumwatschelte und starken schwarzen Kaffee ausschenkte sowie frisch gebackene Muffins verteilte. Wo Ian denn steckte? Er holte das Haus vom Bahnhof. Es war in zwei Güterwaggons geliefert worden – insgesamt an die dreißigtausend Einzelteile.

Schließlich traf der erste Wagen ein. Er war voll geladen mit Dachsparren, Balken und Pfosten. Die Männer luden diese aus, dann Kisten mit Nägeln und Schrauben, Farbe und Lack, Türgriffen und Scharnieren. Es gab noch immer nicht viel zu tun, außer das ausgeklügelte System der zugeschnittenen und nummerierten Holzbalken zu bewundern (beachtlich) sowie die handwerkliche Arbeit des geschnitzten Kaminsimses und des Treppengeländers zu beurteilen (schlampig). Aber dann kam Ian im zweiten Wagen mit den Kaminbacksteinen, den Dachschindeln und den Wasserrohren an. Er teilte Bauanleitungen und Pläne aus, und die Männer machten sich an die Arbeit. Es ging langsam voran, nicht etwa aufgrund mangelnder Geschicklichkeit – diese Männer hatten ihr ganzes Leben lang Ställe gebaut und Häuser vergrößert –, sondern weil bei jedem noch so kleinen Stück Holz nach einer Nummer gesucht und überprüft werden musste, an welche Stelle des Planes es nun hingehörte. Zum Glück kamen im Laufe des Vormittags weitere Teile des Hauses an, sodass die Leute ihre Unterhaltung hatten: Dielenbretter und Holzverkleidungen, Küchenschränke und Einbaubücherregale. Mit der Zeit glich der Bauplatz einem riesigen Puzzle.

Lily ertappte sich dabei, wie sie Ian beobachtete, während sie zwischen den Männern herumging und ihnen Limonade oder Bier einschenkte. Er ging Oren geflissentlich aus dem Weg. Immer wenn Oren zur Vorderseite kam, ging Ian nach hinten. Wenn Oren eine Wand zusammensetzte, bückte sich Ian unter die Dielenbretter, um die Wasserleitungen zu überprüfen. Sie erinnerte sich, wie es gewesen war, als die beiden The Knoll gebaut hatten – jeder hatte die Bewegungen des anderen vorausgesehen. Ihr natürlicher Rhythmus hatte sie damals an einen Tanz erinnert. Jetzt redeten sie nicht einmal mehr miteinander. Wie konnten sie das nur aushalten? Sie beobachtete, wie sich Hallie an Ian heranmachte. Ian legte seinen Hammer nieder und nahm Hallie in die Arme. Er drückte sie an sich, küsste sie auf die Stirn, rieb ihr über den Bauch. Lily wurde rot vor Wut. Wie konnte Ian es nur ertragen, sie zu berühren – nach allem, was Hallie angerichtet hatte! Hallie hatte alles bekommen, was sie sich je gewünscht hatte, und das auf Kosten aller anderen: einen Ehemann, der jeder ihrer Launen nachgab, ein eigenes kleines Haus und jetzt ein Baby, das unterwegs war.

Es wurde noch schlimmer. Beim Mittagessen war sie mit Hallie und den anderen Farmerfrauen am Büfetttisch eingeteilt. Immer wurden die Frauen abkommandiert, Limonade zu servieren, auf die Kinder aufzupassen oder das Essen auszuteilen. Lily konnte sich nichts Schlimmeres vorstellen, als dazustehen und sich ihre als Komplimente getarnten Beleidigungen anzuhören. *Was für ein hübsches Kleid! Natürlich könnte ich diese Farbe nie tragen … War der Tanz im Genossenschaftssaal nicht wunderbar? Ach ja, seid ihr nicht früh gegangen, du und der*

Bruder deines Mannes? Ich hoffe, dir war nicht etwa schlecht … Sie teilte Kartoffelsalat aus und beobachtete, wie die Männer ihr Mittagessen verzehrten. Männer hatten eine eindeutige Körpersprache, die sie bewunderte. Sie vermutete, das komme daher, dass sie sich auf Dinge außerhalb von sich selbst konzentrierten, darauf, die einzelnen Teile des Hauses zusammenzusetzen, spielerisch die Puzzlestücke zusammenzufügen. Während die Frau sich immer auf sich selbst konzentrierte: Dass sie sich dank ihrer Schönheit den gefragtesten Junggesellen der ganzen Stadt geangelt hatte, dass ihre Rechenkünste die Farm bei einer Missernte gerettet hatten, dass sie für ihr langes Leiden eines Tages im Himmel belohnt werden würde. Der Unterschied rührte daher, so nahm Lily an, ob das Geschlechtsteil im Körper verborgen war oder nicht.

»Ich weiß nicht, wie mein Mann bloß die Zeit findet«, erzählte Hallie gerade Lilys Schwägerin. »Er hat mehr Pferde im Stall, als er eigentlich versorgen kann. Und trotzdem nimmt er das alles auf sich.«

»Na ja, jetzt muss er an seine Familie denken«, antwortete die Schwägerin.

Hallie lächelte und strich sich vorn über das Kleid, um ihren wachsenden Bauch hervorzuheben. »Sie wird der ganze Stolz und die ganze Freude ihres Vaters sein.«

»Du glaubst also, dass es ein Mädchen wird, Hallie?«

»Genau.«

»Was hat es zu bedeuten, wenn man hört, dass Ian Kirchendiakon werden soll?«

»Nun, Reverend Higgins hat Ian lediglich gefragt, ob er es *in Erwägung* ziehen würde.«

»Da hab ich aber was anderes gehört. Jedenfalls klingt es ganz danach, als würdet ihr beide alle Hände voll zu tun haben, Hallie, mit den Stallungen und der Kirche und deinen ganzen Komitees und der Wohltätigkeitsarbeit. Habt ihr vor, jemanden einzustellen?«

»O nein«, antwortete Hallie. »Ich werde mit all dem, was ich für die Kirche mache, aufhören. Mein Platz ist dann hier zu Hause bei meiner Tochter. Ich kann sie doch nicht herumrennen und halb wild aufwachsen lassen …«

Lily knallte ihren Schöpflöffel auf den Tisch und ging eilig davon. Sie fand Oren, zog ihn zur Seite und sagte ihm, dass sie sich nicht wohl fühle, sie müsse nach Hause. Er zog die Augenbrauen hoch und legte seinen Handrücken auf ihre Stirn, um zu fühlen, ob sie Fieber hatte. Das ist es nicht, sagte sie. Sie fing an zu weinen, drehte sich um und lief davon. Oren folgte ihr. Lass das, sagte sie, das erregt nur Aufmerksamkeit. Mir geht es gleich wieder besser. Aber er bestand darauf, sie nach Hause zu begleiten.

Es kam alles aus ihr herausgesprudelt. Sie erzählte ihm, dass es ihr Leid tue, Leid tue, dass sie eine so schlechte Ehefrau, dass sie eine schreckliche Mutter, dass ihre Tochter sich selbst überlassen sei. Es tue ihr Leid, dass sie ihr Glück zerstört habe, indem sie Ians Hochzeit mit Hallie einfädelte. Und es tue ihr aufrichtig Leid, dass sie ihren Teil der Abmachung jetzt nicht mehr einhalten könne. Aber sie würde sich unmöglich überwinden können, auch nur einen weiteren Sonntag den Fuß in diese Kirche zu setzen. Oren würde Faith allein zum Gottesdienst mitnehmen müssen. Und die Stadt würde eben denken, was sie denken wolle.

Oren sorgte dafür, dass sie sich neben ihn auf die

Schaukel auf der Vorderveranda setzte. Er legte ihren Kopf in seinen Schoß und strich ihr über das Haar, während sie sich ausweinte. So schaukelten sie eine ganze Weile schweigend miteinander, schaukelten und starrten auf Ians Haus von Sears, Roebuck & Co. Schließlich stand Oren auf. Aber anstatt wieder zum Bau des Hauses zurückzukehren, ging er hinein. Sie hörte, wie seine Stiefel die Treppe hinaufstapften. Sie schloss die Augen. Sie war so erschöpft. Als er auf die Veranda zurückkehrte, hatte er sein kleines ledergebundenes Buch in der Hand. Er blätterte es durch, fand die Stelle, die er suchte, und hielt ihr das Buch aufgeschlagen hin. Kindliche Blockschrift. Schreibschrift hatte er nie gelernt. Natürlich kannte sie das Buch. Häufig schrieb er vor dem Schlafen hinein. Er bewahrte es in der Schublade seines Nachttischchens auf. Sie hatte nie hineingeschaut. Sie hatte Verständnis für das Bedürfnis nach Privatsphäre.

»Du willst, dass ich das lese?«, fragte sie.

Er nickte.

»Aber nur dieses Stück hier, nicht das ganze Buch?«

Wieder nickte er, dann zuckte er mit den Achseln. Er ging die Verandastufen hinunter.

»Ich lege es zurück, wenn ich fertig bin«, rief sie ihm nach.

Er lächelte und winkte. Sie schaute ihm nach, wie er zu Ians Hausbau zurückkehrte. Er war ein guter Mann. Er würde bei der Aufstellung des Hauses helfen, obwohl er und sein Bruder inzwischen nicht mehr miteinander sprachen. Er würde auf dem anschließenden Fest tanzen, um den Schein zu wahren. Er würde Faith bei den Frauen abholen, die auf die Kinder aufpassten, sodass sie Hallie nicht noch einmal begegnen musste. Lily schwor, ihm etwas Besonderes zu backen und es für ihn auf die Küchenablage zu stellen, damit er es sehen würde, wenn er nach Hause kam. Sie spürte das Gewicht des aufgeschlagenen Buches auf ihrem Schoß.

Es wird behauptet, Charles Bullfinch habe den Nordstaatenstil der Architektur in Neuengland verbreitet. Das ist nicht wahr. Es war der einfache Hausbauer. Ohne Samuel McIntyre würde es kein Salem, Massachusetts, geben. Ein Großteil von Bennington, Vermont, ist Lavius Fillmore zu verdanken. Orford, New Hampshire, wurde von meinem Großvater erbaut. Sie alle haben ihr Wissen zusammen mit ihren Musterbüchern an ihre Söhne weitergegeben. Jetzt hat mich mein Bruder verlassen. Ich bin der allerletzte Hausbauer. Wenn ich nicht mehr bin, werden die Leute einfach anfangen, sich ihre Häuser aus dem Katalog von Sears, Roebuck & Co zu bestellen. Wie wird Neuengland dann wohl aussehen?

Immer wenn man denkt, man kenne jemanden … Lily spürte, wie sich ihre Gefühle überschlugen: Erstaunen über die intellektuelle Art von Orens Prosa (sie hatte eher Zahlenreihen erwartet), Stolz auf seine angeborene Intelligenz (obwohl seine Handschrift grauenvoll war), Trauer über den Schmerz, den der Bruch mit Ian ihm offenkundig bereitete. Was konnte für einen Hausbauer schließlich verletzender sein, als dass der eigene Bruder sich ein Haus aus dem Katalog bestellte? Sie klappte das Buch zu. Sie glaubte, im Moment nicht mehr verkraften zu können. Sie würde es in die Schublade zurücklegen.

In dieser Nacht schlief sie schlecht. Und sie erwachte mit einem Gefühl der Angst in der Magengrube. Wie sollte sie Faith nur erklären, dass sie nun nicht mehr mit Onkel Ian und Tante Hallie zum Gottesdienst gehen würden? Oder würde Oren sie weiter mitnehmen – nur um den Schein zu wahren? Beim Frühstück stellte sich heraus, dass er nicht die Absicht hatte, dies zu tun. Er erschien in seiner Arbeitshose am Tisch, lächelte und hielt ihr seine Tasse hin, um Kaffee eingeschenkt zu bekommen. Da wurde Lily schlagartig klar, dass es die ganze Zeit ihre Idee gewesen war, den Schein zu wahren. Sie war diejenige gewesen, die ein »normales« Leben hatte führen wollen, nicht er. Und auch Faith erschien in ihrer Latzhose am Frühstückstisch. Offenbar hatte Oren ihr alles erklärt, vielleicht am Abend zuvor bei Schokoladenkuchen und Milch. Denn sie redete nicht ein einziges Mal davon, sich ihre guten Sachen anzuziehen oder mit dem Auto in die Stadt zu fahren. Zunächst erzählte sie vom Hausaufbau, dann gleich von den Spielen, die sie mit ihren Cousinen gespielt hatte. Sie plapperte weiter, dass sie, wenn sie erst einmal groß sei, Schreinerin werden wolle, und redete schließlich vom Nachmittag dieses Tages, an dem sie an ihrem neuen Baumhaus weiterbauen würden. Ihr Interesse an der Kirche hatte also eindeutig den Pennys gegolten.

Später, als Lily die frisch gewaschenen Leintücher auf die Wäscheleine hängte, hörte sie Ians Auto vorne vorfahren. Dreimaliges ungeduldiges Hupen. Eine oder zwei Minuten Stille. Dann wieder ein dreimaliges Hupen. Wieder Stille und nochmals Stille. Sie lächelte und klammerte noch einen Kopfkissenbezug auf die Leine.

Sie wussten nicht, was sie mit der leeren Hälfte von The Knoll anfangen sollten. Inzwischen hatten sie sich daran gewöhnt, nur auf ihrer Seite zu leben. Sie kamen zu dem Schluss, die Türen wie zuvor verriegelt zu lassen, bis ihnen eine Lösung einfallen würde. Und so stand diese Haushälfte fast den ganzen Sommer hindurch leer. Schließlich verstaute Oren einige seiner Werkzeuge in Hallies und Ians Wohnzimmer und richtete sich darin eine Tischlerwerkstatt ein. Lily vermied es, dort hinüberzugehen, es sei denn, es war absolut unumgänglich. Normalerweise klopfte sie einfach mit dem Schuh gegen die Wand, wenn es für Oren Zeit war, zum Abendessen zu kommen.

Eines Abends im Spätsommer, als sich Lily vor dem Zubettgehen noch ein Glas Wasser in der Küche holte, hörte sie nebenan Geräusche. Eine Waschbärenfamilie hatte erst jüngst in ihrem Gemüsegarten die letzten Pflanzen aufgefressen. Sie machte sich Sorgen, sie könnten beschlossen haben, sich im leeren Teil des Hauses einzuquartieren. Sie überlegte, ob sie Oren vom Schlafzimmer herunterrufen sollte, damit er nachsehe. Dann schimpfte sie mit sich, weil sie ein solcher Feigling war – sie hatte ihr ganzes Leben auf einer Farm verbracht, und außerdem war es wahrscheinlich sowieso bloß ein loser Fensterladen –, aber sie nahm einen Besen mit, nur für alle Fälle.

Als sie erst einmal nebenan war, wurde ihr jedoch klar, dass sie auch eine Laterne hätte mitnehmen sollen. Sie konnte sich nicht erinnern, wo die Gaslampen waren. Deshalb stand sie lauschend mitten in Hallies Küche und wartete darauf, dass sich ihre Augen an die Dunkelheit gewöhnten. Nichts. Sie tastete sich den Flur entlang ins vordere Wohnzimmer. Nichts. Sie war gerade dabei, wieder zurückzugehen, als sie im ehemaligen Schlafzimmer von Ian und Hallie ein Rascheln hörte. Tastend suchte sie sich den Weg zur Tür, schob sie langsam auf und hob gleichzeitig ihren Besen. Sie erschrak. Etwas, das größer war als ein Waschbär, hockte zusammengekauert unter dem Erkerfenster, dort, wo das Bett hätte stehen sollen. Es war Ian.

Lily ließ den Besen sinken. Es war allgemein bekannt, dass man Schlafwandler nicht aufwecken sollte. Aber jetzt wurde Lily klar, dass sie nicht wusste, warum eigentlich. Was war schlimmer: Ihn aufzuwecken oder zuzulassen, dass er sich dort auf den schmutzigen Hartholzdielen eine Lungenentzündung holte? Auf Zehenspitzen ging sie hinüber und kauerte sich neben ihn. Sie legte ihm eine Hand auf die Schulter. Vorsichtig schüttelte sie ihn. »Ian«, flüsterte sie, »wach auf.«

Sie sah, dass seine Augen offen waren. Sie glänzten im Mondlicht. Er starrte sie mit einem leeren Blick an. »Wo zum Teufel bin ich?«, flüsterte er.

»Ich bin's, Lily.«

»Was machst du denn hier?«, fragte Ian.

Lily kicherte. »Du bist geschlafwandelt. Du bist in The Knoll.«

Ian richtete sich auf. Er rieb sich die Augen und schaute sich um. »Ich sollte lieber zurückgehen«, sagte er. »Hallie wird sich sonst Sorgen machen.«

»Nein, warte«, sagte Lily und setzte sich neben ihn. »Bleib nur noch eine Minute, zum Reden.«

»Worüber?«

»Oren vermisst dich. Rede mit ihm. Ich bin sicher, dass ihr beide irgendeine Lösung finden werdet.«

»Wir haben miteinander geredet. Wir haben alles besprochen. Wir haben beschlossen, dass es so am besten ist.«

Lily schwieg fassungslos. Wann hatten sie miteinander gesprochen? Wann hatten sie sich getroffen? Warum hatte Oren ihr davon nichts erzählt? Warum wollte er nicht mit ihr reden? Ian stand auf. Er wischte sich den Staub von seinem Schlafanzug. Dann streckte er die Hand aus, um ihr auf die Füße zu helfen. Sie ergriff sie. Sie standen in der Dunkelheit da, hielten sich an der Hand. Sie wollte nicht, dass er fortging.

»Aber warum soll Hallie denn immer ihren Willen durchsetzen?«, schluchzte sie.

Ian ließ ihre Hand los. Er schaute sie eindringlich an, seine Augen funkelten. Dann drehte er sich um und ging auf die Tür zu. Lily sah ihm nach und schluchzte leise auf. »Was hat Hallie denn damit zu tun?«, flüsterte Ian über die Schulter hinweg.

Lily wischte sich mit den Fäusten über die Augen. Sie ging nach ihm hinaus. Sie beschloss, Oren zu erzählen, dass es die Waschbären gewesen seien und dass er am nächsten Morgen vergifteten Mais auslegen solle.

Der November des Jahres 1927 war der verregnetste, an den man sich in Cabot Fields überhaupt erinnern konnte. Den ganzen Monat über gab es keinen einzigen Sonnentag. Es regnete ununterbrochen, sodass sämtliche Flüsse in Zentral-Vermont anstiegen und über die Ufer traten. Später sollte dies als die Große Flut bekannt werden, und die Alten sollten jedem, der bereit war, ihnen zuzuhören, erzählen, wie die Bürger von Barre mit dem Kanu durch ihre Straßen gepaddelt waren, als seien es die Kanäle von Venedig, wie Ställe mitsamt Schweinen und Hühnern den Fluss Winooski hinuntergetrieben waren, wie Familien in ihre Speicher gezogen waren und sich dort von getrocknetem Mais und Feldmäusen ernährt hatten, bis das Hochwasser schließlich wieder zurückging. Über Nacht sei das ganze Leben der Menschen davongeschwemmt worden. Aber die Leute kämen immer wieder zurück, bauten immer wieder alles auf.

Der letzte Samstag im November brach gerade erst an, und der Regen schlug weiter gegen die Fensterscheiben von The Knoll. Lily spähte aus dem Erkerfenster des Wohnzimmers auf die Wasserfläche hinaus, die sie von ihrem Elternhaus trennte. Der Bach unterhalb ihres Grundstücks hatte schon große Teile der Peacham Farm Road überflutet. Oren und Faith waren gleich nach dem Frühstück in die Stadt gefahren, um Milch und Mehl zu holen, bevor der Weg vollends unpassierbar würde. Es machte Lily Angst, dass Oren bei solch einem schrecklichen Wetter mit dem Auto unterwegs war. Sie selbst sollte eigentlich im Haus ihrer Mutter sein und bei den alljährlichen Vorbereitungen für Weihnachten helfen. Früchtebrot, das verschenkt werden sollte, musste mit Weinbrand bestrichen werden, Pasteten mussten zubereitet und für Heiligabend eingefroren, Zuckerkekse gebacken und für irgendwelche Freunde oder Verwandten, die kurz vorbeischauten, bereitgehalten werden. Wie gewöhnlich würde in The Knoll kein Weihnachten gefeiert werden. Das Fest bei Lilys Eltern würde für sie wieder mehr als genug an ausgelassener Stimmung sein.

Lily zog sich ihre Galoschen über und dachte daran,

um wie viel einfacher doch die neumodischen »Reißverschlüsse« waren als Knöpfe. Sie nahm ihren Mantel aus dem Schrank und band sich ein Tuch um den Kopf. Widerwillig ging sie aus dem Haus und machte sich daran, ganz vorsichtig ihre ausgefahrene und mit Rinnen durchfurchte Auffahrt hinunterzugehen. Sie kam gerade an Hallies und Ians Haus vorbei, als sie etwas hörte, was wie das Heulen eines Wolfes klang. Sie schreckte so sehr zusammen, dass sie auf dem Schlamm ausrutschte und mit Schwung auf der Hüfte landete. Da lag sie einen Augenblick und fragte sich, ob sie sich wohl verletzt hatte. Bevor sie nachschauen konnte, hörte sie wieder das Schreien. Einen menschlichen Schrei, Hallies Schrei, der aus dem Haus kam. Sie stand auf und hinkte auf die Veranda. Sie hatte sich nichts gebrochen, allerdings würde sie wahrscheinlich morgen mit blauen Flecken übersät sein. Sie versuchte, die Tür zu öffnen. Sie war nicht verschlossen. Lily ging hinein.

»Hallie?«, rief sie vom Flur aus. Stille. Sie konnte nichts hören als das Trommeln des Regens auf dem Dach. »Hallie, ich bin's, Lily. Bist du in Ordnung?« Sie wartete und fragte sich, ob es nicht doch ein Wolf oder Kojote gewesen war, der das Heulen von sich gegeben hatte. Plötzlich drang ein tiefes, klagendes Stöhnen die Treppe herunter. »Hallie, bist du da oben?« Sie kannte sich in diesem Haus überhaupt nicht aus. Noch nie war sie hierher eingeladen worden.

»Verschwinde!«, stöhnte Hallie. Dann wieder ein Schrei.

Lily sprang die Treppe hinauf und vergaß in diesem Moment ganz, dass sie gestürzt war. Sie fand Hallie, die im Nachthemd in einem blutgetränkten Bett lag. Sie war schweißgebadet und so weiß wie die Kissen, die sie unter ihren Kopf mit den völlig zerzausten Haaren geschoben hatte. »Ich hab gesagt, dass du verschwinden sollst!«, keuchte Hallie, als sie Lily erblickte. »Es ist zu früh. Sie soll erst in einem Monat kommen.«

»Um Himmels willen, Hallie, du siehst ja aus, als würdest du verbluten.«

»Verschwinde! Es ist noch nicht so weit.« Sie war im Delirium.

Lily ließ ihren Mantel auf den Boden fallen und ging hinüber, um an Hallies Stirn zu fassen. Sie glühte. »Stell deine Beine auf, Hallie«, sagte Lily. »Ich muss nachschauen, wie weit du bist.« Überraschenderweise tat Hallie, wie ihr gesagt wurde. Lily wischte das Blut mit der Ecke des Oberleintuchs ab. Sie konnte den Kopf des Babys ganz eindeutig sehen. Es blieb keine Zeit mehr, einen Arzt zu rufen. Warum zum Teufel waren Hallies Beine schon wieder unten? »Du musst sie aufstellen und auseinander tun«, sagte Lily zu ihr. »Genau so. Ich bin gleich wieder da. Ich hole nur schnell etwas Wasser.«

Es blieb keine Zeit, das Wasser abzukochen. Hallies Schreie kamen immer häufiger, in immer kürzeren Abständen. Lily schnappte sich ein paar frische Handtücher aus dem Wäschekorb in der Küche und hoffte, dass es nicht Hallies beste Stücke waren. Dann sprang sie die Treppe, zwei Stufen auf einmal nehmend, hinauf.

Die nächste halbe Stunde hatte etwas von einem Traum. Lily fühlte sich, als habe sie sich von ihrem Körper losgelöst und schwebe nun über ihm, als sehe sie zu, wie sie sich verzweifelt bemühte, Hallies Baby auf die Welt zu bringen. Sie konnte sich selbst zwischen Hallies gespreizten Beinen kauern sehen, mit hochgekrempelten Ärmeln, wie sie versuchte, den Kopf des Babys zu fassen zu kriegen. Lass deine Beine oben, musste sie Hallie ständig wieder ermahnen. Und pressen, verdammt! Du presst nicht fest genug! Hallie schrie und stöhnte, ächzte und grunzte. In einem Atemzug schickte sie Lily fort, im nächsten flehte sie um ihre Hilfe. Diese Szene kam ihr so vertraut vor, als habe sie das alles schon einmal erlebt. Und das Schlimmste daran war, dass sie bereits wusste, wie es ausgehen würde. Das Baby würde am Ende mit einem Schwall Blut aus Hallies Leib herausflutschen. Es würde regungslos auf dem Laken liegen bleiben – leblos, von seiner eigenen Nabelschnur erdrosselt. Nein, bitte nicht, sagte sich Lily wieder und wieder vor. Bitte nicht.

Aber allzu schnell nur wurde aus dieser Vision harte Realität. Blitzartig erlosch sie, die Hoffnung, in Hallies stickigem Schlafzimmer und wurde Vergangenheit. Hallies Qualen waren vorüber. Lily schnitt den leblosen blauen Körper mit einer von Hallies Nähscheren aus seiner Schlinge und wickelte ihn in ein Handtuch. Erschöpft keuchte Hallie: »Ist es ein Mädchen oder ein Junge? Lass es mich sehen, Lily. Ich muss wissen, ob es ein Mädchen oder ein Junge ist.« Lily hörte nicht auf sie. Sie sagte Hallie, sie solle sich nicht rühren, sie würde nur schnell den Wasserkessel aufsetzen. Sie nahm das Bündel mit sich aus dem Zimmer. Sie legte es auf den Küchentisch. Dann ging sie hinaus, um im Pferdestall nach Ian zu suchen.

Am nächsten Tag machte sich Oren in seiner Werkstatt daran, einen Sarg zu zimmern. Lily ließ ihn allein, doch auch so schien ihr sein Holzhobel bei jedem Schwung ins Fleisch zu schneiden. Sie schickte Faith für diesen Tag zu ihrer Mutter. Es kam ihr nicht richtig vor, ein kleines Mädchen hier zu haben. Da sie sich unnütz fühlte, versuchte Lily, mit ihrer Hausarbeit voranzukommen. Aber während sie abstaubte, die Betten abzog und die Laken wusch, war sie sich deutlich bewusst, wie Oren abwechselnd Maß nahm und sägte, während er all die Bretter, die er brauchte, in die richtige Länge schnitt. Holz leitet Geräusche gut.

Kurz vor dem Mittagessen hörte sie das rhythmische Hin und Her zweier Sägen. Ihre Neugier gewann schließlich die Oberhand. Sie machte eine Kanne frischen Kaffee. Den brachte sie mit zwei Tassen zu Orens Werkstatt auf die andere Seite hinüber. Natürlich war es Ian. Er hatte seine eigene Werkzeugkiste mitgebracht. Sie arbeiteten in vollkommener Stille, Seite an Seite. Lily stellte die Kaffeekanne vor die Tür. Sie klopfte an die Fensterscheibe und zog sich dann schleunigst in ihre Küche zurück.

Später brachte sie ihnen ein Mittagessen. Sandwiches und hart gekochte Eier, große Stücke Schokoladenkuchen und noch mehr frischen Kaffee. Dieses Mal trug sie das Tablett hinein und stellte es zwischen die Kiefernspäne auf die Werkbank. Jetzt waren sie dabei, alle Bretter, die sie zugeschnitten hatten, glatt zu hobeln. Keiner von beiden blickte auf, so konzentriert waren sie bei der Arbeit. Lily wollte hinüberrennen, jedem einen Arm um die Taille legen und sie an sich drücken. Stattdessen wandte sie sich zum Gehen. »Du musst nicht fortgehen, Lily«, sagte Ian. Da wandte sie sich wieder um und suchte nach einem Stuhl. Dann setzte sie sich auf die Kante der Werkbank. Oren hobelte weiter, für ihn war die Arbeit tröstlich. Aber Ian kam herüber. Er wollte reden. »Schau dir all die Hobel an, die unser Vater hatte«, sagte er und fuhr mit der Hand über die Werkzeuge auf der Bank. »Ein Schrupphobel für die grobe Vorbehandlung, kurze und lange Schlichthobel für die Nachbearbeitung und ein halbes Dutzend Putzhobel. Einige dieser Klingen sind so fein, dass man durch die Späne, die abfallen, das Licht sehen kann.«

Lily wusste nicht, was sie sagen sollte. Sie reichte Ian ein Sandwich. Ian biss gleich hinein. Aber er redete sofort weiter, als er hinuntergeschluckt hatte. »Unser Vater hatte so viel Gefühl in den Fingerspitzen, dass er nur mit dem Daumen an der Kante entlangfahren musste, um sagen zu können, ob ein Brett einer Wandtäfelung schlecht zugesägt worden war«, erzählte er. »Dann sagte er dem Sägewerker, dass es im dritten Viertel von oben gesehen um einen halben Zentimeter zu dick sei. Der Sägewerker erklärte ihn für verrückt – bis er seinen Zollstock herausholte.«

Lily schenkte ihm eine Tasse Kaffee ein. Sie hob die Kanne fragend in Richtung Oren. Der lehnte mit einem Kopfschütteln ab. Sie stellte sie auf die Werkbank zurück.

»Er hat uns mit Särgen anfangen lassen, als wir vier waren«, fuhr Ian fort und untersuchte die Bretter, mit denen er bereits fertig war. »Eine ideale Übung, wie mir jetzt klar wird. Bei Särgen sind sämtliche Techniken der Holzbearbeitung gefragt. Außerdem müssen immer jede Menge Särge hergestellt werden. Und nie beschwert sich jemand, wenn die Ecken nicht exakt gearbeitet und die Schnitzereien schlecht sind.« Er wandte sich Oren zu.

»Iss etwas. Wir brauchen sicher noch Stunden. Ich möchte, dass dieser hier unser allerschönster wird.«

Oren hielt mit dem, was er gerade tat, inne. In seinen Augen standen Tränen. Er nickte und kam zur Werkbank, um sich ein Sandwich zu holen. Ian trank einen Schluck Kaffee. Er stellte seine Tasse ab, nahm zwei Bretter und fügte sie zusammen, sodass sie eine Ecke bildeten. »Die besten Särge sind die schlichtesten«, stellte er fest. »Wenn an den Ecken Engelchen angebracht sind, dann weiß man, dass die Tischlerarbeit miserabel ist. Bei Kindersärgen haben wir uns immer angestrengt, unser Bestes zu geben.«

»Kuchen?«, fragte Lily. Ian nickte. Sie reichte ihm einen Teller und eine Gabel. Ian nahm das Kuchenstück aber einfach in die Hand. »Wir haben gar nichts, womit wir den Sarg auskleiden können«, sagte er zwischen zwei Bissen.

»Ich finde schon etwas«, erklärte Lily. »Wie groß muss es denn sein?«

Oren schrieb die Maße auf einen Holzrest.

»Bring es hierher«, forderte Ian sie auf. »Du kannst hier, bei uns, daran arbeiten.«

»Braucht ihr etwas aus dem Haus?«, fragte sie mit belegter Stimme. Beide schüttelten den Kopf. »Ich gehe und hole mein Nähzeug«, sagte sie und nahm das Tablett mit.

Der einzige Satinstoff, den sie im Haus hatte, war ihr Brautjungfernkleid von Hallies Hochzeit. Sie hätte gern ihr eigenes Brautkleid genommen – da wäre der Stoff wenigstens weiß gewesen, nicht von einem Blau wie dem der Eier von Wanderdrosseln –, aber sie hatte diese Kiste nie vom Speicher ihrer Mutter hier herübergebracht. Sie bezweifelte, dass Ian die Farbe wiedererkennen würde, aber für alle Fälle trennte sie die Nähte noch in ihrem Schlafzimmer auf. Dann ging sie zu den Zwillingen in die Werkstatt. Oren setzte die Kiste gerade zusammen, während Ian ein elegantes abgeschrägtes Kreuz in den Deckel schnitzte. Lily erschauderte. Wie klein dieser Sarg war, das hatte etwas Groteskes – etwas Unangebrachtes –, als sei das Sterben etwas, was Erwachsenen vorbehalten war. Ian hielt inne, um seine Arbeit zu begutachten. Er fuhr mit den Fingerspitzen über das Kreuz. Aber er war noch nicht fertig. Er drehte den Deckel um und nahm seinen Holzhammer und den Meißel wieder zur Hand. Lily beobachtete, wie er anfing, auf Augenhöhe eine kleine Figur zu schnitzen – einen winzigen Engel. Plötzlich saß Lily wieder mit Oren im Baumhaus, sie ließen die Beine über den Rand baumeln, während Ian genau den gleichen Engel in die Baumrinde schnitzte. Der geheime Name dieses Ortes.

So verbrachten sie den Nachmittag, schweigend, jeder in seine eigenen Gedanken versunken. Als es Abend wurde, war der Sarg beinahe fertig. Lily hatte noch genügend Satinstoff übrig gehabt, dass sie auch ein kleines Kissen nähen konnte.

Sie fuhren alle zusammen, als der Türgriff klapperte. Hallie platzte in die Werkstatt. Sie war in eine Bettdecke statt in einen Mantel gehüllt, und sie sah schrecklich aus: ihre Augen rot gerändert und wirr blickend, ihr Gesicht abgespannt und blass, ihre Haare in losen, fettigen Strähnen herunterhängend.

»Was machst du denn hier?«, schrie sie Ian an.

»Du solltest doch das Bett hüten«, entgegnete Ian. »Ich dachte, deine Mutter kümmert sich um dich.«

»Kann ich mich denn nicht eine Minute umdrehen, ohne dass du dich davonstiehlst?«, fragte sie. »Was zum Teufel hast du hier überhaupt vor?«

»Wonach sieht es wohl aus, was ich hier vorhabe?«

Lily stand auf. »Komm mit ins Haus, Hallie. Ich koche dir eine Tasse Tee.«

»Bleib mir vom Hals!«, brüllte Hallie. »Du Mörderin!«

»Sch«, machte Lily und trat einen Schritt vor. »So etwas darfst du nicht sagen. Komm einfach mit ins Haus.«

»Bleib mir vom Hals! Du hast mein Baby umgebracht, du eifersüchtige Hexe. Dafür solltest du gehängt werden!«

Lily blieb ganz verdattert stehen. »Du weißt, dass das nicht stimmt, Hallie. Sie war tot geboren, von ihrer eigenen Nabelschnur erdrosselt.«

»Ich hab sie gesehen! Ich hab sie auf dem Tisch liegen sehen. Da war keine Nabelschnur um ihren Hals. Das hab ich auch dem alten Doc Perry gesagt. Er kennt die Wahrheit.«

»Hör jetzt auf damit«, entgegnete Lily. »Ich habe sie weggeschnitten, bevor er ankam.«

»Lügnerin!«, schrie Hallie. Da gaben ihre Beine nach, und sie sackte auf dem Boden zusammen.

Am Tag der Trauerfeier war es bitterkalt. Der Trauergottesdienst war um eine Woche verschoben worden, bis Hallie kräftig genug war, um daran teilnehmen zu können. Nicht etwa, dass das eine Rolle gespielt hätte – der Boden war für eine richtige Beerdigung ohnehin von der Überschwemmung noch zu vollgesogen. Und bis die Pegel der Flüsse wieder gesunken sein würden, würde der Erdboden hart gefroren sein. Der Sarg musste also im Friedhofsmausoleum aufbewahrt werden, bis Tauwetter einsetzte. Sie würden das alles noch einmal durchmachen müssen, am Grab, bei der Beerdigungszeremonie. Hallie hatte durch ihre Mutter ausrichten lassen, dass sie weder Lily noch Oren bei der Trauerfeier sehen wolle. Sie gingen trotzdem hin, um dem Baby die letzte Ehre zu erweisen. Sie achteten lediglich darauf, ganz hinten zu sitzen. Hallie bemerkte sie nicht einmal. Sie war nicht ganz bei Sinnen.

Hochzeiten und Beerdigungen. Lily wusste natürlich von dem Gerede. Hallies Mutter hatte die verrückten Behauptungen ihrer Tochter in der ganzen Stadt verbreitet. Sie schenkte Hallies Anschuldigungen jedoch auch nicht mehr Glauben, als es alle anderen taten. Doc Perry hatte bestätigt, wie es gewesen war. Er brauchte die Nabelschnur nicht zu sehen, um zu erkennen, dass das Baby bereits in Hallies Bauch gestorben war. Aber es war mitten im Winter, und jeder hatte es satt, im Haus eingesperrt zu sein. Und die Geschichte war zu interessant, als dass man darauf verzichtet hätte, sie ständig zu wiederholen. Abgesehen davon hatte schließlich jeder mit der Zeit Verdacht geschöpft, dass dort oben auf dem Hügel nicht alles mit rechten Dingen zuging. Denn immerhin hatten sie ihre gemeinsamen Gottesdienstbesuche eingestellt.

Das Rascheln und Knistern von schwarzem Krepp. Die Leierstimme des Reverends. Lily starrte durch den dunklen Wald bekannter Köpfe und Schultern auf den winzigen Sarg. Er schimmerte auf einem kleinen Rolltisch vor dem Altar, umkränzt von Teerosen und im Treibhaus gezogenen Lilien. Wirklich nicht größer als ein Schiffskoffer. Vier Sargträger standen daneben, aber jeder normal gebaute Farmer hätte ihn problemlos allein tragen können. Zum Glück gehörten die Burkes der Congretationskirche an und hielten nichts von offenen Särgen.

Lily konnte den Stadtbewohnern wegen ihres Geredes keinen Vorwurf machen. Sie konnte aber auch nicht umhin, über die Fakten nachzugrübeln. Warum hatte sie die Nabelschnur bloß weggeschnitten? Warum hatte sie nicht gewartet, bis der alte Doc Perry kam? War sie sich absolut sicher gewesen, dass das Baby tot war, als es herauskam? Warum hatte sie nicht versucht, ihm Luft in die Lunge zu blasen? Das wurde einem in sämtlichen Hebammengeschichten angeraten, das wusste doch jeder.

Ruhe jetzt! Das Baby war tot gewesen.

Der Winter schleppte sich dahin, und Lily schleppte sich von einem Morgengrauen zum nächsten. Es machte ihr zu schaffen, dass sie wusste, wie Hallie und ihre Mutter im Postamt und im Gemischtwarenladen über sie herzogen und jedem, der es hören wollte, erzählten, Gott würde Lilys Richter sein, wenn das Gesetz schon nicht in der Lage sei, der Sache weiter nachzugehen. Es war jedoch nicht wie bei dem Walzer beim Tanz im Genossenschaftssaal, als sie eindeutig im Unrecht gewesen war. Oren hatte noch immer mehr Aufträge, als er selbst im tiefsten Winter erledigen konnte. Die Leute kamen noch immer in die Bibliothek, um Bücher auszuleihen oder nachzuschlagen, welche Heilmittel es gegen Bronchitis gab. Sie waren immer höflich und taten, als sei nichts Außergewöhnliches geschehen. Aber genau das war es ja, was ihr so zu schaffen machte, nämlich dass keiner Lily je nach ihrer Version dieser Geschichte fragte. Gerade als sie dachte, sie würde über all dem noch verrückt werden – dem Grau in Grau, dem Ausbleiben des Schnees und der Tatsache, dass ihre Nachbarn darauf bestanden, nur über das Wetter zu plaudern –, luden ihre Eltern sie zum Abendessen ein. Es gibt keinen besonderen Grund, sagte ihre Mutter, wir haben nur einfach schon lange nicht mehr zusammen gegessen. Faith kann mir ja beim Kochen helfen. Und bring deine Geige mit.

Lily war gar nicht danach zumute hinzugehen. Sie machte sich Sorgen, es könne wieder eine List ihrer Mutter sein, um sie beim Abspülen wegen des Betragens ihrer Tochter zu ermahnen. Aber Faith freute sich schon darauf, zusammen mit ihrer Großmutter Kuchen zu backen, und Oren hatte die Figuren seines besten Schachspiels eigens mit Leinsamenöl eingerieben. Deshalb nähte Lily den Saum ihres Kleides fest, das sie früher immer beim Kirchgang getragen hatte, staubte ihre Geige ab, und so gingen sie über die Straße.

Ihr Vater begrüßte sie an der Haustür mit Küssen und einem Klaps auf den Rücken. Er schenkte ihnen allen ein Glas Löwenzahnwein ein, um für ein wenig Stimmung zu sorgen, und heiterte sie bei Tisch mit Geschichten darüber auf, wie ungezogen er als kleiner Junge einst gewesen war. Seine gute Laune war so ansteckend, dass Lily, als sie um einen Nachschlag vom Eintopf ihrer Mutter bat, klar wurde, dass sie sich tatsächlich amüsierte. Diese kleine Party war eindeutig nicht die Idee ihrer Mutter gewesen. Und so gab sie ihr Bestes, als ihr Vater sie beim Kaffee aufforderte, etwas Schönes auf ihrer Geige zu spielen.

Es war sehr lange her – wie ihr schien, ein ganzes Leben lang –, seit sie das Instrument das letzte Mal in ihrem gebeugten Arm gehalten hatte. Faith war total fasziniert. Irgendwie war Lily nie auf den Gedanken gekommen, Faith zu erzählen, dass sie Geige spielen konnte. Faith jauchzte vor Freude, als Lily die Saiten stimmte und zur Lockerung der Finger ein paar Tonleitern spielte. Wie gut, dass die Erwartungen ihrer Tochter so gering waren. Lily kannte nur die Melodie einiger weniger Stücke. Sie hatte neben Ian immer nur die zweite Geige gespielt. Aber ein halbes Glas vom kanadischen Whisky ließ sie mutig werden. Und plötzlich fielen ihr wieder ein paar der schwungvolleren Jigs ein. Schon bald war ihr Vater auf den Beinen und forderte Faith zum Tanz auf. Inzwischen hatte er sich selbst einen oder zwei Whiskys gegönnt. Oren sprang auf und verneigte sich vor Lilys Mutter. Zuerst zierte sie sich, aber er war nicht bereit, einen Korb hinzunehmen. Dann überraschte sie alle, als sie aufstand, ihre Röcke raffte und einen kleinen Holzschuhtanz vorführte. Sie hielt aber ebenso plötzlich wieder inne und teilte mit, dass sie sich jetzt um den Abwasch kümmern müsse. Als Lily in die Küche ging, um ihr zu helfen, fand sie ihre Mutter weinend an der Spüle stehen. »Was ist los?«, fragte Lily besorgt. Sie hatten sich doch so gut amüsiert!

Lilys Mutter wischte sich mit dem Zipfel ihrer Schürze über die Augen. »Ich vermisse meinen Jungen«, sagte sie. »Er sollte hier sein.« Lily nahm ihre Mutter in die Arme – vielleicht das allererste Mal in ihrem ganzen Leben. Weil sie sie verstand.

Erst als Lilys Vater Oren bei einer Partie Schach geschlagen hatte, war er bereit, sie zur Tür zu geleiten. Inzwischen war Faith in Orens Armen eingeschlafen. Lily schlang die Arme um ihren Vater und drückte ihn fest an sich. »Danke, Daddy«, flüsterte sie ihm ins Ohr. »Das war genau das, was der Doktor verschrieben hat.«

»Der Doktor und alle anderen wissen, dass du nur hast helfen wollen«, flüsterte er zurück. »Fest steht, dass es die meisten von uns gründlich satt haben, davon zu hören. Hallie schadet sich inzwischen nur selbst damit.«

Lily nickte. Es würde noch ein paar Monate bis zum Frühling dauern. Aber er würde kommen, er würde kommen.

Am Tag der Beerdigung schloss Lily die Bücherei früh zu. Endlich war der Erdboden aufgetaut, jetzt konnte Hallies Baby beerdigt werden. Da war es angebracht, die Bücherei zu schließen. Immerhin gehörte Lily zur Familie. Doch weder sie noch Oren würden an der Trauerzeremonie teilnehmen. Oren hatte widerwillig zugestimmt, sich am Nachmittag frei zu nehmen, nur um den Schein zu wahren, obwohl er sich im Laufe der Zeit immer weniger für den Schein zu interessieren schien. Er würde den Nachmittag mit seiner Tochter beim Baumhaus verbringen.

Auf ihrem Nachhauseweg beschloss Lily, kurz bei ihnen vorbeizuschauen. Sie wollte sie fragen, was sie denn gern zum Abendessen hätten. Das Gehen tat ihr gut. Die Forsythien entlang der Peacham Farm Road waren endlich voll aufgeblüht, und zwischen den verrotteten Ahornblättern tauchten die ersten violetten Krokusse auf. Mount Mansfield am Horizont war zwar noch immer grau, aber inzwischen in einen feinen grünen Schleier gehüllt. Lily ertappte sich dabei, wie sie tief durchatmete – nicht vor Anstrengung, nicht, um die Leere in ihrem Herzen zu füllen – eher, um den Winter auszutreiben. Luft, die stark nach Hartriegelblüten und schwerem schwarzen Schlamm duftete, nach schmelzendem Eis im Bach und Steinmauern, die von der Sonne erwärmt wurden.

Die beiden standen direkt neben dem Stamm des Holzapfelbaums, als Lily näher kam. Oren versuchte Faith beizubringen, wie man mit seiner Zugsäge umzugehen hatte. Sie waren so auf ihre Arbeit konzentriert, dass sie sie gar nicht bemerkten. Als sie die beiden beobachtete, musste sie ein Lachen unterdrücken. Faith hielt sich wild entschlossen an ihrem Griff fest, während Oren sie vor- und zurückzog, mit ihr spielte, als sei sie eine Forelle, die am Haken einer Fliegenfischangel hängt. Am Ende wurde der Unterschied in ihrer jeweiligen Größe und Kraft zu groß, und Faith fiel zu Boden. Faith konnte sich kaum halten vor Lachen und Oren kicherte auf seine gewohnt stille Art. Faith stand auf und klopfte sich die Sägespäne von ihrer Latzhose, während Oren die Säge wieder richtig in das Brett steckte. Sie begannen von neuem. Um sie herum flatterten Apfelblüten herab.

Lily wusste nie, ob sie in Augenblicken wie diesem willkommen war oder ob von ihr erwartet wurde, dass sie die beiden aus respektvoller Distanz beobachtete. Egal wie, allein schon ihre Anwesenheit veränderte die beiden, das wusste sie, verwandelte die beiden – augenblicklich – in etwas anderes, wodurch das, was sie beobachtete, nämlich, dass die Kindheit ihrer Tochter ohne sie verstrich, irgendwie in die Vergangenheit gedrängt wurde. Dennoch trat Lily vor, sie konnte es sich nicht verkneifen. Die Einsamkeit als Beobachterin war zu grausam. Sie war vom Tag ihrer Geburt an von Menschen umgeben gewesen, aber sie hatte nie eine Schwester gehabt. Und obwohl sie als kleines Mädchen darauf bestanden hatte, ihr eigenes Zimmer zu bekommen, fürchtete sie sich vor nichts mehr, als feststellen zu müssen, dass sie allein war.

Faith bestand darauf, Lily alles zu zeigen, was sie an diesem Nachmittag neu gebaut hatten. Lily folgte ihr die Leiter hinauf und begutachtete die frisch renovierte Plattform und die Rahmen aller vier Wände. Wahrlich ein Fortschritt, stellte Lily fest. Als Kinder waren sie nicht viel weiter gekommen als bis zur Plattform und der Schaukel. Oren kletterte hinauf, um einen Stützbalken an Ort und Stelle zu nageln. Die Wand schwankte bedenklich. Lily ermahnte Faith, sich nirgends anzulehnen, bis ihr Vater ihr sagte, dass es sicher sei. Weil ihr ein wenig schwindlig war, stellte sie sich näher an den Stamm. Ihr kam ein Gedanke: Hier irgendwo war Ians Engel in die Rinde geschnitzt. Sie suchte danach, konnte ihn aber nicht finden. Es war zu viel Zeit verstrichen. Sie war gerade im Begriff, Faith zu fragen, ob sie ihn irgendwo gesehen habe, als sie das Wiehern eines Pferdes hörte.

Ian kam auf dem Hengst über die hintere Weide ihrer Eltern galoppiert. Er trug seinen besten Anzug, allerdings hatte er die Krawatte gelockert, und sein weißes Hemd hing aus der Hose heraus. Allem Anschein nach bemerkte er sie nicht, als er vorbeisauste. Lily konnte erkennen, dass sein Gesicht tränenüberströmt war. Vor der Steinmauer, die direkt in seinem Weg stand, verlangsamte er nicht etwa, sondern grub die Fersen in die Flanken des Hengstes, um ihn anzutreiben. Die beiden flogen über die

Mauer – es sah wunderschön aus – und galoppierten, Pferd und Reiter, in Richtung Wald davon.

Lily fühlte mit ihm. Sie wusste, wie es war, wenn man vor seiner Trauer davonlief. Man rennt und rennt, aber so sehr man sich auch bemüht, sie klammert sich irgendwie an einen. Sie erinnerte sich an seine Berührung, früher einmal, auf einer Heuwiese in der Vergangenheit. Trauer und Frustration, Ersticken und Wut, Akzeptanz. Sie fragte sich, wie es sich anfühlen musste, all diesen Kummer zu haben, mehr als ein Mensch je zu tragen haben sollte, und nicht in der Lage zu sein, sich an seinen Zwillingsbruder zu wenden, den einzigen Menschen, mit dem er stets solche Dinge – wie überhaupt alles – geteilt hatte, und ihn nicht bei sich zu haben. Während sie Ian beobachtete, wurde ihr bewusst, wie sehr sie ihn liebte. Er hatte Orens Ernsthaftigkeit immer mit seiner Musik aufgeheitert, seine Traurigkeit mit einem Scherz abgeschwächt. Jetzt wandte sich Lily Oren zu, um seine Reaktion abzuschätzen. Orens Blick folgte Ian völlig gedankenverloren über die Weide. Und selbst in diesem schrecklichen Moment schien er leichter, freier, eher er selbst zu sein. Aber sobald Ian im Wald verschwunden war, nahm sein Gesicht wieder den ausdruckslosen Ausdruck an, den Lily in den vergangenen drei Jahren zu deuten gelernt hatte. Einsamkeit. Oren beugte sich vor und flüsterte seiner Tochter etwas ins Ohr. Faith drehte sich zu Lily um und sagte: »Daddy möchte wissen, was du meinst, dass er tun soll.«

Plötzlich packte Lily die Wut. Eine geheime Tür in ihrem Herzen sprang auf, und alles kam herausgesprudelt, all die Jahre, die sie sich abgefunden hatte – *damit* abgefunden hatte. »Es ist nicht alles meine Schuld, hörst du!«, schrie sie ihn an. »Es ist auch deine Schuld. Und seine. Und Hallies. Wie zum Teufel soll ich wissen, was wir jetzt tun sollen? Ich habe mit all dem nicht gerechnet. Ich dachte, ich würde dich heiraten, verdammt. Nur dich. Er ist dein Bruder. Warum sagst du nicht *mir*, was zu tun ist? Das ist genau genommen eine ausgezeichnete Idee. Du, Oren Pritchard, sagst mir jetzt ins Gesicht, wie du uns aus diesem Schlamassel herauszuholen gedenkst. Weil ich, ganz offen gesagt, mit meinem Latein absolut am Ende bin.«

Oren fuhr von der Stelle, an der er gekauert hatte, um die Stütze anzunageln, hoch – um von ihr fortzukommen, wie Lily annahm, weil das seine Taktik war, wann immer sie ihm entgegentrat. Dann einfach fortzulaufen. Und dieses Mal sicher sehr weit zu laufen. Aber ein Bein gab unter ihm nach, und er verlor das Gleichgewicht. Er klammerte sich an die neue Wand, um sich aufzurichten. Der Rahmen ächzte unter seinem Gewicht und irgendetwas knackte. Er stürzte.

Lily packte Faith am Arm und zog sie auf einen starken Ast in Sicherheit. Die Zeit schien stillzustehen. Sie sah zu, wie alles von ihr weg fiel: Die unfertige Wand brach zusammen und purzelte wie Brennholz zu Boden, ihr Mann überschlug sich rückwärts. Alles fiel gleichzeitig, stürzte ihrem Mann hinterher. Ein kleines Mädchen – vor vielen Jahren – fällt von der Nabe eines Rades, als es versucht, in ein winziges Haus auf einem Wagen zu spähen. Ein sommersprossiger nackter Junge, der von einem Seil einen Salto macht und die stille Oberfläche eines Weihers durchbricht. Eine junge Frau, die an Bibliotheksregalen ihren Halt verliert und in einem Hagel staubiger Bücher zu Boden stürzt. Eine junge Frau, die in einem alten Friedhof rückwärts auf ein Bett aus Ahornblättern fällt, und rings um sie herum schweben Ahornblätter herab. Eine junge Frau, die sich auf einem breiten Schoß niederlässt, dann legt sich ein anderes Händepaar über ihre Hände und führt sie durch einen Walzer. Eine junge Frau, die sich auf die zerwühlten Laken eines Bettes sinken lässt, in dem schon jemand liegt. Glänzende Schachfiguren aus Ahorn stürzen um – Türme und Läufer –, wild entschlossen, eine Königin zu erobern. Ein großer, gut aussehender Mann läuft davon, rennt davon, galoppiert davon, hält sich allein deshalb in Bewegung, um nicht zu stürzen …

Wieder ein Knacken, das Knacken eines Genicks. Das langsame Herabschweben von Apfelblüten auf Orens verdrehten, reglosen Körper. Die gellenden, entsetzten Schreie ihrer Tochter zerreißen den langsamen Sturz. Schreie, die zu Boden fallen und in tausend Stücke zerspringen.

7

Schön und klug und auserkoren

[1928]

Schließlich kam Lilys jüngster Bruder zu The Knoll hinaus, um ihr das Autofahren beizubringen. Es war ein Samstagnachmittag Ende Mai, und sobald Lily seinen alten Ford kommen sah, schickte sie Faith zu ihrer Mutter hinüber. Sie hatte mehrere Wochen gebraucht, bis sie ihren Bruder dazu überredet hatte, ihr diese Fahrstunden zu geben. Man fuhr als Frau in Cabot Fields nicht mit dem Auto. Dorthin, wo sie hin mussten, konnten sie zu Fuß gehen. Und überall, wo sie hin *wollten* – ins Kino nach Montpelier, zum Jahrmarkt nach Tunbridge oder zu Verwandten an der Derby Line –, dahin sollten sie sowieso von ihren Männern begleitet werden. Wenn Lily allein herumfahre, würde das nur noch mehr Gerede provozieren, hatte ihr Bruder eingewandt. Doch sie überzeugte ihn, dass Orens Unfall es einfach notwendig gemacht habe. Andernfalls wäre ihr nie in den Sinn gekommen, es überhaupt zu versuchen. Und was die geschwätzigen alten Damen in der Stadt anbelangte, nun, die sollten dankbar sein für das, was sie hatten. Schließlich konnte sich dein ganzes Leben von einer Sekunde auf die andere verändern.

Ihr Bruder zeigte ihr zunächst bei abgeschaltetem Motor die grundlegenden Dinge. Das Auto war auf Lilys abschüssiger Auffahrt abgestellt. Selbst Lily musste zugeben, dass ihre Kenntnisse in Mechanik nicht sonderlich Vertrauen erweckend waren. Die Schaltung und die Kupplung und das Lenkrad, das alles war ein bisschen viel für sie. Aber ihr Bruder ließ sie eisern entschlossen alle Abläufe wiederholen. Immerhin war es ja sein Auto, das sie sich ausleihen würde. Autofahren sei die einfachste Sache der Welt, erklärte er ihr immer wieder, jedenfalls einfacher, als die alte Tretnähmaschine ihrer Mutter in Gang zu halten. Lily hielt den Mund. Auch im Umgang mit der Singer war sie nie besonders gut gewesen. Nach dem, was ihr wie endlos lange Trockenübungen vorkamen, erlaubte ihr Bruder ihr schließlich, den Motor anzuschalten. Lilys erster Versuch, die Kupplung kommen zu lassen, führte dazu, dass das Auto ruckartig einen Satz den halben Weg zur Peacham Farm Road hinunter machte. Ihr zweiter Versuch war nicht viel erfolgreicher und auch der dritte nicht. Ians Pferde flüchteten in die entfernteste Ecke ihrer Koppel, drängten sich zusammen und beobachteten sie argwöhnisch. Lily hielt es für das Beste, ihren Bruder lieber nicht daran zu erinnern, dass der zweitälteste Sohn der Willards durch ein Pferd ums Leben gekommen war, das wegen der Frühzündung eines Ford Model T gescheut hatte.

Die Riesenseifenblase war zerplatzt, die durchsichtige, vielfarbige Membran hatte sich in Luft aufgelöst. Nichts umgab sie jetzt mehr, nichts schützte sie vor der wirklichen Welt. Es war Zeit, mit ihr in Berührung zu kommen, Zeit, um Hilfe zu bitten. Clive hatte er geheißen – der Bruder, der umgekommen war. Ryan brachte ihr jetzt gerade das Autofahren bei. Der Älteste hieß Patrick, dann kam Clive. Robert, Paul und Ryan.

Ryans Geduld zahlte sich schließlich aus. Bei Sonnenuntergang war Lily in der Lage, den Ford zum Haus ihrer Mutter zu fahren, wo sie Faith abholte. Ryan war mit ihren Fortschritten immerhin so zufrieden, dass er ihr für den nächsten Samstag eine weitere Fahrstunde versprach. Ihre Stimmung besserte sich, trotz des grimmigen Gesichts von Faith und der Tatsache, dass sich das Kind mit weißen Knöcheln ängstlich am Rand des Sitzes festklammerte. Am Ende des Monats würde sie für ihre Besuche bei Oren selbst nach Barre zum Krankenhaus fahren können. Bis jetzt hatte sie jeden zweiten Nachmittag ihren Vater oder einen der Brüder damit belästigt.

Beim Lieblingsgericht von Faith – Eintopf mit Rindfleisch – erklärte Lily so fröhlich wie möglich, dass ihr von nun an Großmama jeden zweiten Abend das Essen zubereiten würde, während Mommy im Krankenhaus Daddy besuchte. Faith nahm die Nachricht kommentarlos auf. Sie hatte es aufgegeben, darum zu betteln, mitkommen zu dürfen. Lily hatte eins klargemacht: Krankenhäuser waren nichts für kleine Mädchen. Natürlich steckte mehr dahinter. Die Prognose für Orens Genesung war vorläufig noch völlig offen. Sie wollte nicht, dass ihre Tochter den Vater als atmende Leiche in Erinnerung behalten würde. Es gab ohnehin schon zu viel Eigenartiges in Faiths Kindheit, zu vieles, was keine guten Erinnerungen hinterlassen würde, die sie in ihrem späteren Leben würden trösten können. Lily bemühte sich, Faith nicht anzustarren, während sie auf ihrem Teller herumstocherte. Sie machte sich Sorgen, weil ihre Tochter so missmutig und teilnahmslos und mit jeder Woche noch schweigsamer wurde. Lily atmete tief durch. Sie fürchtete die Stille fast mehr als alles andere.

»Hast du denn keinen Hunger?«, fragte Lily.

»Nein.«

»Ich auch nicht. Sollen wir unser Essen den Katzen lassen?«

Faith lächelte und nickte.

»Würdest du gerne lernen, wie man Geige spielt? Ich könnte es dir an den Abenden, an denen ich zu Hause bin, beibringen.«

»Wirklich?«

»Wir könnten gleich jetzt damit anfangen.«

Lily führte Faith ins Musikzimmer, sie ließen ihre Teller auf dem Küchentisch stehen, damit die Katzen sie sauber lecken konnten. Sie holte ihre Geige aus dem Kasten und stimmte sie. Einen Augenblick schloss sie die Augen und versuchte sich zu erinnern, wie Ian es ihr einst beigebracht hatte. Sie konnte sich im Milchhaus sehen: sich selbst, wie sie auf Ians Knien sitzt, ihn, wie er seine Hände über ihre legt und ihre Finger führt. Sie sagte zu Faith, sie solle auf ihren Schoß klettern. »Unser erstes Lied wird *›For He's a Jolly Good Fellow‹* sein«, flüsterte sie ihr ins Ohr. »Du kannst Daddy damit überraschen, wenn er nach Hause kommt. Aber erst bringe ich dir bei, wie die Saiten heißen.« Lily ging zügig voran und erklärte Faith, obwohl sie noch nicht Lesen gelernt hatte, dass die Noten mit den Buchstaben des Alphabets bezeichnet wurden. Sie schob ihre nagende Sorge beiseite, nämlich dass sie Faith nie etwas anderes würde beibringen können, als die zweite Geige zu spielen. Und so fingen sie an.

In dieser Nacht lag sie im Bett und konnte nicht schlafen. Es kam ihr ohne Oren so groß und leer vor. Sie rutschte auf seine Seite und umklammerte sein Kissen. Aber es half nichts. Sie knipste die Nachttischlampe an. Sollte sie es wagen? Hatte sie noch immer seine Erlaubnis? Sie zog die Schublade seines Nachttischs auf und nahm sein ledergebundenes Tagebuch heraus. Nur ein paar Wörter, nur ein paar aufs Geratewohl herausgepickte Wörter, damit sie seine Anwesenheit wieder *spüren* würde.

> *Identisch oder Brüder? Zwei getrennte Eier oder eines, das sich geteilt hat? Ich behaupte: siamesisch. Das gleiche Ei, das sich bis zur Mitte gespalten, aber nicht zweigeteilt hat. Wir haben alles zusammen unternommen, alles zusammen gefühlt, alles miteinander geteilt. Eineiige Zwillinge entstehen aus Versehen. Eigentlich sind das einfach siamesische Zwillinge, die bei der Geburt irgendwie getrennt werden.*

Sie klappte das Buch zu, legte es in die Schublade zurück und knipste das Licht aus. Wirklich komisch: Sie kannte Orens Körper so gut, sie verstand es, die geringste seiner Gesten zu deuten, die Feinheiten seiner vielen verschiedenen Arten des Schweigens. Aber sie hatte nie wirklich gewusst, was er *dachte*. Doch mit diesem kleinen Buch konnte sie in seiner Abwesenheit seine Gedanken kennen lernen. Jetzt würde sie, da sie dies wusste, schlafen. Endlich würde sie schlafen.

Sie hatte ihren Traum von dem brennenden Stall. Doch dieses Mal starrte keine Frau aus dem Fenster, sondern Oren, sein Gesicht flackerte rosa und orange durch die frostüberzogenen Scheiben. Aber als sie ihn rief, er solle ins Bett zurückkommen, da schaute er sie an, als erkenne er sie nicht. Stattdessen drehte er sich um und ging aus dem Zimmer. Erst in diesem Moment wurde ihr klar, dass Oren nicht geantwortet hatte, weil es Ian war. Ian, der wieder einmal schlafwandelte. Im Dunkeln sahen sie gleich aus. Man musste die Narben sehen, um sicher zu sein.

Lily lag da und zwang ihr Herz, wieder im normalen Rhythmus zu schlagen, während ihr Perlen kalten Schweißes auf der Oberlippe standen. Sie hatte seit dem Unfall weder mit Ian noch mit Hallie gesprochen. Selbstverständlich war keiner von ihnen gekommen, um ihr, wie es eigentlich normal gewesen wäre, ihr Mitgefühl auszusprechen oder kalte Gerichte vorbeizubringen. Sie spürte, wie ihr eine Träne aus dem Augenwinkel quoll und ins Ohr rann. Das arme, kleine Baby der beiden, auf diesen blutigen Laken tot zur Welt gekommen. Sie lag weinend da und wartete auf Faith. Lily wünschte sich nichts sehnlicher, als ihre Tochter an sich zu drücken. Aber es würde noch Stunden dauern bis zum Morgengrauen. Es war nicht ihre Schuld. Das war nicht ihre Schuld. Gewiss nicht. Sie fragte sich, wie das Leben von ihnen allen nur eine so entsetzliche, grauenvolle Wendung hatte nehmen können –, dass selbst die grundlegende menschliche Freundlichkeit ignoriert werden konnte. So etwas war nicht richtig.

Am Tag ihrer ersten Fahrt allein zum Krankenhaus schloss Lily die Bücherei früh. Einer der alten Männer murmelte, während er hinausschlurfte: »Da geht sie schon wieder fort.« »Ganz richtig«, sagte sie und knallte die Tür hinter ihm zu. Nichts wäre ihr lieber gewesen, als einen weiteren

Brief vom Stadtrat zu erhalten, mit dem man sie von ihren Pflichten entband. Sie setzte sich in den Ford ihres Bruders und ließ den Motor an. Wenn Lindbergh über den Atlantik fliegen konnte, dann konnte sie es sicher bis nach Barre schaffen. Sie fuhr in einem Tempo auf die Route 2, das man kaum mehr als ein Kriechen bezeichnen konnte. Es war ein phantastischer Nachmittag im Frühsommer, und alles glitzerte grün und golden. Sie hielt am Straßenrand an und kurbelte sämtliche Fenster herunter. Sie fand es eigenartig aufregend, Cabot Fields aus eigener Kraft zu verlassen. Falls sie es wollte, konnte sie einfach weiterfahren – nach Brattleboro oder bis nach Boston. Die Katastrophe ihres Lebens in dem schimmernden goldenen Staub hinter sich lassen. Sie wunderte sich über ihren neuen Freiheitsdrang – und warum immer erst Katastrophen notwendig waren, damit man frei wurde.

Lily hasste das Krankenhaus und alles, was damit zu tun hatte: die glänzenden, weiß gekachelten Flure, den riesigen Saal mit Metallbetten wie bei der Armee, die hohläugigen Männer, die sie anstarrten, während sie vorbeiging. Ihr Gebrüll, ihr Wimmern, ihr Stöhnen, ihren Gestank nach Urin und Krankheit. Sie konnte es nur eine Stunde aushalten und bei Oren sitzen. Bei jedem Besuch verstrich diese Stunde auf genau die gleiche Weise. Sie zog den dünnen Vorhang vor, der sein Bett von all den anderen trennte, setzte sich auf diesen unbequemen Holzstuhl ohne Polster, nahm seine kalte, reglose Hand in ihre und wärmte sie. Sie erzählte ihm von ihrem Tag – der Wäsche, dem Einkaufen im Lebensmittelladen, dem Buch, das sie gerade las, den Büchern, die die alten Männer in der Bücherei lasen, ihren Träumen in der Nacht –, von allem, was ihr eben so einfiel, um die sechzig Minuten, die vor ihr lagen, auszufüllen. Und die ganze Zeit beobachtete sie aufmerksam seine geschlossenen Lider, ob nicht ein Flattern oder Zucken zu erkennen war, irgendein Zeichen, dass er ihre Anwesenheit spürte.

Dieses Geplapper, das wusste sie, war nur ein Versuch, sich selbst von dem Entsetzen abzulenken, das es ihr bereitete, ihn in einem solchen Zustand zu sehen. In erstaunlich kurzer Zeit war das ganze Fleisch von seinem Körper dahingeschmolzen und nur ein Knochengerüst übrig geblieben, das durch eine gespannte, wächserne Hautschicht zusammengehalten wurde. Das erinnerte sie an Ian, direkt nach seiner Rückkehr aus dem Krieg. Aber was konnte man von einem Mann erwarten, der jetzt nichts anderes zu sich nahm als Zucker, der ihm durch einen in seinem verletzten Ellbogen steckenden Gummischlauch zugeführt wurde, von einem Mann, der sich nicht selbst bewegte, höchstens hin und wieder von einer überlasteten Schwester auf die Seite oder auf den Rücken gerollt wurde? Dunkelrote Lider über hohlen dunkelroten Augenhöhlen, verkrustete dunkelrote Lippen. Ironischerweise schienen sein Bart und die Fingernägel doppelt so schnell zu wachsen wie gewöhnlich. Für Lily ähnelte er den Vampiren in der Literatur von früher, als sei er wie diese nicht in der Lage, die Last des hellen Tageslichts zu ertragen.

Als ihre Stunde an diesem Abend vorüber war, gab Lily Oren einen Kuss auf die Stirn, wünschte ihm eine gute Nacht und suchte schleunigst das Weite. Sie konnte es kaum erwarten, zum Ford draußen auf dem Parkplatz zu kommen. Endlich frei! Dort konnte sie die Nachtluft einatmen, mehrere tiefe Atemzüge nehmen, bevor sie sich auf den Weg zurück nach Cabot Fields machte. Im Hinausgehen lief sie dem alten Doc Perry über den Weg. Er sei wegen einer anderen Angelegenheit nach Barre gekommen, erzählte er, und habe beschlossen, kurz nach dem Sorgenkind Oren zu schauen.

»Wie klappt es denn mit dem Autofahren?«, erkundigte er sich, bemüht, ein unverfängliches Thema anzusprechen.

»Mir wäre es auf dem Beifahrersitz lieber«, log Lily, »vor allem bei Dunkelheit. Aber ich komme schon zurecht.«

»Hauptsache, du bist vorsichtig. Das Letzte, was wir brauchen könnten, wäre, dass ihr beide hier drin liegt.« Sie standen einen Augenblick da und wussten nicht, was sie einander noch sagen sollten. »Wie geht es ihm heute Abend?«, fragte Doc Perry.

»Genau wie gestern. Genau wie wahrscheinlich auch morgen.«

Er zuckte die Achseln und fuhr sich mit der Hand durch sein dichtes weißes Haar. »Wer weiß das schon? Tatsache ist, wir wissen noch immer nicht viel über Orens Zustand. Ich hatte Patienten, die nach mehr als einem Jahr wieder aufwachten. Und ich hatte welche, die nach ein paar Wochen einfach gestorben sind.«

»Es ist so frustrierend«, stellte Lily fest. »Nichts für ihn tun zu können.«

»Aber das tust du doch, Honey. Einfach, indem du ihm zeigst, dass du da bist.«

»Manchmal frage ich mich …«, sagte Lily und unterdrückte ein Schluchzen. Sie würde nicht losheulen, nicht hier, mitten auf dem Krankenhausflur. Sie hatte bereits viel zu viele nutzlose Tränen vergossen.

»Soll ich dir sagen, was ich denke?«, fragte Doc Perry. »Dann kannst du selbst entscheiden, ob das die Hirngespinste eines tatterigen alten Quacksalbers sind.«

Lily nickte.

»Ich glaube, Orens Körper hat sich entschlossen, auf diese Weise mit den unglaublichen Schmerzen seines Sturzes umzugehen. Er ist hingegangen und hat sein Bewusstsein in irgendeinem sicheren Bereich seines Gehirns verstaut, an einem Ort, an dem er weder Schmerz noch Bedauern oder Reue – oder sonst irgendetwas – empfinden kann. Und ich glaube, dass dies ein schöner, angenehmer Ort ist, genau genommen so angenehm, dass es für ihn verlockender ist, dort zu bleiben, als zu uns zurückzukommen und um den schwierigen Heilungsprozess zu kämpfen. Ich habe mit Patienten, deren Angehörige sie täglich besucht und zur Rückkehr gedrängt haben, immer mehr Erfolg gehabt. Die alten Leute, die niemanden mehr haben, überleben nicht lange. Deshalb solltest du meiner Meinung nach weiterhin hierher kommen, so oft du kannst, und ihn daran erinnern, was für ein wunderbares Leben ihn hier auf dieser Seite erwartet.«

Lily nickte wieder. Sie musste gründlicher darüber nachdenken. Aber das konnte sie unmöglich jetzt tun. Luft. Sie musste dringend weg von diesem nach Urin stinkenden Flur. »Ich sollte jetzt am besten zusehen, dass ich zu meiner Tochter zurückkomme«, sagte sie.

»Fahr aber vorsichtig«, erwiderte Doc Perry und ging den Flur weiter in Richtung Orens Station.

Auf der langen Rückfahrt nach Cabot Fields dachte Lily gründlich nach. Sämtliche Fenster des Autos waren heruntergekurbelt. Doc Perry hatte ihr nur Mut machen wollen. Aber dabei war es ihm irgendwie gelungen, Lily einen weiteren Punkt aufzuzeigen, über den sie sich Sorgen machen musste. Wenn es zutraf, dass sich Oren, der richtige Oren, an einem sicheren Ort befand, wenn es zutraf, dass er an all die wunderbaren Dinge erinnert werden musste, für die es sich zu leben lohnte, dann bezweifelte sie allen Ernstes, dass er seine Augen je wieder aufschlagen würde. Sie erinnerte sich an ihre letzten Worte zu ihm: dass sie nur ihn allein geheiratet hatte, nicht ihn mit seinem Bruder im Schlepptau. Das war nicht nur gemein, es war auch nicht wahr gewesen. Sie hatte einen eigenartigen Typ von Mann geheiratet, einen Mann, der nie ganz für sich allein funktionierte, einen Mann, der seine Liebe und seinen Geist, seine Stärke und seinen Humor an zwei Orten untergebracht hatte. Sie wusste, dass Oren nicht allein um ihretwegen zurückkommen würde. Sein ganzes Selbst – Ian – würde nötig sein, um ihn zurückzuholen.

Diese Gedanken waren noch ganz frisch in Lilys Kopf, als sie am nächsten Tag Hallie durch den Stadtpark gehen sah. Wie üblich aß Lily ihr Sandwich im Schatten ihres Lieblingsahorns. Sie beobachtete, wie einige Frauen der Kirchengemeinde schnell auseinander stoben, als Hallie auf sie zukam. Nicht ganz sicher, was sie da tat, stand Lily auf und rief Hallie. Hallie zögerte, dann kam sie herüber. Normalerweise war sie immer sehr auf ihr Erscheinungsbild bedacht. Aber ihr Kleid war verknittert, und mehr als nur ein paar Haarsträhnen waren ihr aus dem Knoten gerutscht.

»Ich muss mit dir reden«, sagte Lily, als Hallie beinahe bei ihr angekommen war.

»Was willst du?«

»Ich will dich nur wissen lassen, dass ich es dir nicht nachtrage.« Hallie lachte schroff auf. Lily nahm dennoch ihren ganzen Mut zusammen und fuhr fort: »Was uns zugestoßen ist – uns allen –, ist schrecklich. Ich glaube, wir sollten jetzt einfach als Familie zusammenhalten.«

Hallie stemmte die Hände in die Hüften. Sie starrte Lily mit allzu funkelnden Augen an, Augen, die von einer Seite zur anderen zu blitzen schienen, obwohl sie sich gar nicht bewegten. »Und wie sollen wir das anstellen?«, fragte Hallie. »Jetzt, da du fast die ganze Stadt gegen mich aufgehetzt hast?«

»Das hab ich nicht, Hallie. Ich hab kein einziges böses Wort verlauten lassen.«

»Ach so? Und wie erklärst du mir dann die Tatsache, dass mir hier keiner mehr auch nur sagen will, wie viel Uhr es ist? Wie kommt es, dass im Laden, wenn ich Mehl kaufen möchte, es allem Anschein nach gerade ausgegangen ist – oder wenn Ian Getreide für die Pferde braucht, sie bis nach der Ernte keinen Kredit mehr vergeben? Wie erklärst du mir, dass in den letzten Monaten fünf unserer langjährigen Kunden auf einmal beschlossen haben, ihre Pferde nicht mehr bei uns einzustellen?«

»Das hast du dir alles selbst zuzuschreiben.«

Hallie starrte sie entgeistert an. »Das glaubst du wirklich, nicht wahr?«, sagte sie. »Irgendwie gelingt es dir immer noch zu glauben, dass alle anderen Schuld daran sind. Die arme, missverstandene Lily. Als hättest du nicht direkt im Zentrum dieses kleinen Dramas gestanden und die ganze Zeit die Strippen gezogen.«

»Das ist gemein.«

»Geh mir aus dem Weg, Lily!«

»Hallie, ich kann dir helfen. Ich kann sie dazu bringen, dass sie aufhören. Und du kannst mir helfen – oder zumindest kann es Ian. Er kann Oren wieder zurückholen, nur dadurch, dass er ihn hin und wieder besucht und mit ihm redet. Das hat jedenfalls der alte Doc Perry gesagt.«

»Warum zum Teufel sollte mir etwas daran liegen, dass es Oren besser geht?«, fragte Hallie. »Mir kommt es so, wie es ist, gerade gelegen. So etwas nenne ich ausgleichende Gerechtigkeit. Willkommen im Unglück, Schwester.« Damit machte Hallie einen Bogen um Lily herum und ging weiter durch den Park, ohne sich noch einmal umzusehen.

Aber Lilys Plan ging dennoch auf. Weil Ian ein paar Tage später, kurz vor Schließung der Bücherei, vorbeischaute. Sonst war keiner mehr da. Die alten Männer hatten sich inzwischen daran gewöhnt, früh hinausgeworfen zu werden. Lily lud ihn zu einer Tasse Tee ins Hinterzimmer ein.

»Wie geht's meinem Bruder?«, fragte er und starrte in seinen Becher.

»Er braucht dich«, antwortete sie. Sie erklärte ihm, was Doc Perry ihr gesagt hatte, was sie von ihm wollte.

»Klingt für mich total idiotisch«, sagte er. Aber sie konnte an seinem Gesichtsausdruck erkennen, dass er es aufgenommen hatte, um später in aller Ruhe darüber nachzudenken. Oren hatte das auch immer so getan.

»Ich bitte dich nicht, daran zu glauben. Ich bitte dich nur, es zu versuchen.«

Ian schwieg. Er blickte von seinem Tee auf und schaute Lily in die Augen, genau wie Hallie es im Park getan hatte. Aber hier war etwas mehr Freundlichkeit und eine ganze Menge mehr an Schmerz. »Ich bin nicht immer von den Ergebnissen begeistert, wenn du mich in irgendwas hineinziehst«, stellte er fest.

»Er ist dein Bruder«, flüsterte Lily.

»Er hat alles gekriegt«, sagte Ian. »Ich habe immer das bekommen, was übrig geblieben ist.«

Es herrschte eine solche Stille, dass Lily ihr Herz schlagen hören konnte.

»Er hat nicht alles bekommen.«

»Er hat dich bekommen.«

Sie wurde rot. Plötzlich schossen ihr viele Erinnerungen durch den Kopf – kurze Augenblicke –, wie sie ihm beim Heuen die Stirn abwischt, wie sie zusammen, Seite an Seite, den lahmen, alten Dan striegeln, wie sie bei ihrer einzigen gemeinsamen Weihnachtsfeier vorausahnt, dass er sie unter dem Mistelzweig küssen würde –, aber darauf war sie nicht vorbereitet. Sie hatte nie daran gedacht, die Dinge von Ians Warte aus zu betrachten. Bis zu diesem Moment hatte sie seine Persönlichkeit stets als Erweiterung von Orens gesehen. Sie hatte ihn wegen seiner Liebe zur Musik und seines trockenen Humors, wegen seiner Furchtlosigkeit und seiner Sinnlichkeit geliebt. Aber sie war nie davon ausgegangen, dass diese Charakterzüge nur ihm allein zu Eigen waren. In Gedanken hatte sie diese immer an Oren weitergegeben. Plötzlich sah sie in Ian den Mann, der er war, vielleicht zum allerersten Mal, jedenfalls zu spät. Ein lebender, atmender Mann, ein Mann, der ein eigenes schlagendes Herz hatte, ein Mann wie jeder andere – mit Ausnahme, dass dieser Mann sein Leben lang darum gekämpft hatte, beachtet zu werden.

»Oren hatte damals auch einen Brief bekommen, nicht wahr?«, stellte Lily mit Bestimmtheit fest.

»Wovon redest du?«

»Dem Einberufungsbescheid. Es gab zwei. Natürlich sind zwei angekommen. Du hast seinen nur verbrannt oder weggeworfen oder sonst so etwas. Du bist in den Krieg gezogen, um dich von ihm zu lösen.«

»Jetzt redest du aber wirklich dummes Zeug daher.«

Vielleicht hatte sie den falschen Zwilling geheiratet. Vielleicht hätte sie am Ende besser zu Ian gepasst. Aber Ian hatte ihr keinen Heiratsantrag gemacht. Das hatte Oren getan. Und Ian hatte nicht seine ganze Kindheit darauf gewartet. Er war nicht nach Cabot Fields zurückgekommen, um nach ihr zu suchen. Er hatte sein Nomadenleben nicht aufgegeben, um mit ihr zusammen zu sein. Er hatte ihr Haus nicht entworfen und gebaut. Ian war nur immer hinterhergetrottet, mit dreizehn Minuten Verspätung. Da verstand sie plötzlich: Ian würde Orens Leben nie retten können. Er war nicht einmal stark genug, sein eigenes zu retten. Er würde nur dann ein eigenständiger Mann sein, wenn er von Oren – und von ihr – getrennt war. Nun, Oren konnte ihm in der jetzigen Situation nicht mehr helfen. Nur Lily konnte das. Sie musste ihn für sich allein lieben, für sich und als Bruder ihres Mannes.

»Ich hatte einen Plan gefasst«, sagte Lily. Es war ihr, als schwebe sie über ihnen beiden, wie sie da ihren Tee tranken. »Mit Orens Betrieb geht es bergab. Meine Brüder sind ganz ordentliche Zimmerer, aber sie sind keine Hausbauer. Sie brauchen einen Chef, jemanden, der ihnen sagen kann, was sie zu tun haben. Ich wollte dich fragen, ob du das Geschäft wieder übernehmen könntest. Zumindest, bis Oren das alles hinter sich hat. Und falls er nicht wieder gesund wird, nun, dann wollte ich es verkaufen oder dir überlassen. Jedenfalls würde die Stadt dann mit Hallie weniger streng ins Gericht gehen. Vor allem, wenn ich wieder anfangen würde, mit euch in die Kirche zu kommen. Dann würden sie euch in Ruhe lassen.«

»Ich bin aus dem Schreinergeschäft ausgestiegen«, erwiderte Ian.

»Ja. Das ist mir inzwischen auch klar«, sagte Lily. »Warum bist du heute überhaupt hierher gekommen?«

»Ich weiß, dass du mein Baby nicht umgebracht hast. Ich weiß, dass du das nicht tun würdest.«

»Nein«, flüsterte Lily. »So etwas würde ich nie tun.«

»Ich gehe jetzt. Sonst macht sich Hallie Sorgen.« Er stand auf und wandte sich zum Gehen.

Vielleicht hatte Ian sie einst begehrt. Vielleicht hatte er auch geglaubt, dass sie zu ihm besser passe als zu seinem Bruder. Aber jetzt liebte er Hallie – das war klar. Für ihn war Hallie nicht nur eine günstige Gelegenheit gewesen, dafür zu sorgen, dass die Stadt sie endlich in Ruhe ließ. Sie war jemand nur für ihn, ganz allein für ihn. Ein weiterer Versuch, das Band zu durchtrennen. Weder Lily noch Oren hatten das verstanden. Warum hatten sie das nicht erkannt?

»Ian«, sagte sie und wischte sich mit dem Ärmel eine Träne ab. »Da ist noch etwas. Faith ist ganz wild auf Pferde. Sie bleibt jeden Morgen bei eurer Koppel stehen …«

»Sie gibt ihnen Zucker. Ich beobachte euch beide vom Stall aus. Sie ist ein hübsches kleines Mädchen. Sie sieht mir sehr ähnlich.«

Lily ertappte sich dabei, dass sie loslachte. Er lachte mit. Natürlich sah Faith genauso aus wie er.

»Bringst du ihr das Reiten bei, Ian? Ich möchte nicht, dass sie aufwächst, ohne es zu lernen.«

»Lily, ich werde Oren nicht besuchen. Und nicht etwa, weil Hallie es verboten hat …«

»Ich weiß. Davon rede ich doch gar nicht. Ich rede von Reitunterricht. Und dann vielleicht ein paar Geigenstunden, wenn ich nicht mehr weiterkomme.«

»Ich muss Hallie fragen, was sie davon hält.«

»Ich weiß.«

Lily schaute ihm nach. Sie hatte den richtigen Mann geheiratet. Jetzt konnte sie alles andere ertragen. Selbst wenn Oren sterben sollte, selbst wenn sie den Rest ihres Lebens allein verbringen würde. Denn letzten Endes starb jeder für sich allein.

Gleich am nächsten Tag kündigte Lily bei der Bücherei. Sie schrieb einen Brief und lehnte ihn gegen die Messinglampe auf ihrem Schreibtisch. Dann forderte sie ihre beiden jüngeren Brüder, Paul und Ryan, auf, zu The Knoll herüberzukommen. Sie bereitete ihnen ein Abendessen zu, während ihre Mutter auf Faith aufpasste. Sie informierte sie, dass sie die Leitung der Firma Pritchard übernehmen würde. Sie erhoben all die vorhersehbaren Einwände – dass sie keine Ahnung von der Schreinerei oder der Führung eines Betriebes hatte –, und sie gab ihnen ihre vorbereitete Antwort: Das hatten sie schließlich auch nicht. Aber sie sei eine Frau, argumentierten sie. Sie sagte ihnen, dass sie sich dieser Tatsache durchaus bewusst sei. Sie drohten, die Sache ihrem Vater zu erzählen. Da würde sie die beiden auf der Stelle feuern. Daraufhin machten sie einen leichten Rückzieher. Sie rieten ihr, doch vernünftig zu sein. Sie stellte sie vor die Wahl: entweder mit ihr zusammenzuarbeiten oder sich nach einer anderen Anstellung umzusehen. Das würde sie noch bereuen, sagten sie ihr, aber sie blieben dennoch zum Dessert. Während sie die Fruchtpastete aßen, quetschte sie die beiden über jedes ihrer aktuellen Projekte aus und darüber, welche Kunden aus der Stadt ihnen noch Geld schuldeten. Sie bestand darauf, dass sie in Zukunft nur an Aufträgen arbeiteten, für die auch bezahlt würde. Sie servierte ihnen Kaffee und schickte sie dann nach Hause.

Auf dem Weg zum Haus ihrer Eltern, wo sie Faith abholen wollte, fühlte sie sich irgendwie erleichtert. Ihre Mutter stand in der Küche und spülte das Geschirr vom Abendessen. Sie fragte Lily, wie es denn gehe. Lily sagte, besser. Es gehe ein bisschen besser. Ihre Mutter erklärte ihr, dass Faith oben in ihrem alten Zimmer spiele. Lily stieg die Treppe hinauf.

Sie blieb an der Tür stehen und belauschte Faiths Teegesellschaft. Faith sagte gerade zu Lilys alten Puppen, dass sie alle brav sein müssten, sonst würde ihr Vater nicht aus dem Zauber erwachen, der ihm auferlegt worden sei. Lily wurde rot vor Wut. Sie würde später ein Hühnchen mit ihrer Mutter zu rupfen haben. Als sei Faith in irgendeiner Weise Schuld daran! Um sich zu beruhigen, fing Lily an, mit den Fingerspitzen an den geschnitzten Ornamenten am Türrahmen entlangzufahren. Sie hatte nie richtig bemerkt, wie gekonnt die Schnitzarbeiten waren, obwohl sie viele tausend Male über diese Schwelle getreten war. Phantasieranken, aus denen winzige Blättchen wuchsen, wanden sich hinauf und erblühten zu einem Strauß außergewöhnlicher Lilien.

Sie griff nach Orens Tagebuch in der Schublade, dann hielt sie sich zurück. Jeden Abend hatte sie ein bisschen darin gelesen. Dabei hatte sie erfahren, was er über so viele Dinge dachte: über die klassizistische Architektur, das Kleinstadtleben, die industrielle Revolution und Kindererziehung. Sie gestattete sich immer nur eine oder zwei Seiten, nur einen Eintrag, um sich über den nächsten Tag zu retten. Aber es war einfach nicht damit zu vergleichen, seine Gedanken nicht das Gleiche wie sein großer, warmer Körper, seine langen Arme um sie geschlungen, seine morgendliche Erektion gegen ihren Hintern. Ihre Finger wanderten zu ihrem Bauch. Sie schoben das Nachthemd hoch und wanderten tiefer. Sie schloss die Augen und seufzte. Auch das war nicht das Gleiche. Es fühlte sich noch immer nach Warten an. Aber wenn sie schon auf Oren warten musste, dann würde sie nicht zulassen, dass sie hilflos wurde und Mitleid erregte. Sie würde sich um sich selbst kümmern, verdammt. Selber denken.

Sie verschickte Rechnungen für all die noch nicht bezahlten Arbeiten. Bei jenen Kunden, die das Geld, das sie den Gebrüdern Pritchard noch schuldeten, nicht per Post schickten, schaute sie persönlich vorbei. Bald wurde den Nachbarn klar, dass sie es von nun an mit ihr zu tun haben würden, wenn sie für die Schwiegermutter hinten am

Haus ein Zimmer angebaut haben wollten oder den Einbau einer Toilette im Haus planten. Einige wandten sich mit ihren Schreineraufträgen an andere Betriebe. Aber für die meisten war es kein Problem. Es war allgemein bekannt, dass Lily einen – für eine Frau – fairen Preis berechnete. Und die Arbeiten der Gebrüder Pritchard waren nun einmal die besten.

Sie kaufte sich ein Radio. Sie wollte wissen, was in der Welt los war. Sie stellte es in die Küche und hörte jeden Abend die Nachrichten, während sie das Geschirr vom Abendessen abwusch. Amelia Earhart war die erste Frau, die über den Atlantik flog. Eine kürzlich erstellte Studie ergab, dass vierunddreißig von fünfunddreißig Patienten mit Lungenkrebs starke Raucher waren. Die Vorpremiere des ersten durchgängig synchron vertonten Films, *The Lights of New York*, fand in Manhattan statt. Eine neue Grippeepidemie forderte Tausende von Opfern. Es tröstete sie irgendwie, dass jeder Tag ebenso viele Triumphe wie Tragödien mit sich brachte.

An einem Spätnachmittag im August ertappte sie sich dabei, wie sie ungeduldig auf der Vorderveranda auf und ab ging. Sie war spät dran für ihren Besuch bei Oren. Alles war bereits in einen staubigen lachsfarbenen Ton getaucht: der Himmel, die Erde der Auffahrt, die Windschutzscheibe des Ford, die Heuwiesen zu beiden Seiten. Bald würde ihr Vater für den letzten Heuschnitt seinen neuen Farmall-Traktor – der erste in der Gegend – über die Straße fahren. Noch immer kein Zeichen von Faith und Ian. Wo blieben die beiden nur?

Lily hatte angefangen, Faith nach dem Mittagessen zu Ian in die Stallungen hinunterzuschicken. Faith half ein paar Stunden im Stall, seifte Sättel ein und legte frisches Heu aus. Danach ritten sie gewöhnlich zusammen aus. Manchmal packte Hallie ihnen ein kleines Picknick ein. Sobald sie nach Hause kamen, trank Lily mit Faith eine Tasse Tee, gewöhnlich draußen auf der Veranda, und dann schickte sie sie zu ihrer Mutter zum Abendessen, bevor sie zum Krankenhaus fuhr.

Lily setzte sich auf die Verandaschaukel. Sie versuchte, die Bilder aus ihrem Kopf zu vertreiben, davon, dass Faith über Koppelzäune abgeworfen werden könnte. Ian ließ sie nur den alten Dan reiten, der inzwischen so lahm war, dass er nicht einmal in Trab fallen konnte, selbst wenn er es gewollt hätte. Sie steckte die Hände in die Taschen ihrer Schürze, um sich davon abzuhalten, an ihren armen Nägeln herumzukauen. Der Speckstein. Sie merkte, wie er gegen ihren Verlobungsring klirrte – den Ring von Orens Mutter. Da wurde ihr für einen Augenblick eigenartig schwindlig. Sie schloss die Augen, um das Schwindelgefühl zu vertreiben. Spiralförmig trieb sie auf das Zentrum von etwas zu, was sie nicht erkannte, etwas von der Größe eines Silberdollars, und stoppte erst bei einem Loch, das in dessen Mitte gebohrt war, stoppte schließlich im Nichts.

Du siehst mehr, als du wahrhaben willst. Lily wusste augenblicklich und mit Sicherheit, dass Mme LeTourneau in diesem Moment gestorben war. Und sie wusste, dass sie niemandem etwas davon erzählen würde, wenn sich die Nachricht in der Stadt verbreitete.

Sie hörte ein Rufen und schlug die Augen auf. Da waren sie! Faith ritt voraus und winkte. Lily sprang von der Schaukel auf. Sie ging den beiden entgegen, wollte drauflosschimpfen. Doch jeder Gedanke daran war wie weggeblasen, als sie sah, was Faith in der Hand hielt: eine stumpfe Blechglocke. Die beiden waren an diesem Nachmittag zum verlassenen Friedhof geritten. Ian hatte ihr die Geschichte von den Indianern und den ersten Siedlern erzählt. Sie hatten schweigend auf den Blättern und der Lehmerde gelegen und nach Glockengebimmel gelauscht. Faith hatte eine entdeckt.

Lily half ihrer Tochter beim Absteigen. Faith fragte, ob sie noch ein bisschen länger bleiben und helfen dürfe, den Stall auszumisten. Lily sagte nein. Vielleicht ein andermal. Heute Abend hatten sie es eilig. Sie erinnerte Faith daran, sich bei ihrem Onkel Ian zu bedanken. Ian, der Inbegriff strotzender Gesundheit: ein riesiger Mann mit breiten Schultern und muskulösen Armen. Goldenes Haar, das über eine ausgeprägte Stirn fällt, eine lange, schmale Nase, kantige Wangenknochen und mandelförmige Augen, mit Wimpern, die eigentlich für einen Jungen zu lang waren und eher zu einem Mädchen passten. Ein andermal vielleicht. Aber nicht jetzt. Jetzt musste Lily nach Barre fahren. Sie musste bei ihrem Mann sitzen. Oren musste wissen, dass sie da war – für ihn da war.

Ian sagte Faith, er würde sie ja morgen wieder sehen. Lily nahm Faith an der Hand. Zusammen machten sie sich auf den langen Weg den Hügel hinauf. Lily konnte die ganze Zeit spüren, dass Ian ihnen nachblickte. Sie schaute nicht zurück. Sie ging einfach weiter.

Vor dem Haus blieb Faith stehen und sah Lily an. Sie fragte, ob es wahr sei, dass ihr Daddy ihr in diesem düsteren, alten Friedhof den Heiratsantrag gemacht habe. Lily nickte. Wann hatte Oren Ian wohl diesen Teil der Geschichte erzählt? Zwillinge.

»Daddy fehlt mir so«, sagte Faith. »Wann kommt er denn nach Hause?«

Lily ging in die Hocke. Sie wollte ihrer Tochter in die Augen sehen, auf gleicher Höhe sein. »Du bist jetzt ein großes Mädchen, nicht wahr?«, sagte sie. Faith nickte. »Ich habe noch eine Überraschung für dich. Etwas Besonderes – genau wie die Glocke, die du gefunden hast.« Sie fischte den Speckstein aus ihrer Schürzentasche und drückte ihn ihrer Tochter in die Hand.

»Was ist das?«, fragte Faith.

»Das bist du und ich«, erklärte Lily. »Ein Geheimnis, nur zwischen uns beiden.« Sie befahl Faith, ins Haus zu laufen. Sie müsse sich das Gesicht und die Hände waschen, bevor sie losfuhren. Faith sei jetzt alt genug, um ihren Vater im Krankenhaus zu besuchen – ein großes Mädchen. Faith sauste die Verandastufen hinauf und ins Haus hinein. Lily folgte ihr langsam und würde nicht darüber nachgrübeln, ob sie auch das Richtige tat.

Es war eine lange Fahrt, während der Lily versuchte, Faith auf das vorzubereiten, was sie erwartete. Daddy würde wahrscheinlich nicht so aussehen wie der Mensch, den sie in Erinnerung hatte, erklärte sie. Er sei sehr krank. Faith fragte sie, wann es ihm wohl wieder besser gehen würde. Lily überlegte einen Augenblick, bevor sie antwortete. Vielleicht gar nie, sagte sie. Keiner weiß das so genau. Faith starrte durch das Beifahrerfenster hinaus und dachte nach. Nun, ich glaube, es wird ihm schon wieder besser gehen, sagte sie schließlich. Lily konnte nicht antworten. Die Wörter wollten einfach nicht kommen. All die Sachen, die sie gesagt hatte. All die Sachen, die sie nicht gesagt hatte. Vor allem die eine Sache, die Sache, die er vielleicht am dringendsten hätte hören müssen.

»Ich habe deinen Daddy sehr lieb«, flüsterte Lily. »Das weißt du, nicht wahr?«

Faith nickte. Den Rest der Strecke fuhren sie schweigend weiter.

Sie hielten sich an der Hand, als sie die langen Korridore zu Orens Station entlanggingen. Faith schwieg, aber sie schien keine Angst zu haben, bis sie an all den alten Männern vorbeikamen, die sie angrinsten und kicherten. Zur Beruhigung drückte Lily ihrer Tochter die Hand. Faith drückte zurück. Sie drehte sich hastig zu dem nächstbesten alten Mann um. »Hör auf, uns so anzustarren!«, brüllte sie. Stille legte sich über den Krankensaal. »Komm weiter, Mommy«, sagte sie. Lily ließ sich von ihrer Tochter weiterführen und wünschte sich, sie wäre schon vor Monaten auf diese Idee gekommen.

Faith nahm auf dem Holzstuhl neben Oren Platz, Lily setzte sich auf die Kante des Fensterbretts. Einen Augenblick lang saß Faith still da, starrte sein Gesicht an und hielt seine Hand. Aber bald schon fing sie aus Langeweile an, mit den Beinen herumzuschlenkern. Lily schaute auf ihre Uhr und bezweifelte, dass sie eine ganze Stunde durchhalten würden.

»Aber davon wird er ja nie wach«, sagte Faith plötzlich.

»Sch, wir bleiben nicht mehr lange«, flüsterte Lily.

»Du sollst nicht flüstern«, erwiderte Faith. »Dann

kann er dich doch nicht hören.« Sie stand auf. »Wach auf, Daddy!«, sagte sie und schüttelte seine Hand.

»Faith!«

»Wach auf!«

»Hör auf damit, Faith! Du störst sonst noch all die anderen Leute um uns herum.«

Faith beachtete sie gar nicht. Stattdessen zog sie das Glöckchen aus der Tasche ihres Kleides und fing an, damit an Orens Ohr zu bimmeln. »Wach auf, hab ich gesagt. Es ist Zeit aufzuwachen, Daddy!«

Lily wusste, dass sie ihrer Tochter das Glöckchen wegreißen sollte. Sie sollte ihr dafür, dass sie so unartig war, den Hintern versohlen. Aber sie war einfach nur sprachlos.

Weil Orens Lider zu zucken angefangen hatten.

Und in diesem Zucken sieht sie ein Flackern von Licht. Und ein alter Traum kommt ihr wieder in den Sinn, von dem rosafarbenen Zucken und Flackern von Flammen auf Glas. Und wieder starrt sie aus einem Fenster. Nur ist es dieses Mal nicht das Fenster ihres Schlafzimmers – das kann sie jetzt erkennen –, es ist die Windschutzscheibe eines klapprigen Wohnwagens. Und das Dach, das da in Flammen steht, ist nicht das von Ians Pferdestall. Es ist das Dach ihres eigenen Hauses. Es ist das Haus, in dem sie jetzt lebt, aber es ist auch das kleine Haus, in dem sie geboren wurde, dasjenige, in dem sie einen Großteil ihrer Kindheit verbrachte, bevor ihr Vater ein neues gebaut hatte. Sie betrachtet sich selbst, wie sie diese Häuser mit einer Fackel, die Oren ihr gereicht hatte, in Brand steckt. Jetzt sitzen sie drei in der Fahrerkabine des Wohnwagens und schauen lächelnd zu, wie alles niederbrennt. Kann's losgehen?, fragt Ian. Oren und Lily nicken. Ian legt den Gang des Lastwagens ein und fährt vom Hof. Er biegt nach links in die Peacham Farm Road ein. Sie sind auf dem Weg ins Unbekannte, all die Hämmer und Sägen, Leitern und Laternen, Töpfe und Pfannen klappern fröhlich hinter ihnen. Sie verschwinden im Rauch.

Lily lässt los. Sie lässt es zu, dass sich der Traum in Luft auflöst – Tränen trocknen ihr in den Augenwinkeln. Sie kann ihn wieder und wieder träumen, solange sie lebt, ganz im Stillen, in der Badewanne oder in ihrem Gemüsegarten. Aber jetzt, in diesem Augenblick, muss sie hier bleiben. Sie kann sich erst mit dem Nächsten befassen, wenn es so weit ist. Weil die Lider ihres Mannes zucken. Gleich wird er die Augen aufschlagen.

Kristín Marja Baldursdóttir
Kühl graut der Morgen
Roman
Aus dem Isländischen von Dr. Coletta Bürling
3-8105-0413-0

Thórsteina Thórsdottir ist Lehrerin an einer isländischen Gesamtschule und unterrichtet Jugendliche im schwierigsten Alter. Von ihren Schülern wird sie wegen ihrer Strenge, Arroganz und Scharfzüngigkeit sowohl gefürchtet als auch geliebt. Als ein junger Mathematiklehrer an ihre Schule versetzt wird, ändert sich das Leben der allein stehenden Frau grundlegend.

»Ihr Roman ›Kühl graut der Morgen‹ macht so viel Spaß, dass man damit sogar mit Freude nachsitzen würde. Baldursdóttir hat das Zeug zu einer isländischen Ingrid Noll.«
BRIGITTE

Marianne Fredriksson

Geliebte Tochter

Roman

Aus dem Schwedischen von Senta Kapoun

3-8105-0661-3

Sie ist jung, attraktiv und genießt es, verliebt zu sein. Auch ohne feste Beziehung will die Architektin Katarina das Kind ihres Liebhabers bekommen. Die Mutter Elisabeth reagiert, anders als Katarina erwartet, mit Verständnis und Freude. Doch Jack rastet aus. Außer sich vor Wut, schlägt er seine Geliebte bewusstlos. Jetzt erkennt Elisabeth, dass sie die Wahrheit nicht mehr verschweigen kann. Sie muss erzählen, wovor sie die geliebte Tochter immer bewahren wollte.

»... so souverän, virtuos und weise wie die Schwedin Marianne Fredriksson hat es noch keine geschafft.«

NDR-Kultur